无论什么底色,都可以活出光芒

李光凯 著

花山文艺出版社

河北·石家庄

图书在版编目（CIP）数据

无论什么底色，都可以活出光芒 / 李光凯著 . -- 石家庄 : 花山文艺出版社, 2022.5
 ISBN 978-7-5511-6270-8

Ⅰ．①无… Ⅱ．①李… Ⅲ．①纪实文学－中国－当代 Ⅳ．① I25

中国版本图书馆 CIP 数据核字（2022）第 166404 号

书　　名：	无论什么底色，都可以活出光芒

Wulun Shenme Dise Dou Keyi Huo Chu Guangmang

著　　者：李光凯
出 品 人：柯利明　梁峻诚
责任编辑：温学蕾
责任校对：李　伟
美术编辑：王爱芹
出版发行：花山文艺出版社（邮政编码：050061）
　　　　　（河北省石家庄市友谊北大街 330 号 ）
销售热线：0311-88643221/34/48
印　　刷：三河市双升印务有限公司
经　　销：新华书店
开　　本：145 毫米 ×210 毫米　1/32
印　　张：13
字　　数：282 千字
版　　次：2022 年 5 月第 1 版
　　　　　2022 年 5 月第 1 次印刷
书　　号：ISBN 978-7-5511-6270-8
定　　价：52.00 元

（版权所有　翻印必究·印装有误　负责调换）

本书推荐寄语

透过带着生命之光的故事,
照见自己的过去、梦想和未来。

好作品可以是多样的。根扎得愈深,叶子愈茂。

著名作家、茅盾文学奖得主　贾平凹

都是匆匆在路上,光凯却能把目光停留在相遇的人身上。那目光里有探寻,有关切,有理解,于是我们看到了光凯笔下的人,有着鲜明个性的人。

主持人、作家　敬一丹

光凯是我中央电视台的同事,虽然我和他没有合作过,甚至我们都没有见过,但这毫不影响我向读者推荐他的这本书。我爱文字,喜欢写字的人,敬佩用文字表达思想、故事、一切一切的写作者。光凯写的那些人、那些事,很多细节都打动过我。能让读者从文字里读出形象,说明作者对生活的感悟是真切的、具体的。他是热爱生活的,这是写作者的能力和天分。有这样热气蒸腾的文字表达,我坚信光凯会一直写下去。盼望着,光凯加油!

主持人、演员、作家　倪萍

光凯这本书，既是文学，也是纪实，其中每个故事都有很长的时间跨度，读起来似有电影般的质感。光凯很有温度和共情力，他写的不是一个人，而是大时代背景中的一个族群。他的文字传达出的，是他看到的、听到的、嗅到的、想到的、切身体会到的成长的力量。人的智慧在于，读懂别人的故事，改变自己的未来，但愿年轻读者能在这本书中得到智慧。

北京大学新闻与传播学院广电系副主任、
栏目策划人、节目撰稿人　阿忆

这本书涵盖了"70后""80后""90后"的故事，故事的背后刻有这个时代变迁的印记。无论底色有多么灰暗、理想有多么遥远，还是会有许多人保有心中那赤诚的热爱，做自己的星辰。光凯这本书让我们看到每个人都有不平凡的人生。

清华大学新闻与传播学院教授、中国电影金鸡奖、
中国电视金鹰奖评委　尹鸿

节目录制现场的光凯给人一种清新阳光、稳重又不失活力的风采。他从事电视事业十年，从一个青涩的毕业生蜕变成一个成熟的电视人，他的文字也从浅显变得深刻。他是一个内心充满热爱的人，他通过这份热爱向这个社会传递着美好！

知名历史文化学者　纪连海

熙熙又攘攘，忙忙又碌碌。光凯将自己完全沉浸在这些人的故事里，去倾听、去感受，去和他们的欢喜、悲伤同频共振。他们不完美、他们很平凡，但他们有追求，当我们去读他们的时候，也在读自己。我们都将走向时间的深处，无论底色如何，都应努力活成照亮自己的一束光。

南京大学社会心理学博士　黄菡

希望每一个年轻人都可以做自己唯一的星辰。梦不远，将自己点燃，去奔赴那片赤诚的热爱。

演员、歌手、赛车手　韩庚

少年最美好的地方是：嘴上虽然说着放弃，内心却憋着一股劲儿。成功从来都不是一蹴而就的，那些努力证明自己的日子，温柔又明亮。希望每一个年轻人都勇于做一个追光的人，让自己光芒万丈！

儒意影业总裁　陈祉希

忙前忙后的节目导演和静心码字的作家，这两种角色一动一静截然不同，但都被光凯驾驭得娴熟。录制节目识见生活，文字记录则升华内心，这都是他内心能量来源的一部分。所以，看看他的节目读读他的文字，感受一下他感受到的世界。

情感作家　苏芩

光凯和我合作数次，他是一名导演，也是一名作家。他坚持写作数年，细心记录着这个时代下发生在他身边那些真实、温暖又有力量的故事。飞行员、消防员、运动员、媒体人……这些人的故事生动地诠释了无论每个人的人生是什么底色，都可以活出自己的光芒。岁月漫长，然而值得等待！

中央电视台著名体育播音员、主持人，
2008年北京奥运会开幕式主播　孙正平

第一辑 ✦ 时间不语，却回答了所有问题

痛并快乐着　　　　　　　　002

谢谢你，离开我　　　　　　025

一夜长大　　　　　　　　　042

再不疯狂，就老了　　　　　060

只此青绿　　　　　　　　　079

左声道　　　　　　　　　　101

第二辑 ✦ 人生百态，遇见不一样的自己

世界上的另一个你　　　　　124

谈论理想，谈什么　　　　　141

我的职业是小说家　　　　　159

艺术家治疗师　　　　　　　176

众生相　　　　　　　　　　192

第三辑 ✦ 素心向暖，让人生烟火滚烫

一毫米	212
笨小孩	229
那些人的爱情	247
南山南	272
战斗机飞行员	292

第四辑 ✦ 当下的你，便是最好的你

Hungry 和修修	314
他们活得有人味	331
当下的你　最好的你	346
硬核先锋	364
住院日记	379

第一辑

◆

时间不语，却回答了所有问题

时光无恙，岁月无言，
却见证着每一个人成长的样子。

———

痛并快乐着

我要写他什么,感觉特别难以提笔,不知从何说起。
说他怎么教育我们做人,道理好像还是那些老生常谈。
说他怎么痴迷地工作,成功人士的品质又好像是一样的。
说他怎么和爱人相处,却又感觉听到的一切只是他的片面之词。
要么就说说我们接触的日常,或许可以发现不一样的他。

——李光凯

疫情突如其来,让很多工作岗位上扮演铆钉角色的人放慢了脚步。

习惯了奔跑的我,突然长达五个月在家和单位两点一线来回挪动有点儿不适应。

一寸寸时间就这么理直气壮地摆在所有人面前,看我们如何来"收拾"它。

"开会啦!大办公室集合!"主编在群里发出通知。

每个人像受到惊吓的老鼠一样,从一个个隐蔽的角落跑出,来到大办公室。

不知道为什么要开这个会。

所有的人都尽可能地往旁边和后面坐,更有甚者直接坐在了屏风后面,只露出一双冷冷的斜眼。似乎怕会上不经意的眼神碰撞,引发一场腥风血雨的"辩论"。

我和展哥、崔静婷三个人和后期的几个小伙伴挤坐在一进门右手边的沙发上。

他开始了他的演讲,从给他山东台的领导送了十七年的生日蛋糕讲起。

为什么送蛋糕呢?因为他恨那个领导。酒后甚至猖狂地说出"恨不得打断他的腿"这种话。为什么恨?因为在山东台,天天被这位领导骂得体无完肤,犹如地狱。他想通过送蛋糕,提醒自己要出人头地,也告诉他:没有你,我也可以展翅高飞!

人类本质上是一种容易遗忘的动物,伤痛抑或仇恨,都会被时光风化。

后来,这个蛋糕的味道变了,越送越想念,他的恨没有了,变成了感谢。他也发现自己慢慢地变成了曾经他恨的那个人!

没有曾经地狱般的磨炼,也就没有他的今天。

这些故事,我已经听得快能完整复述出来了,所以会不自觉地走神。

在他的身后有一个投影仪,屏幕上是电脑的桌面壁纸,我虽然眼睛盯着他,眼神却偷偷瞄壁纸上的文字,在自己的笔记本上草草写下:"跟你在一起的时光都很耀眼,因为天气好,因为天气不好,因为天气刚刚好。""如果再也不能见到你,祝你早安,午安,晚安。""苔花如米小,也学牡丹开。"……

他说到情绪"高涨"的时候,就开始在我们面前脱衣服。脱过毛衣、衬衫、卫衣,他可以只穿一件保暖内衣在我们面前侃侃而谈,完全不在乎自己的形象。每次演讲结束,都会让参会人员挨个发言:"说一

说,你今天学到了什么?"他很适合去大学当个教授,让人从他的阅历中去读懂自己的未来。但是,莫名其妙的是每次听完他的演讲,我的小宇宙就被注满了能量,我会觉得:没有什么是不可能的!

我和他的关系,感觉一两句话说不清楚。

好朋友赵文文特别关心我和他的关系,认为我和他是"领导和被领导"的关系。

这个评价，不是特别恰当，没有一丁点儿的人情味儿。

他和我妈妈一个年纪，我内心特别尊敬他，每次说话都毕恭毕敬，不敢苟笑。

每次发消息、回复消息，开头都是：肖老师，您好！

对我而言，不管是被"领导"还是被"利用"，都是给自己积累人生经验的过程。不管是当众被骂得体无完肤，还是两人面对面被说得一无是处，我从来不会否定自己的优秀——那个曾经叱咤大学校园，大喊着我要进入中央台的热血少年。

对于他，我有的时候很佩服。每天都干劲儿十足，即使前一晚熬夜工作到凌晨一两点，即使为节目赞助陪客户喝得酩酊大醉，第二天依旧可以准时起床，先带小女儿跑步锻炼，八点到单位永远是精神矍铄，不觉疲倦。在他的办公室门口，总能看见拿着电脑排着长队向他汇报工作的人。

对于他，我有的时候很厌倦。明明可以好好说话，却要以吼的方式来表达。不知道哪句话就把他点爆了，他可以瞬间脸色巨变，阴云密布："这点儿事都干不好，要你有什么用？你和门口扫地的谭大姐（保洁）有什么区别？实习生都比你干得好！"直到我担任现场总导演以后，换位思考，将心比心，才略微懂了他。

曾经的我，不会保留和他的聊天记录，只要打开手机在聊天列表中看到了他的头像就会删掉。为什么删？因为看到会倍感压力，会有精神上的压迫感。我会经常梦见他，在梦里一遍遍催我工作，一次次骂我：办公室骂、会议室骂、录制现场骂、飞机上骂、饭桌上骂、车上骂，还有在微信里骂！

查看最近的聊天记录，像个炸弹一样留在手机里。

早上八点零三分："你还没去打印吧？表格要打印成能写字、能擦掉的，徐林（主编）他们找的那种材质。如果没打印，我去了还有一些调整。"

早上八点十七分："还没起床？也不回复？我给你发消息，几乎没有马上回复的。"

早上八点二十五分："也不见你问早上好，组长什么都得带头才是，不如别人，如何带领别人。"

其实，那时我还没有睡醒。在睡梦中的我已经不自觉地点燃了他的情绪，在二十千米外的地方，有一个人因为我的不回复正在发火呢。我们已经共事了七年，关系却还是那种"若即若离"。好像很亲近，又好像很疏远。说不清，道不明。

我的朋友圈曾经是对他屏蔽的。

因为两次"事故"，我不敢再公开朋友圈。

2014年4月2日晚上十点二十八分，我发了一条朋友圈："每天都是坐最后一班公交车回家！"因为这条朋友圈，领导大半夜打电话把办公室鲍小婧给骂了一顿，说为什么不给李光凯安排宿舍？真实原因是我的房子还没到期，想晚点儿搬到宿舍。因为此事，鲍小婧对我这个新来的实习生心生厌恶：真是个讨厌的家伙。可，我也没想到领导对新人是那么在乎和关心。

2014年5月28日晚上十一点零三分，我发了一条朋友圈："忘记彩排一个环节,不知道明天是否顺利。"然后睡过去了。第二天同事告诉我,有些醉意的领导在整个酒店找我,看见个人就破口大骂。于是,同事好心奉劝我,把朋友圈关了吧,要不然遭殃的是身边人。可,我也没想到领导对节目是那么严苛,不允许有任何的偏差!

他应该也知道我屏蔽了他,他有的时候是一个很有趣、很好玩的人。

赵文文也曾经屏蔽过他,于是他就私底下问她:"为什么打开她的朋友圈显示的是一条横线。"赵文文听了很尴尬,于是就把他从黑名单里放了出来。

我和赵文文的朋友圈都是一些矫情的文字,没有太多工作。

这也是我一直以来的风格,就是不喜欢在朋友圈发工作——除了节目播出预告,但也是过两天就删除了。如果让他看了我的朋友圈,估计会炸毛:每天还有时间在那煞有介事地抒发感情?!可,他在乎的是内容吗?他在乎的应该是你的在乎吧。现在的我好像越来越不喜欢发朋友圈了,越长大越不想。

栏目群里又有了一条新消息,看完我们都沉默了,来自《焦点访谈》主编对我们刚播出的《喜上加喜·山西沁源》节目的一段想法。

"昨天有一个比较突出的问题,就是女嘉宾形象不好,视觉感差,负面冲击力太大。另外,老问题没有很好地解决,内容还是比较空洞。按说嘉宾也算是有生活的,为什么不能把他们的工作生活生动地展现出来呢?如果我们把现在的节目创作放下,就和这几个小伙子聊他们的工作,他们也不至于无话可说吧?为什么我们有能力做出好节目,现在却越做越差?国家电视台地位和重大政治主题体现在哪里?要安安静静地听听每个人的故事,并不需要刻意煽情,要坚信:只要有耐心、有同理心,任何人的生活都能挖掘出感人的宝藏。"

对于这段血淋淋的真实评价,他最后说了一句话:"各位亲爱的同事,我不怕失败,要肯吸取教训和改正错误。咱们一起,再来!"当时觉得他真的很有担当(很MAN),太有人格魅力啦!我觉得自己很幸运,每一份工作的直属领导对我都很好。第一位是湖北荆州江陵电视台的主编王辉,敢于重用我这个实习生,跳过实习直接见习,主持江陵电视台首届舞蹈大赛、首届春晚。第二位是湖北荆州电台综合频率田园之声《"三农"热线》的主持人陶秋岚,我口中的陶妈。曾经我因误锁演播室门导致空播半小时,台长因此都飞奔到单位,她扛下所有责任,而我只承担了开锁的一百多元钱。第三位就是肖东坡老师,虽然他骂你、凶你、说你,但他也的确细心、贴心、暖心,愿意分享他的所有经验、方法、教训、管理心得……

后来,国家广播电视总局发布数据,央视综艺频道《喜上加喜》节目在2020年全国三百二十八档周播综艺节目中,平均收视率位列第十名。收视份额经常位居全国上星频道同时段第一。还获得2020年度广播电视创新创优节目奖,受到中宣部《新闻阅评》《光明日报》等撰文表扬。

回想他过去的三十年,曾在四十多摄氏度的录制现场晕倒;曾在小女儿出生一小时后就奔赴机场出差;曾在去采访的高速公路上遇到车祸,身上多处骨折;曾打地铺喝雨水拍摄护林人;每年常态化出差三百

第一辑 ◆ 时间不语，却回答了所有问题

多天，就连外拍条件只有二百一十八天的 2020 年，他出差日程仍高达一百七十一天……

他太可怕了，他工作起来就不是个人！

他被称为央视第一红娘，说到他的感情经历，那也是很有说道。

肖老师大学读的建筑专业，毕业后被分配到山东交通医院工作。1994 年，山东电视台招聘主持人，他"鬼使神差"地参加并且入选了，还迎娶了山东师范大学的校花，人生赢家、令人羡慕。2003 年，有一种叫梦想的东西，怂恿着他不顾妻子的反对丢掉在山东台打下的江山独自来到北京闯荡，那一年 CCTV-7《乡约》栏目诞生。他成为一名央视节目主持人。

异地，夫妻之间聚少离多；加上需要照顾孩子，夫妻之间感情摩擦不断。2006 年，肖老师去黑龙江做节目，其间患了重感冒，半夜难以入睡给妻子发消息:"又黑又冷又远又穷。"本想获得丝丝温暖,谁想看到回复后心更凉了:"冻死你!饿死你!"他长叹一声后,不再回复。这样的日子又熬过了一年,身心俱疲的双方终于协议离婚。2008年的春节,肖老师一个人在北京,孤单、冷清。

谁都有七情六欲,谁也都是肉体凡胎,离婚怎会不让人难过,即使一个大男人。

他用喝酒和没日没夜地工作来麻痹自己。从那段感情走出来的肖老师开始了频繁的相亲。

为了尽快锁定目标,他经常故意提条件:北京这么大,我在西边,你在东边,你看我这么忙,来我这边见面吧?那些反对的、提出找中间地带的人都被他删除了。他喜欢西红柿炒鸡蛋加酱油,不是加一滴两滴,成品必须是那种黑乎乎的。这一条要求不能达到的又被他删除了很多。就这样找了五六年,网易女编辑、长江商学院高才生都不是他的理想型。他一度怀疑自己一上来就提要求是不是不对,直到遇到现在的妻子。

肖老师对嫂子深度了解之后甚是满意。但是嫂子的家人不放心:"他是文艺圈的人,你可以和他谈对象,但不能嫁给他。他这种人身边肯定美女如云,不会有安全感的。"为了消除嫂子父母的顾虑,肖老师把她的父母接来北京,不仅大展厨艺,为他们做了自己的拿手好菜:东坡猪蹄、鱼香鸡蛋……还治好了困扰准岳母多年的眼疾。就这样,一段美好的姻缘开始了!

2012年7月认识,8月就登记结婚。

肖老师,真是可以,这个年纪玩"闪婚"! 2013年《乡约》改版成为相亲节目。那一年,我刚来北京,是节目改版的亲历者和见证者。

2020年《乡约》升级改版成《喜上加喜》节目。我同样,一直都在。

2020年新冠肺炎疫情的暴发,让人有些猝不及防。栏目办公室已经成为我们的小食堂。

2020年4月28日

这一天,我去对门的摄像办公室包饺子,韭菜鸡蛋馅,一屁股坐下去再起来就过了将近一个小时。煮好吃了三个就饱了,然后抱着电脑来到窄小的会议室。

这个疫情,让我们都体验到了不同的感受,我的心情甚至有些忧郁。

明知道拖延症是个不好的习惯,却还是偶尔给自己找各种的理由不想做。

每天早上定的七点闹钟是为了吃早餐,却总是睡到八点五十才慵懒地起床。

明知道应该让时间变得更加有价值,却还会在那翻阅着毫无营养的东西。

想着生活总要找点儿"刺激",领导的生日快到了,我就想着,以导演组的名义,给他表示一下。提议一出,大家一致通过。

十天的时间,我们门窗紧闭叽叽喳喳秘密开了三次讨论会,确定了方案和礼物。

类似那种男生和女生表白的方式。在他车的后备厢准备了气球、礼物、灯、横幅。

当晚,一切就绪,十天的成果需要被他"检阅"了,有些莫名的激动。

除了负责给他开车的同事崔静婷,其余人都趴在四楼的窗台上,眼瞅着停车场的方向。我后背压着一个三百多斤的湖南胖子,嘴里一直嘟囔着:"怎么这么久,车还没走?"

内心在想象着他打开后备厢看到这一切时的反应,嘴中冒出的第一句话会是什么。

看着他们把车开走,我立刻把剪辑的开筹备会议的花絮发给他。

据说,那一路,他非常开心,时不时点开花絮看一眼。

后备厢传来叮叮咣咣的声音,他和崔静婷相视一笑。

这是我第一次为他人策划生日祝福,有些成就感。

现场给一个人过只有"一个人"的生日,那是什么感觉?

第二天是周六,我睡到中午才醒来,发现群里有红包,还有两条很长的消息。

早上七点十八分:"你们给我玩后备厢惊喜,我没想到!但你们也不会想到,我这时'附体'到静婷身上给你们发红包这招!此时你们一定感慨:没想到狮吼功还有一招大喇叭。你们以多欺少,我只能以大欺小。你们给我玩惊喜,我只能搞突袭。你们形式新颖,我也只能搞些创意!没办法,出来混总是要还的。特别声明,发红包不意味着不请火锅,因此领红包时不要有心理负担,祝你们年年有今日,岁岁有今朝,福如东海一神龟，寿比南山不老松！此时窗外不冷不热春意盎然，早上好！叮……我走了。"（静婷一个激灵醒来，茫然无措不知道发生了什么！）

　　早上九点十六分："咳……你们应该知道我是谁了吧？是的，谁说再'附体'一次就不行了呢？是吧？眼看时间马上就中午了，谁还不是个宝宝想吃个炸鸡呢？不过，由于科技条件的限制，一年最多'附体'两次。现在订炸鸡，热乎乎脆脆的，想想都开心。叮……我又走了。"

　　第三天周日，正常上班。

　　下午四点四十四分："咳咳……我虽然坐在你们中间，但我不是崔静婷了，我能听到、看到、闻到……你们有什么事我都清楚，而且我随时随地溜达、观察、倾听，偶尔也会发发红包。海底捞可以买一些扎啤，怕你们舍不得买，那就再来一波红包，行吧？叮……我又走了！"

　　这些莫名其妙的信息，都是生日惊喜引发的连锁反应。

　　我有点儿蒙，第一反应是领导拿了崔静婷手机在发消息，那我们组"逆天"的聊天记录不就被"曝光"了？事实上只是他给静婷发消息，静婷再转给我们，不过领导是真的大方有趣！他有时就像一个贴心的大哥哥，给我们的心灵照进一束暖暖的光，多希望这种美好持续下去。

　　静婷是一个特别直爽的兰州女孩，狂放的哈哈笑声，从不受控制。

　　周一到办公室，一副慌张又沮丧的样子，嘟囔了一句："我把领导惹炸了。"

　　我问她具体事情，她不想说，补充了一句："他让我明天自己坐地铁来上班。"

听完这句话，我心里并不震惊，他的极致热情、冰冷和暴躁我都见过。

但我特别想知道，到底是什么事情能让他说出这句话。

"说错话了？把车又刮了？"

"不是。是只有我会做出的事。"

"开了不恰当的玩笑？交代给你的事情没办好？得罪了他的领导？"

"都不是。"

她貌似已经放弃了，领导的司机职务就这么被撤销了？

整个上午，我们都在一团疑惑中度过，她坐在那儿心不在焉地做着节目播出的海报。

我时不时瞅瞅她，桌前摆着的"常乐"相框似乎有点儿尴尬，桌角的小雏菊也已经凋谢了。整个人的坐姿也处在不安的状态，像做好一种随时要站起来冲出去"英勇就义"的准备。海报在其他同事的帮助下，渐渐有了美感和神韵。她的心情似乎好了些。

中午，终于从她嘴中得知了一点儿事情的原委。

原来，她在来的路上和领导顶嘴了，确切地说是"争吵"，那种火药味十足的激烈"辩论"。两个人说话都很冲，情绪都上了高速，刹不住车了，你一句，我一句，句句见血！

"你别说了！我来说，应该是这样的……"静婷急了，一边开车，一边回怼。

到最后，两个人都不说话了。

领导打开窗户，点着了一根烟。

"领导今天心情不好，见一个怼一个！把主编骂哭了！"办公室瑶瑶来我们屋串门无意间提了一句。

崔静婷听完一屁股蹲在了地上："我的腿开始软了，发抖。"看来事情着实严重。

"今天的天这么好，我的天却是阴天。"她陷入了一种自责中。

"我去找他，要么道歉，要么递交辞职信。"这是她能想到的处理结果。

我们开始给她出谋划策，让她拿着做好的海报赶紧去道歉。

一直到下午四点多，领导都没有来过我们办公室，门口路过也没有进来。

她满脸的慌张没有消失，也没来得及道歉，就被领导喊着匆匆忙忙走了。

我们就等待着，看她第二天的出行方式。

然而，她并没有坐地铁来上班。

现在回忆起来，崔静婷只有"后怕"，领导在路上承认是自己的错，是他给了静婷"顶嘴"的权利。我感觉他很不容易，2003年只身一人来北京闯荡，白手起家创办《乡约》栏目，自己写稿、主持、剪辑，距今已经十八年。如果说他有做错什么的话，那就是活得太努力了。现在又要像一位老父亲，包容我们的过错并承担在自己身上，我有时特别想去抱一抱他，说一句："辛苦啦！"

不煽情了，这不是我们的工作和生活日常。

我特别怕他夸我，尤其是在大群里，每次夸赞都感觉把我推到了

"风口浪尖"。

我尽量让自己保持清醒，不会因为褒贬而动摇自己的心神。

这让我想起看过的一句话："古今大清醒者，往往心怀一份强烈的悲剧意识，不同气质的人承担起来，必是风格迥异。"

我不承认自己的悲剧意识，但我不会放任自己被悲喜左右，钟摆左右都有个限度，像钟表里的陀飞轮一样，时刻校准我与心中那个理想自己之间的时差。

再看静婷的桌上，已经摆满了到处"搜刮掳掠"来的各种小摆件，雏菊已经不见踪影，"常乐"的相框也被退居二线，最显眼的是印有BOOM字样的拳套。两个导演组办公室天天打打杀杀、枪林弹雨，好不热闹，真是一群妖魔鬼怪。

2020年4月29日

来栏目组六年多了，这是待得时间最长的一次，有三个多月。

平时早就已经上"战场"录制节目了，这次疫情让我有更多时间和自己独处。

因2013年就开启常年出差的节奏，所以渐渐讨厌出差，北京也像是出差目的地，只是不用录节目，但需要上班。

如果出差，不得不提一下我们的娱乐项目：吃饭、"杀人"游戏、"冰棍"游戏。

为什么说吃饭是我们的娱乐项目，因为来到栏目组，没有一个人不会发胖。是魔咒吗？不是，是有一个很残忍的"劝饭"方式。每次饭桌上必备的一道菜是西红柿炒鸡蛋，不放盐，放酱油，拼命地放，西红柿要捣烂，成品黑乎乎、黏糊糊、油乎乎，这是我们总结的领导的口味。和西红柿炒蛋匹配的就是盆，吃饭不用碗，用盆，面对热情的劝饭，我们不敢违背"旨意"，每次都吃得撑到嗓子眼儿。

"杀人"游戏，这是饭后必玩的。比较神奇的是他总能精准地揪出谁是杀手，我一度怀疑他作弊，是半睁着眼参加的游戏。最值得一提的是他睁眼说瞎话，每次发言前，都要点上一根烟，明明被证实是"铁狼"，却一本正经地"泼脏水"，说得特别走心动容。这个游戏中，总有几个游戏的黑洞，搞得狼人自相残杀。

"冰棍"游戏，应该是小时候都玩过的游戏，就是在抓到你之前，你要喊出"冰棍"两个字后站在那儿不动，等待其他人救你。这个五十岁的男人带着我们玩得不亦乐乎，他经典的动作，张开双臂，口中大喊着"啊——"，像鲨鱼一样围堵着我们。那个时候的他，真的很青春！很孩童！

这是我们共同的娱乐项目，他还有自己的一个癖好，喜欢香椿。

他家楼下的墙根，种了五十多棵香椿，他畅想"绿意葱葱，随手可摘，多么可爱"！

一边想象着那美好的画面，一边给它们浇水、施肥，还给所有的人炫耀："你看，这是我种的香椿！"

一棵棵香椿都拥有了自己的地盘，吃饱喝足，准备茁壮成长。

小区的邻居出来遛狗，看到一排香椿，就到物业以占用公共绿地为由投诉他。

"空着也是空着，到时候可以一起享受香椿的美味，多好！"

"你这会影响我家楼的地基。"

他很诧异,这怎么会影响楼的地基呢。

协商未果,他陷入悲愤之中,全家在一起讨论这件事的处理方案。谁承想,投诉也就算了,那位"好心"的邻居还在整个小区里贴小广告,用这种方式来反对他的香椿计划,甚至贴在他家墙上。怕他看不见,还敲门提醒:限他两天之内,把所有香椿拔掉。

因为这件事,他在自己办公室门牌号下写了一句话:一念之间天地皆宽。他想过和对方抗争,甚至开玩笑说半夜去砸他家窗户。最后还是选择了低头,坦然接受。

我就在想,等到我五十岁的时候,我还会和比自己小两轮的年轻人一起玩"冰棍"游戏吗?会和他们一起玩"杀人"游戏吗,中间还会各种耍赖的那种?会强迫大家吃不喜欢吃的东西吗?他有一颗童心,为什么还让我们怕得要死。

每天相处的那个人到底是怎样的一个人,我竟然发着呆写不出来。所有褒贬的词都可以用到他的身上,已经无法说出他到底是好还是坏。他在我心目中是一个伟大又拧巴的形象。完全梳理不清的人,想靠近,想远离,想掏心,想绝缘……

他曾经说过一句话,这人一旦累了,就会进入一个叫历史的空间,倚楼听雨,过往如鉴。你会不自觉地心生感慨,我们的故事终将变成前辈们的故事,而这些故事还会在后辈们中间上演。历史是彷徨者的向导,很多关于未来的答案都隐藏在历史中。或许,我们都将成为历史,就像他的那句"叮……我走了!"。

他是肖东坡，一个小眼睛男人，眼神犀利又坚定。

他是从山东台跳槽来央视的非科班出身主持人。他长得很喜庆，被誉为"农民第一之友"。在主持圈，能拿的奖他都拿了，金话筒、韬奋奖、新闻奖……圈外还拿了中宣部"四个一批"、国务院政府特殊津贴。他教女有方，女儿在耶鲁大学留学。他还喜欢装修办公室，每年换一个样子，可不管怎么换都是那么土。他很有生活情调，家里有篮球机、桌球、跑步机，还有舒服的私人电影院（投影仪），还有没事就收拾的后花园（玻璃房）……

2020年6月13日

早上十点我收到崔静婷给我发的一条消息："光凯哥，我们昨天感慨，我们是上班从不准点，作业从不按时交，说出去玩就出去玩，工作从不认真干，说喝酒就喝酒，说让你替我们顶着，就把你给推出去，订饭永远省钱能吃……还有很多毛病的'差班生'，嘻嘻。所有组长也就只有你会这么包容我们、放纵我们。组长做成你这样真心不赖。但是又由于我们是一群'妖魔鬼怪'，所以，我们很快又推翻了自己是'差班生'的定义，所以最终定位是：我们是一群不用好好学习，依旧智力超群，能力超群的天才。"

这或许是他们几个人最后一次出去玩，因为团队的一个小伙伴李子源要离职。

他的离职和栏目的岗位调整有关，我也不知道事情为什么会发展到这一步，我们每个人面对他的离开说得夸张些像是"失恋"了。

李子源很喜欢一首歌《如约》，里面有几句歌词：但愿你我，别再问我为什么。风吹云散来得也去得，谁参得透因果……时光好似列车，我们都是旅客。最美不过，同行过……我记得第一次听这首歌是在一个出差的深夜，在门铃的反复叮咚声中我穿着睡衣和一次性拖鞋去展哥的房间，看到了小圆桌上摆满了烧烤和啤酒。觥筹交错中子源放了这首歌，我当时就下载了，可能因为曲调，可能因为歌词，可能因为当时的氛围。那是一场回忆的酒局，崔静婷回忆对大家的初印象……

也许，这首歌里藏着我们的人生路，我们都是旅客，最美不过同行过。

有回忆局也就有送别局，我们为子源送行，选择在一个距离住所近的饭馆。

那一晚，我们每个人肆无忌惮地笑着、哭着、唱着、喝着……

朋友是有期限的，临别这个时刻，他和我们的期限到了，就要挥一挥手。

奥利奥是组里最爱他的人，为他自掏腰包做了一面锦旗："毕业快乐，'钱'程似锦。——现场组赠磨磨叽叽的李子源。"为此，我们还专门设计了一个颁发仪式。在一片欢声笑语中弄了一出匪夷所思的送别。我们曾经关系很好，我们曾经好到无话不说。可时光就是一趟列车，一路上有人上上下下，我们会遇到不同的人，会喜欢上不同的人。还好，我们能够相伴一途！

肖东坡，是一个"冷血"的人，他三言两语、面不改色地把辞职后的事情交代清楚了。他又是一个"暖心"的人，知道子源和我们的关系很好，就私底下和静婷说，我们送别子源喝酒、吃饭产生的费用他来买单。

今天一早，领导给他的辞职信签了字。这件持续了一周的事，终于尘埃落定。

外面三十八摄氏度的高温，办公室里清凉得很，喝完一杯薏米茶后我去看看他在干吗。

每次去到他们办公室，打开门，得先缓五秒钟才有勇气进去，屋里的烟味太呛人了。

李东阳、奥利奥、李子源"三贱客"还在你一句我一句地斗嘴。

我不说话拿起子源桌上的一个汽车模型，在奥利奥后背上滑来滑去。

子源说："光凯哥，那个车送你了。"

奥利奥"咣"一巴掌给到子源："为什么不送我？"

"要送给有缘人！你看我这儿，你要啥，拿！"

子源总是这样，这就是临走前的清仓赠送……

分别对于我们每个人来讲是一件必然的事，为了留下一些记忆。我会记录下每个组员，每天给我留下印象的一句话或者一件事情，就像写日记一样。其中，对于子源的部分记录如下。

2020 年 3 月 30 日， 我偷偷喝了他的一瓶用来直播的酸奶。

2020 年 3 月 31 日，上周末他竟然偷偷回了趟扬州的家，回来时估计还不一定记得住的酒店名字。

2020 年 4 月 2 日，那顶白色帽子好像不太符合他的气质。

2020年4月7日，今天发现每次现场组合影，子源都是一脸"姨母笑"。

2020年4月8日，忙的时候给我辣条我没吃，肚子饿了，包子就辣条。

……………

据说，肖老师舍不得李子源离职，曾在签字后再次发消息挽留。

2021年发生了很多事情。国家启动"清朗"系列专项行动，大力整治饭圈乱象；教育机构的改革，俞敏洪捐赠十六万套桌椅，带百名老师卖农产品……肖老师也带着团队进入了市场，和快手、抖音、腾讯、爱奇艺开展合作。他，还是那么干劲儿十足！很多人，在这个时代画上了句号，带着新的使命迈入新的时代。

"开会啦！大办公室集合！"主编在群里又发了通知。

每个人还是像受到惊吓的老鼠一样，从一个个隐蔽的角落跑出，来到大办公室。

这次开会，是栏目一年一度的创新大会。

奥利奥点的外卖刚到，还没来得及吃就参会了。

"哪个组先发言？"

"后期、摄像、现场、办公室、前期？"

每个组都想先说……

今天是2021年11月19日。

谢谢你，离开我

每次想起他的故事，我都忍不住在房间踱步，消化他传递给我的这些"痛苦"。

我感觉他降临到这个家庭是来偿还前世"欠下"的债务。

他将责任死死钉在自己的身上，即使面对人生已写好的血腥道路还是弯腰行进。

其实，我们每个人都是在一呼一吸中坚持，即使空气变成烈火开始对我们灼烧，我们还是要鼓励自己，"睡一觉就好了"。

——李光凯

很多人包括我的家人，会问我：为什么我要这么辛苦，这么累。我去菲律宾长滩岛当导游就是为了赚钱，我要在有限的时间赚到更多的钱，所以我手上同时有两三个团。我非常不喜欢别人对我讲：你为什么要这么辛苦。我牺牲娱乐时间和谈女朋友的时间，我的"理想"就是让家人过得好一点儿。我今年已经三十八岁了，从二十岁到三十岁，虽然也在工作，却没能为家里做什么。直到三十岁，我才能给家人一些帮助，所以我不觉得辛苦。

——Andy

出国旅游，我去过菲律宾、美国、法国、德国、瑞士等。

在我接触的导游中，Andy 属于最有个人魅力的那一个。

他皮肤黝黑，充满野性的刺青，戴着墨镜，穿着人字拖，简直就是沙滩上最靓的仔。

以前做节目，我经常因把采访的嘉宾聊到落泪而自责、内疚。

如今，我却被 Andy 讲的故事感动到头皮发麻，心情难过了好一阵。

他高颜值、台湾腔、礼貌中又略带痞痞的样子是很多女游客的"毒药"。

每个地方女生向他表白的方式不一样。

台湾的女生会嗲嗲地说："你休假回台湾，我请你吃饭。"

北京的女生会直爽地说："我喜欢你，你觉得我怎么样？"

上海的女孩会魅惑地说："晚上有时间吗，单独请你喝酒？"

工作第一，爱情第二

一个北京的女孩带着她的宅男程序员弟弟去菲律宾长滩岛旅游。

游艇出海，Andy 作为临时的导游。

"你会不会游泳？"Andy 问这个女孩。

她很干脆地说会，可是一跳下水就不会游泳了。Andy 看她情况不妙，墨镜一丢，纵身一跳，只见他一把抱住她，紧紧地，十秒内把她拖上了岸。

第二天女孩回到国内，凌晨两点发消息问 Andy："你有没有女朋友？"

"没有。"他实话实说。

"我喜欢你！"

"这个，我见多了。什么时候开始的？是不是我一把抱住你的时候？"

对方默认了。

"你只是那一瞬间的喜欢，过一段时间冷静下就好了。"

又过了一段时间，"我不找你，你不会主动找我吗？"冷静后的女孩再次发起攻势，并介绍她身边的朋友去长滩岛玩。Andy去北京，女孩说到机场接他，Andy不想欠这个人情，就自己打车到酒店后才告诉她已经到了。用Andy自己的话说："好死不死，我订的酒店竟然离那个女孩家开车只需要五分钟。"

女孩很热情，很主动，很积极，这三个"很"字应该能表达女孩对Andy的喜欢。

离开北京的前一天是12月1日，Andy的生日。女孩陪Andy一起去他朋友店里刺青，也是他这次专程从台湾来北京最重要的事情，七八个小时的刺青让Andy很累，他想着赶紧回酒店休息，赶第二天的飞机回台湾。

谁知刺青的朋友盛情邀请："你大老远来，必须到我家，炒两个小菜，喝两杯。"

那个女孩有点儿不耐烦了，当着他朋友的面质问道："你朋友重要还是我重要？"

这个尴尬的大难题估计是所有男生在恋爱中都会遇到的。

Andy 有点儿无语:"我和你认识才多久,而且我已经有女朋友了,不会和你在一起!""好!"女孩听完摔门就走了,之后给他发消息:"我不需要你养!你知道有多少男人在追我吗,我这么好的女生你不懂得珍惜,那就算了,祝你一路平安!"等他回复的时候,已发现被删除好友。

"你怎么看待这个女孩?"我问。

"她小我两岁,肯定想着尽快结婚。而我接受不了闪婚,我认为最少得先交往一段时间,认清对方的个性之后再考虑结婚。她肯定等不了。她说她可以不结婚,可以不生小孩。我觉得都是屁话。况且,来北京前我已经找到了女朋友。"他停顿了一下,拿出一根烟,闻了闻,却没点着。

"她也不可能放弃工作。即使放弃工作,她会跟我在菲律宾生活吗?我曾试着交往过一个女朋友,恋爱时,我有一个月接了十四个团,在家里睡觉的时间不超过五天。我不在家,她会很无聊,每天无所事事。我带团每天要讲很多话,受委屈了也要忍着,强压着火,回到家里,整个人都累瘫了,情绪很低,也不想讲话。她对此很不爽,为什么好的情绪给客人,坏的脾气留给她。其实,我也不想。"

"她们都没错。如果女朋友是你的一堂课,你总结到了什么?"

"我特别希望对方能懂我。晚上约朋友去吃饭、酒吧、夜店。另一半就会抱怨,你晚上就是喝酒,白天就是忙。可她休假的时候,我没有假日,只能用晚上的时间去休闲娱乐消遣!"

后来,那个女孩和他刺青店的朋友在一起了。

还结了婚,生了一个女娃娃。

初恋

Andy 和初恋从初中开始谈恋爱,一起打工,一起上学。

他想很早很早就结婚,这样就可以带着他的小孩一起打篮球。

不管男孩还是女孩,和孩子一起打篮球是他的"人生理想"之一。

而女孩说:"你还要去当兵,等你当兵回来再结婚。"

Andy 说:"好,听你的!"

一年十个月后,他当兵回来上了大学,白天兼职,晚上在夜间部学习。

Andy 还是想快点儿结婚。女孩说:"我们的学业还没修完,等修完学业再结婚吧。"

Andy 说:"听你的!"

两个人虽未结婚,却生活得如老夫老妻。

下班看到百货公司周年庆,他们买了一辆娃娃车,逛街把结婚戒指也买了,促销活动婚纱也预订了,婚宴的酒席价位也问清楚了。

婚礼的东西筹备得差不多了。两个人把结婚的日子定在七夕情人节当天。

Andy 有点儿迫不及待。女孩说:"我们公司团建去帕劳,你当我的家属一起去,回来咱们就结婚。"

Andy 说:"行,听未来老婆大人的!"

星河滚烫,彼此就是星辰!

在帕劳,晚上出海,星辰为伴,这种环境太让人神往了。

Andy 和导游聊天了解到他们平均一个月能赚到三千美金。

从那一刻开始,他决定当导游。

这样,他就能短时间内能赚到更多的钱来偿还家里几十万的债务。

Andy 想,要不先结婚再去当导游。

女孩说:"你先去试一试,回来再结婚。"

在女孩的支持下,Andy 去了帕劳。

这一去,一天宛如一年,一年宛如一天,很多事情因此改变。

彼此人还在,心却已不在。

一个人在为了理想拼命工作时,却拼没了爱情。

十四年的感情,谁也没有主动提出分手。

那得是多么不舍,但又是谁的错呢?谁又该对谁道歉呢?

后来的每一年,Andy 会不定期地给这个女孩汇钱。

即使她有了男朋友,男朋友变成了老公,他还在汇钱。

直到有一天,Andy 在朋友的脸书上看到她生小孩了,积攒的情绪那一刻崩溃爆发。Andy 哭着给朋友打电话:"我一直觉得是我辜负了她。从现在起,我汇给她的钱,我都不要了,我该放下了。"

"你,早就该放下了!你们之间不存在辜负,时间插足了你们的感情。都这么多年了,放过自己吧!"

"看到照片的那一刻,我才真正地放下,毕竟十四年啊!娃娃车、戒指、婚纱都准备好了,但我没有见过她在我面前穿婚纱的样子。现在,她已经彻底不属于我了。"

"你们为什么会走到这一步?"我问。

"我是一个自私的人。我和她都是家里的老大。我父母离婚,家里欠下几十万的债务，还要养弟弟、妹妹、外婆。她很不能理解，我为什么要牺牲自己成全家人独自撑起这个破碎的家庭。她质问我，如果跟我结婚了，她是不是也是牺牲品？我回答，他们是我的家人，我可以一个人承担，为什么还要牺牲你？五年过去了，我想向她说一声：抱歉。我现在好了，你在哪呢？"

车窗起雾的时候，你会写下谁的名字？

十四年，马拉松式的爱情，就那么不吵不闹地结束了。

风，一声不吭地吹皱了时间。

他曾背负五年的辜负，也终于放下了。

异地恋都这样，不想对方在另一座城市孤单一人没人陪伴。

分开也好，默默地深爱着对方，无论相见或不相见。

谢谢你，离开我。

Whiskey

Andy 身上有五个刺青。

其中有一句他最喜欢的话，"Everything happens for a reason"。

在他的右臂上文着一个名字 Whiskey，左胸的刺青就是 Whiskey 的样子。

Whiskey 是一条金毛犬。Andy 把它当儿子养，他不在家的日子，一直是它陪伴 Andy 的家人。外婆上了年纪，患有阿尔茨海默病，一向不喜欢狗，但时间久了她会慢吞吞地跟狗聊天："你是在陪我吗？你要去外面尿尿，我帮你开门。想爸爸吗？你爸爸下个月就回来了。"

2016年9月,Andy的妹妹给他打电话,说Whiskey生病了。

他听后没有太在意,让妹妹先带它去看医生。

医生表示应该只是普通的感冒,先吃一周的感冒药试试。

一周后发现咳嗽的症状并没有缓解,Andy从菲律宾飞回台湾又带它去看了医生,照了X光发现肺部有白点儿。医生就建议他们去癌症肿瘤专科医院,到了那家医院,医生用超声波诊断出Whiskey是肺癌,而且已经是晚期。

"它只剩差不多三个月的时间。"医生说。

Andy以为听错了,一阵蒙,"最多三个月!"医生重复了一遍。

犹如晴天霹雳,Andy看着Whiskey温顺的眼神,接受不了这个结果,整个人快要崩溃了。

Whiskey好像听明白了他们之间的对话,摇了摇尾巴像在说"我没事"。

医生建议他,在Whiskey肺部功能完全丧失之前选择安乐死,不然它会渐渐无法呼吸,就像溺水一样痛苦地死去。其间他妹妹建议他找一位宠物沟通师,Andy觉得都是骗人的,不相信。

大概到了11月,Whiskey喘得越来越厉害,后腿开始无力走路,食欲也越来越差。怎么办?Andy给它买各种补品,买最好的药,把牛肉打成肉泥喂给它吃,一天支出大概五百元钱。

妹妹有空就把Whiskey放在推车里带它出去散散步,吹吹风,看看星空和朋友,让它吃想吃的,做想做的。11月中旬,Whiskey的状况变得越来越差了,他接到电话知道Whiskey快不行了。

Andy 火速赶回台湾，Whiskey 像活过来一样，舔 Andy 的脸，和他互动，一副自己很健康的样子。它喜欢趴在 Andy 的腿上，眯着眼睛打盹，一脸幸福的模样。Andy 也是每晚睡在客厅陪伴 Whiskey。但是 Andy 不能在台湾待太久，临走前对 Whiskey 说："爸爸必须回去赚钱了。我知道你现在很好，你不要担心，家人会照顾你。爸爸回去赚钱给你买补品。"

Andy 走后，妹妹给 Whiskey 租了一台制氧机，让它吸氧以减轻它的痛苦。

Whiskey 是 12 月 16 日离开的。

在它离开的前几天，它甚至可以自己走到庭院上厕所。

他们所有人以为 Whiskey 渐渐好转了，但是没想到……

15 日，妹妹还是照常带它出去走一走逛一逛，像平常一样喂它吃饭。

到了晚上，Whiskey 开始不想睡觉，一直坐着。后来，她发现它开始没有了活力，渐渐趴下来。

晚上十点多，Andy 还在机场热情地送游客。

妹妹给他打视频，第一次他摁掉没有接。

接着给他打第二个，他还是摁掉了没接。

随后她消息发来：你再不接可能就没有机会了，Whiskey 不行了！

Andy 在机场送机，看到消息后，眼泪唰地就下来了，转身把眼泪抹掉，对着游客说："不好意思，我还有点儿事情，就不送你们了。"然后，躲在一个角落打视频电话……他看到 Whiskey 全身抽搐，呼吸

困难，眼泪簌簌地往下掉。

送完机，Andy无法脱身，要和同行的四个人一起搭车回码头。

"Whiskey，爸爸现在要坐车，一个半小时没有信号，你要等爸爸！一定要等爸爸！"Andy慌了，说话哆嗦，眼泪在打转。

一个半小时，分秒煎熬。

回到码头，Andy赶紧开视频，看着奄奄一息的Whiskey，他痛苦地咬着自己嘴唇。

"辛苦了，谢谢你等爸爸，放心地走吧，不用再忍受痛苦了。"

颤抖的Andy泪流满面。

在和所有人道别之后，Whiskey乖乖地闭上了眼睛。

它看了一眼爸爸，走了。

Andy 控制不住，崩溃大哭。

当晚，妹妹和妈妈睡在 Whiskey 的旁边，陪了它最后一晚。

这是一只陪伴他们十二年的狗。

十二年，Andy 一直把它当儿子养。

三年前，家里原本有两只狗，一个叫 Whiskey，一个叫馒头。

它们两个一起相处了九年，感情非常好，经常在院子里互相追赶打闹。

假期骑摩托车出去兜风，Andy 带着 Whiskey，他女朋友带着馒头。

就像一对小夫妻，带着自己的两个傻儿子，玩得很疯，很幸福。

一开始，馒头的个头儿比 Whiskey 大。

后来，它们两个一样大。

再后来，Whiskey 长到有三个馒头那么大。

那段十四年的恋情结束后，馒头被女朋友带走了。

或许命运早就安排好了一切。

就在 whiskey 走后不到两个礼拜，馒头也跟着走了，莫名死在了自己的狗窝里。

两次聊到 Whiskey 的时候，Andy 都泪崩，他呢喃着："很对不起，很对不起……"

梦中无数次见到 Whiskey，然后哭着醒来，为了将这份爱保存，Andy 专程飞到北京，花了八个小时在他心脏的位置刺了 Whiskey 的样子。

Andy 想把它一直带在身边,无论走到哪里。以前是它陪家人,现在是他陪它。那个叫声"娘娘腔"的 Whiskey 应该会在梦里舔 Andy 的脸。

那次刺青,就是遇到"热情"的北京女孩那次。那个摔门而去的北京女孩可能还不知道这个刺青对于 Andy 的意义,也不知道当时他的内心是怎样的一种惆怅。

在 Whiskey 走之前,妹妹曾背着 Andy 偷偷去找了宠物沟通师,并把医生的话传达给了他,他有些震惊。

那些只有他和他妹知道的事情,竟然从这位宠物沟通师的嘴里说出来。

"沟通师说了什么?"我很好奇。

"他说 Whiskey 想告诉我,知道我在外面工作,不能经常回家,可不可以不要安乐死,它想顺其自然地走到最后。它死了以后,不要把它埋在山上,它想在家里。还说不用担心,就算它过世以后,也会在家里待一阵子,不会马上离开,在以前的它经常待的位置能感觉到它的存在。它希望可以躺在床上,地板硬邦邦的不太舒服,吃东西吞咽不舒服,想吃流质的食物。原来,Whiskey 想得比我们还要乐观。我相信了这位宠物沟通师的话,把它火化后埋在家里的院子中,将它的照片贴在一个小墓碑上,妹妹还买了它喜欢的玩具放在旁边。有一件事很神奇,后来我妹妹的朋友拜托她照顾一下家里的狗,是一条很顽皮的腊肠狗,颜色和 Whiskey 很像,它在院子里疯跑疯玩,但一直没动 Whiskey 的玩具。"

"Whiskey 小时候好玩吗?"

"特别好玩。我睡觉的时候会把它抱在怀里,但它怕热,会自己偷偷跑到电风扇那吹风。我们去上班,第一次把它和馒头关在阳台上。下班回来,发现它们两个正在那玩自己拉的便便。从那天起,我每天都要给它们洗澡。馒头毛短,吹风机很快就吹干了。Whiskey不行,毛长,会乱跑,我们就用小柜子把它围起来。它很聪明,看看柜子的缝隙,再偷偷看看我们,趁我们不注意的时候,找准时机便从缝隙中跳出来。被我们抓回去,它会继续跳,可能觉得很好玩。馒头就在一旁幸灾乐祸地看热闹。还有一次它自己偷偷跑出去玩,全家人从下午三点开始找,街坊邻居全问了一遍都说没看见它。找了两个多小时后听到有大学生边走边说,刚刚那只狗狗好可爱,在那儿看排球比赛。等我们跑过去,看到Whiskey就坐在记分台的旁边,视线跟着排球晃来晃去,真是让人哭笑不得……"

越回忆越伤感!来一杯吧,我干了,你随意!

"独特"的爱家方式

Andy是家里的老大,弟弟比他小三岁,妹妹比他小十二岁。

"你还有一个小你这么多的妹妹?"

"我妹妹二十六岁,我今年三十八岁,我是1982年的。"

"什么,你是1982年的!"我有点儿吃惊。

"很多人猜我是'90后'。"

"看来做导游能让你越来越年轻?"

"心态年轻了。我接触的全国各地的客人都有,大陆真的不是我们小时候在课本上了解的那样。一点儿都不落后,我去过上海、北京、西安,看到了只有历史课上看到的东西。比如:秦始皇兵马俑、故宫,游览的时候很激动,还会紧张。我现在只要休假,就会抽半个月的时间去祖国各地看看,给自己充电。"

Andy 说话很直接,直言说他和妈妈的感情不好。

父母在他初中毕业时离婚了。因为爸爸总是打骂式教育,所以离婚后他跟着妈妈。

父母离婚后,他和妈妈搬去了外婆那边,和外婆一起生活。

因为在感情中受伤,妈妈的精神状况不稳定,抑郁酗酒,还会不定时地发疯。

每次回到台湾,Andy 都会怼他妈:这里不好,那里不好。但他只是希望她好。

Andy 在国外工作,三个月不会和她通一次电话,每次电话里就是两个问题:家里都还好吗?钱还够不够?他们母子从没有说过"晚安"和"我爱你"。

这大概就是他表达爱这个家的方式。

Andy 和弟弟、妹妹的关系挺好。

弟弟已经结婚,小孩三岁。但是家里遇到一个世界性的大难题:婆媳矛盾。

2016 年 9 月份,Andy 在机场送机。

弟弟打来电话:"哥,我受不了妈妈和外婆了,真的受不了了。"

"好!你走,收好你的东西走人!这个家我来扛,你就全心在你的家庭上。家里的这三个女人我来照顾。"

第二天，弟弟就从那个家搬出去了。

从那一刻起，Andy 就开始牺牲自己，一个人把家支撑到现在。

妹妹和 Andy 的关系不像兄妹。

从小她被 Andy 带着一起打篮球，打进校队，直至中华队。

她不会跟 Andy 撒娇，更不会卖萌，甚至有点儿怕他。

那种关系 Andy 描述是比哥哥还要多一点儿。

外婆已经八十五岁了，患了阿尔茨海默病。

每次回来，外婆都问："你在哪个地方工作？"

他说了无数次菲律宾，一转头外婆就会忘记。

每次要走，外婆就问："你不是刚回来吗？怎么又要走？"

其实他已经在台湾待了两个礼拜了，但每次都会耐心地说要去工作了。

外婆因为得病，就会和妈妈啰唆很多家长里短，说烦了两人就会吵起来。

Andy 给外婆打电话去安抚："不要无理取闹，没事和 Whiskey 多聊天说话。"

在他的脚上戴了一条链子，他们叫作"认尸环"。如果出事了，通过脚上戴的东西可以知道你是谁。外婆听后觉得很不吉利，但这个东西对他们很重要。

Andy 知道自己有不对的地方，知道他们需要的不仅是钱，还有陪伴和关心。

但现在 Andy 能提供的就只有钱，剩下的只能交给妹妹和 Whiskey

代替他去完成了。

妈妈的脾气不适合在外面打工，但爱煮饭，曾做过一段时间的送餐服务。自己做饭，定点送饭。可是一次她骑摩托车送餐，出车祸大腿骨折，Andy 就劝她不要做了。但妈妈说可以开车送餐，Andy 担心她再出事，好说歹说，终于说服她在家给家人做饭就够了。

"你觉得对他们有亏欠？"

"不只亏欠。那个谈了十四年的女朋友问我，我要持续供养这个家到什么时候。我说等我外婆和母亲都不在了的时候，我才可以放下。我愿意做那个牺牲品，我没有办法去讨好所有人，不能满足所有人对我的期望，我能做的就做好。照顾好家人，照顾好客人，不给公司添麻烦。"

"你将来有什么打算？"

"现在因为新冠肺炎疫情，长滩岛挂名的一百五十多个导游被迫放假。本来打算明天回台湾，但昨晚了解到宿务那边有业务，所以我准备去宿务带团。我身上的钱要先供家里，该怎么供还是怎么供，该多少就多少。去宿务我就赚点儿自己的生活费。后面的也没办法多想……"

2021 年 9 月，白露已过。

中国台湾地区的"德尔塔"再次暴发。

教小学生打篮球的妹妹只能通过送外卖贴补家用。

外婆的病越来越严重了，除了去医院，其余时间则足不出户。

他回到了台湾，捡起来老本行——项目工程，还新交了一个女朋友。

等过一阵子，他还准备去帕劳带团。

他把自己做的"牺牲"认为是"成就"!

每个人的降临,都是带着使命来的。

每个家庭,都有各种各样的故事和事故。

我突然想感叹:有些人为了生活,已经很努力了!

文稿截止的时间是 11 月 27 日,地点在北京新七天咖啡店。

我问他:"Andy,你还有什么要补充的吗?"

"我想补充……外婆在 9 月 13 日过世了,我接下来的责任就剩下赡养我妈了。"

一夜长大

> 我想写什么就写什么,我为什么不能写结束他十一年一个人生活的那个人,我为什么不能写描述性的文字。我为什么要带着所谓的"目的"来写这个人?我写的是这个"人"就行,我写他的执着、他的隐忍、他的善良、他的一切……
>
> ——李光凯

> 多少个夜晚,从零点到两点,身处城市各个角落的人循着我的声音,通过电波或者网络彼此陪伴。或许是因为在夜色的掩映下,人们卸下一天的疲惫,心事也消减了几分,所以那些低语倾诉才可以穿过城市的高楼大厦,越过车水马龙的街道,到达看不见的心灵深处。
>
> ——小马哥

最近晚上,我在看尼格买提的书,我没有从第一页规规矩矩地看起,而是翻到哪里就从哪里看起(其实,我是好奇,想先了解他在台里的工作)。趴着看,不舒服就躺着看,饿了就嚼着麦片坐着看。看着看着就到了凌晨两点,想到第二天一早还要开晨会,赶紧熄灯睡觉。

灯熄了,我却睡不着。在文字中,我能感受到小尼哥是一个特别真诚的人。那个不争不抢自称是幸运之神眷顾的他,一步步从没有存在感到站上春晚的舞台。他写到了王小丫、董卿、朱迅,都是我心中敬仰的前辈们。如果我的理解没有偏差的话,他是从没想过能站在春晚的舞台上。他说的是对的,但他的内心早有"预谋"。春晚,是殿堂级别的晚会,是无数主持人梦想的舞台,包括他。

我想到自己第一次播新闻、第一次出镜、第一次主持地方台春晚、第一次在万人观众前热场……我,为什么喜欢播音主持呢?

年少的我不知道播音主持是艺考生,以为文学院就可以学习,其实不然。我大学读了一所石油大学的国际经济与贸易专业,大二开始在学校主持各种活动,其间获得了"校园十佳明星"的称号,并赴香港大学学习。大四毕业,我放弃保研和高薪外企工作,去到一个县级电视台成为一名新闻主播,一年后成为市台的一名主播,为了追求梦想,毅然辞职来到北京发展,一直到现在。

播音主持的就业应该很少是对口的。就拿我们栏目来说,我知道的学播音主持的有四个人,三个在做编导,一个在做制片。如果他们自己不说自己是学播音主持的,没人能察觉出。反而我这个非科班出身的人握话筒的机会比他们多。

我不清楚其他人为什么学播音主持。

可能是为了升学、喜欢舞台、喜欢播音、喜欢话筒……

但我认识一个人,他拼尽了所有的努力,为了心中的那团火。

这个人写了一本书《我走了很远的路,才来到你的面前》,里面是他苦寒的出身和并不幸运的经历。

走进他的故事

对于一个家庭来说，父亲的早亡，无疑是一场持久的灾难。

尤其是对于母亲身体孱弱，有两个男孩和两个女孩的家庭来说。

父亲去世后，大姐就成了家里的顶梁柱，每月七十二元钱的工资悉数交给母亲。

二姐为了早点儿给家里减轻负担，读了家附近的一所技校。

哥哥也在大姐工作的第二年外出打工，勉强应付自己的开销。

十六岁那年的冬天，乌鲁木齐异常寒冷，他的母亲也去世了。

去世前，他的母亲把和父亲结婚时戴的手表，也是家里最贵重的东西取下来戴在大姐的手上："花花，以后这个家就靠你了，好好照顾弟弟妹妹，老二、老三、老四，你们都别哭了，你们以后都要听大姐的话……"

真正的苦难到来时，你无处可逃。家庭的变故，已让他无法再安心读书。初三上学期的化学考试，全班只有三个学生没有及格，他就是其中一个。他已经无法心安理得地接受来自姐姐哥哥的付出，也不想拖累他们自己的小家庭。

"我已经十六岁了，我要像他们一样，早早地养活自己，为自己的生活负责。"终于在大雪纷飞的一天，他走进校长办公室，申请了退学。

高大的井架，无人的旷野，肆虐的寒风，在这种环境中他成为一名修车工。

在那艰苦的地方，只有一个手掌大小的收音机陪着他。

十年或许只是一个数字，但对他来说是梦想到达沸点的一个过程。

　　远离那些打牌喝酒的同事，躲在别人看不见、听不见的地方，疯狂地收听来自电波那头的声音。看着格外澄净的星空，畅想着自己别样的人生，他自言自语地模仿着电波里的声音。

　　年少的他狂热地爱上了播音，有人说他是疯子，有人说他痴心妄想。

　　那本播音指导书的书角已被翻得卷起，书里的知识总是那么激荡人心。

　　老章是他的师傅，是厂子里第一个心疼他的人，也是肯听他诉说的人。

听他说一说内心的渴望，叨一叨无根的烦恼，聊一聊那些做白日梦的日子。

老章总鼓励他多读书："这世上没有白读的书，以后总有机会用到。但是光读书没有用，还得说出来。"他对未来的神往，老章也是没有半分质疑，完全相信他："你肯定能走出戈壁滩，见识外面的精彩世界。"

因为老章，他不再自卑，专心每天毫无套路地练声。

老章每每淘到好书，都会问他要不要看。

一老一少，都没有磨灭对生活的热情，都对未来充满希冀。

然而，现实总是残酷的，老章想凭一己之力在国企平步青云谈何容易。和老章同一批拿到大专学历的人都陆续提干了，只有老章原地不动。厂里的人上上下下对他都赞赏有加，但每年的晋升名单上都没有老章的名字。有人提醒老章想升职，应该给某某领导送礼。

"没有关系，我行得端，坐得正，不走那些歪门邪道，也能有好的出路！"

现实却一次次给了老章响亮的耳光。三十多岁的老章，驼了背，白了头发。

再后来，老章家里有了变故，父母生病，妻子和他离婚，带走了孩子。

再后来，那个谈笑风生的老章不复存在了，现实磨灭了他的热情。

日子就这么一天天被撕扯着度过。

当小小的修理厂再也容不下他心中的梦想时，他决定去北京。

"去北京,你能干什么呢?没有关系,在哪工作都是一样的!"老章说。

当时的他,没有底气回答出这个问题。远处什么都是未知。但是,那个播音梦始终潜藏在他的心底,此时给他迈出这步的勇气。他要改变命运,摆脱"修车工"的标签,哪怕失败,一切从头再来。当然,在北京这座城,谁又不是一路颠沛流离地流浪着。

十年修理工"北漂"追梦

虽然当时家里不宽裕,但哥哥姐姐都没有阻拦他。

他拿着企业转制给的三万六千元钱,踏上了开往北京的绿皮火车。

临行告别工友们时,他试着从人群中寻找老章的身影,却无处可寻。

就在火车要开的时候,他的二姐急匆匆赶来,透过车窗,塞给他亲手织的毛线手套和两千元钱,并叮嘱他:"如果不行,就回来。"

二十八岁那一年,他有幸成为中华女子学院播音专业大专班的一名学生,成为中华女子学院历史上第一批男生中的一员。

虽然只是大专,也经常被人略带嘲讽地问:"你一个男的,怎么读女子学院?"但在他内心,能有书读,就已经万分满足了。

专业课考试通过之后,要准备成人高考。

摘掉学生的标签已经十几年了,如今他重新回到校园,拿起高中的书备考。

为了专心备考,他暑假临时在学校的宿舍租了一个床位,宿舍的舍

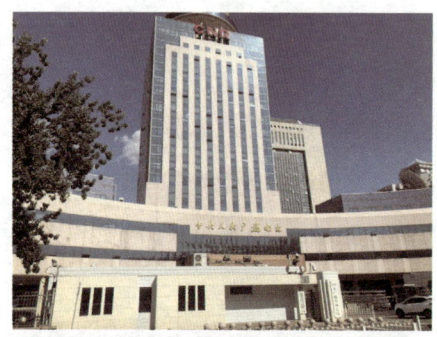

友对他的行为表示费解,他这个年纪即使通过成人高考,等大专读完也近三十岁了,哪个电台会要他。他也想过,但为了大学梦,他必须脚踏实地。功不唐捐,玉汝于成。

北京的冬天,凌晨四点多,他就从被窝里爬起来,蹑手蹑脚离开宿舍来到冰冷的路灯下,拿出《许国璋英语》,一遍遍地读着最基本的单词和句子。冷了,就蜷缩着看或跑两圈暖和暖和再看。

宿舍的人际关系也让他头疼。舍友都是富家子弟，比他年纪小很多，喜欢通宵玩闹、喝酒，面对突然来的一个陌生人很不待见。后来，某个晚上，他受不了他们的吵闹，自己在操场待了整整一夜。那一夜，他想了什么，我们不得而知。

再后来，他渐渐习惯了宿舍生活，与舍友之间的感情也随之变好，彼此有了包容和接纳。

半年后，他顺利通过了成人高考，正式成为中华女子学院的一名学生。

然而，学校只有女生宿舍，原本就不大的校舍根本无法腾出一间给他这个男生住。几经周折，他在学校附近即将拆迁的小区租了一个地下室，狭长的走廊尽头就是他的房间，一个月房租两百元。阴暗潮湿，有霉味，没有窗户，洗过的衣服晾晒几天都是湿答答黏糊糊的。为了避免生病，每晚他以一个固定姿势入睡——把双手垫在身体最脆弱的腰部。

存款有限，他尽量将自己的生活开支压缩到最低。

学校食堂每天下午都会把中午卖剩的菜烩在一起，一份四毛钱。然而，这种最便宜的菜总是卖得最快，开餐不到半小时就没有了。所以，他总会在开餐前半小时，把复习功课的地点挪到食堂。这样既可以继续复习，又可以吃到最经济实惠的饭菜。舍友问他为什么那么早去吃饭，他幽默地回答：自己还在长身体。

那一年，他还在用 BP 机。为了方便他联系到更多配音和解说的工作维持生计，哥哥把淘汰下来的一部旧手机寄给他用。这就是他人生中的第一部手机。

不过，这都是一些小插曲。生活，逐渐向他展示了残酷的一面。

笨鸟先飞早入林

有一个冬夜，央视的一档节目喊他去试音。

要求晚上八点前到，他七点半就到了约好的录音机房。

没想到，那天录音很不顺利，机房一直到晚上十一点才轮到他。

五分钟的片子，他反反复复录了将近半个小时才完成。一摸自己的口袋，只有十元钱。从皂君庙到传媒大学的公交车，末班车是深夜十二点。他想最好十二点前告诉他录音结果。如果通过了，他就向节目组的老师恳请预支一百元钱度过接下来一周的生活。即使没通过，能让他赶上回去的末班车也行。

时间就这么一点点在焦急的等待中过去，凌晨一点半，他收到了没有通过的消息。口袋里的十元钱根本无法让他打车回学校。一筹莫展的他，最后在节目组老师勉强答应下，蜷缩在录音机房的沙发上挨到了天明，失落和自我怀疑让他无法入睡。这次试音成为他记忆中的一个痛点。

试音没通过，又要快交学费了，他不好意思再向哥哥姐姐们张口借钱，接下来该怎么办？

老师请他去家里吃饭，他满脸惆怅，吃饭也无精打采，老师突然说："小马，你平时学习很努力，生活上又简朴，这些我都看在眼里，像你这么珍惜学习机会的学生，我一定会帮你完成学业，学费你不用再操心了，我已经向学校申请减免你的学费，你只管好好学习吧。"

听到这番话，他感动不已，感觉世界瞬间亮了起来。

这位老师就是新中国第一代女播音员、中国播音界的前辈葛兰老师。

也是她破格录取了小马哥，是小马哥人生中的伯乐和恩师。

那两年，对声音的热爱支撑了他的全部。几乎所有的时间，他都用在练声、追求吐字发音上和阅读书籍上。在葛兰老师的帮助下，他从一个莽撞的门外汉，逐渐走上了播音专业的正轨，文化课成绩也从大学时的最后一名成为全班第一名。毕业那年，还获得了"中华女子学院优秀毕业生"的称号。

三十岁那年，经历了竞争激烈的笔试、面试后，他成为中央人民广播电台的一名主持人。他终于搬离地下室，在南礼士路附近找了一个一居室的房子。房间还没布置好，工作就铺天盖地地袭来。

2003年8月13日，正值盛夏。

他从真武庙二条的电台大楼里出来，拖着沉重的脚步一点点挪回了住所。

外界的一切都被他屏蔽掉，只有模糊双眼的汗水和泪水。

领导找他谈话，因为他能力有限，频道不能为他转正，可以去外面找找机会为下一步工作计划做打算。经过层层选拔进入电台的一共有八位，除了他之外，其他的七位都曾在地方电台工作，有着丰富的主持经验因而都被转正。而只有他……

梦想照进了现实，然后就变天了。

他没有抱怨和过分沉浸于悲伤之中。为了能保住电台的工作，他主动从之前的节目组下来，去接手谁都不愿意接手的早班节目。领导提醒他:"上早班是一件苦差事,承担的责任重大,而且这是中央台,不能有一丝一毫的松懈,三秒的空播就算事故了。曾经有好几个主持人因为责任心不强,出了空播事故而被开除。"

对于当时的他来讲,没有选择也没有退路。因为是全频率的第一档节目,所以早上五点上岗。为了不迟到,他的床头永远放着三个上好发条的闹钟,四点起床。他最常梦到的就是上班迟到,每一次从梦中惊醒都伴随着阵阵惊悸和满身的汗水。然而,这些只是困难的一部分,他常常因为直播稿件不能通过领导审阅而自卑。他常躲在卫生间一遍遍用水洗脸,生怕别人看到他的泪水。

搭档做节目的时候,他还常常因为没有话说而处于一个尴尬的境地。其他的主持人都能嘻嘻哈哈、游刃有余地做着好听又好玩的节目,而他觉得自己除了有一副好嗓子之外,一无是处。他意识到作为一名主持人,只有一副好嗓子这是远远不够的。工作之余,他就把全部精力投入到进修当中,不断提升自己。

还好,他没有放弃。一个自认为不是很聪明的孩子,在大姐"笨鸟先飞早入林"的鼓励下,加倍努力。三个月后,在听众的满意度调查中,他的早间节目竟然比很多重点时段的节目评分还要高。

那天,他在小区附近的餐馆吃了一顿大餐。

凌晨两点的北京,夜色温柔了几分。

还是有很多匆匆忙忙的人,出租车司机、小饭馆的夫妇、环卫工人……

无论经历了什么,或者正在经历什么,北京的夜晚都会让你感觉这个城市是属于你的。他们在陪伴着你,你也在陪伴着他们。那种感觉真真切切!

大概在一个庞大又孤独的城市里,食物可能比人心更容易让人感受到温暖。

在不开心的时候,大吃一顿。吃完之后,那些烦恼就被大快朵颐的快感给冲淡了。

一个人的生活,有什么意义?他沉浸在每一个和自己独处的时光里,享受着最安宁的冥想,关心着生活的每一个小细节:种的盆栽植物发了新芽,窗外的阳光几点最强烈,在床上的哪个位置睡得最舒服……

一封永远无法寄出的信

一切步入正轨,他在六档节目中穿梭。

生活一向拮据的二姐从家里拿出仅有的五万元积蓄给他,让他交齐了首付,在北京贷款买下了一套房,孤独的城市,终于有了独属的落脚之地。

"买房好啊,二姐知道你最有出息了。从此,你在北京就有一个家了!"

"等二姐来,我带你去吃北京烤鸭,买好看的衣服。"

七岁时,二姐牵着他的手一起上学。十六岁,他成了一名修车工,二姐怕他冷着,连夜给他织了一双毛线手套。二十七岁,他决定离开故乡去北京,全家只有二姐无条件地支持他。

2011年9月中旬,他接到大姐的电话,说二姐快不行了。

他匆匆处理完手头的事,流着泪登上了飞往乌鲁木齐的飞机。三个小时的行程，对他来说无比煎熬。过往的一幕幕浮现在他的脑海。飞机在万米高空飞行，他拿出纸和笔，给二姐写下了一封永远无法寄出的信。

  姐：

    真希望你能看到这封信，希望你已经康复，能来北京看看我现在的生活。

    小时候，你曾说过，长大了你要攒很多钱，带着我去北京吃烤鸭。

    那时候，你总把家里的好东西留给我，我六一儿童节穿的白衬衫，我最爱吃的饺子，我冬天穿的新棉袄，还有你过年省吃俭用给我攒钱买的新衣服。

    父母去世得早，大姐和哥哥为了养家长年在外出差，家里所有照顾我的事情都落在你头上。每天很早，你就起来给我做早饭，然后喊我起床，带我一起上学，晚上辅导完我作业，安顿我睡下，你又开始给我洗衣服，做家务。其实，你只比我大六岁，也还是别人眼中需要呵护的小女孩。

    姐，这些年，我在北京挺好的，你资助我买的房，让我在夜色里有了温暖的方向。我在工作中也有了一些成绩，越来越多的人听到我的声音，我真希望，我的这些快乐，也能让你感受到。如今，小弟有能力了，我要带你去北京，实现我们小时候的那些梦想，给你买最好看的衣服，找最好的医生给你看病。

    姐，你一定等着我，我很快就会回到你身旁……

这封信，被他小心翼翼地放在了皮包的夹层里。

一个月后，二姐在他的怀里去世，那封信一直未来得及给二姐看。

"姐姐若能看到我这边的月亮该多好，我就住在月亮笑容下面的小街道。我的邻居清早起床总是会大喊大叫，每当不高兴的时候，就出去晒一晒太阳……"每每听到赵雷的这首《未给姐姐递出的信》，小马哥就很怅然。

他说："我的内心就是她最好的天堂。"

2013年，领导安排他做读书节目《品味书香》的主持人。这档节目曾经几易其主，大概是因为忍受不了读书节目繁重的案头工作。他却很欣喜，一直以来对阅读的爱好，让他下决心接了这份工作。一周六天的工作量，每天将近十个小时的工作强度，让他感到前所未有的充实。每晚九点播出，十点结束。每次结束，走出电台大楼，一种踏实感充盈着他的内心。

这档节目越来越受到大家的喜欢，并获得了很多的奖项。

他说，那种欣慰是无法用语言来形容的。

在北京，他一个人住了十一年！

天亮了，天黑了；阴天了，天晴了；下雨了，雨停了；花开了，花谢了……

北京这个城市有两千多万人。

这个城市的离婚率超过一半。

这个城市有几百万的男女独自回家。

而他，只是其中一个。

每天上午,他洗澡出门,直到凌晨才回家。

穿过长长的街道,只有自己的影子陪着自己。

坐公交、换地铁,早上急匆匆,晚上慢悠悠。

他需要给自己的身体和灵魂栖息的时间,它们也很紧张。

从地下室到老楼房,再到贷款买房,变的是蜗居的地方,不变的是一个人的生活。

从当初满怀激情,到不知如何生存,再后来,就是……习惯了,一切。

在北京,他一个人住了十一年,这十一年,他在电波中听到了太多有关爱的故事和感慨。也在朋友们的撮合下,一次次相亲,一次次以失败而告终。对于爱情,他早已意兴阑珊。最后,干脆婉言谢绝所有人的好意,扎进了单身生活。可是,一切总是这么意外。

他的单身时光,在第十一年的时候结束了。

同事的一句"她人很好,就是没遇到好男人"戳到了他,"好男人?我算吗?"他拨通了那个电话。这一年,他三十九岁,她三十五岁,他们相遇了。

第一次见面,小马哥觉得她并不怎么起眼。第二次见面,约略觉得她有些引人注意。第三次见面,竟然觉得她真的是一个还不错的女生。第四次见面,在分别的时候觉得意犹未尽。

一次旅行,他觉得自己遇到了好女人。而她,也遇到了好男人。

他们在一起了。现在深夜回家,会有一盏灯为他亮着,等他回家。

2014年,他们领证结婚了。

真正的爱情,不是轰轰烈烈,死生契阔,也不是非你不娶,非我不嫁。

而是十指相扣走过那些平淡、安宁、乏味的日常。直到有一天,白了头发……

他的故事还在继续。同批考进的主持人中,他是第一个被台里评为"十佳主持人"的,也只有他还在话筒前工作。

"十几年的追梦路上,我还时不时地会想起老章。想起我曾和他讨论十年后我们各自会成为怎样的人,我很想再见老章一面,想知道他现在过得怎么样。"

2019年3月27日,他的"小棉袄"降临到这个世界。他也为人父了,身上又多了一份责任。

"你真是好幸运啊。能取得今天的成绩,你命里肯定不缺贵人吧?"每每听到这样的话,他都苦笑一下。他是被命运眷顾的人。但谁又知道他经历了怎样绝望的挣扎?即使这样,他还在一天天努力地走下去。人生就像一场马拉松,刚开始是熙熙攘攘,你追我赶;跑到半程,竞争者越来越少。越往前跑,越敞亮,能冲向那根红线,跑到终点的人,其实并不多。

没有谁可以从起跑线上看出输赢,那些出其不意跑出好成绩的人,都有一个共同点:一直保持着前行的姿态,从不偷懒,从不懈怠。

曾经他认为,自己是一个非常不幸的人。

曾经怒问苍天,为什么要让他经历许多同龄人都未曾经历的苦难和不幸。

曾经哀叹不已,认定自己是那个被命运抛弃的人。

曾经喟然长叹,为什么要让自己承受这么多人生本不应该承受的苦痛，在迷茫与黑夜中孤独前行。

直到有一天，他发现，自己原来一直被命运所"眷顾"。

命运既然选择了你，无论好与坏，都是恩赐。

人生中没有哪一段时光会比另一段时光更好，走过的岁月，都是最好的时光。

用他自己的话说："如果这个世界上真的有时间隧道，可以让我重新来过，我想我还是会选择退学。不过，如果说苦难真的是人生的垫脚石，我还是希望，在曾经走过的道路上，没有太多的苦难……"

这些年，我通过主持的广播节目认识了很多年轻人，他们生于普通家庭，或许是偏僻的农村，或许是遥远的小镇；学历不高，普通院校，甚至只是初中、高中毕业，他们在不同的地方打拼着，做一份仅能糊口的工作，过着属于自己的平静、清淡的生活。他们代表了这个国度里的大多数人，也像大多数人一样默默地承受着自己的命运，坚持着，也努力着。

有一次，一位听友在微信中说，我生在湖南郴州的一个小村子，跟我一起上小学、初中的人，他们如今大多数还待在农村，同学中只有我，突围去了城市，读大学，艰难跋涉，终于靠自己的努力在城市买了一套房子，过上了令同学艳羡的生活。可只有我自己知道，这条路上，我到底经历了什么，他们说你好幸运啊，能在大城市站稳脚跟，还能买房，简直不可思议。那一刻，我突然想起了二十年前的生活，同龄人中，我们家的条件最差，父母是老实巴交的农民，儿童节文艺汇演我想要条裙子，家里都没钱去买。很多时候我一点儿都不幸运，但我是大家眼中最能吃苦的那个。

"能吃苦"，这三个字是任何时候听起来都是让人觉得很心酸的褒奖。也许正是因为这样，这位听友早早地学会了生命中一门叫作"接受"和"承受"的功课：接受自己的出身，接受自己在很多事情上的不够幸运，然后承担这不幸运带给自己的后果，并想办法寻求改变。

这个世界，挫折本身并不能让我们成长。只有我们在挫折中反省自我，然后找到自我救赎甚至突围的路，才算是成长，才算是励志。而找到突围之路的前提是：遭遇挫折的洗礼之后，你得像硬汉一样咬紧牙关撑下去。

写这段简短的文字，是我想告诉你，也许，你有着无法改变的出身，有着遥不可及的梦想。也许别人唾手可得的，在你那里却总是努力仍不能拥有的。但是，尝试在泥泞中抬脚，总好过深陷其中不愿自拔。

明天的意义，绝不是将人生歇停在命运的阴影里，而是用力拽着命运不断前行。

马宗武

2021 年 11 月 25 日

再不疯狂，就老了

你们为什么开书店？到底为什么？我不相信所谓的情怀！所以为什么开书店？因为喜欢书店？喜欢书店为什么就一定要自己开书店？那为什么开了一家又一家？真相到底是什么？我要一个说出来可以相信的理由！

——李光凯

我看过太多的年轻人，将二三十岁活成了五十多岁，甚至六十多岁、七十多岁。

下课或下班后一躺一晚上，周末一睡一整天，只需要一个手机、一张床就能消磨掉全部的好时光。我时常在想，他们除了在这里求学、工作、买房、结婚、生子、衰老……他们跟一个城市，还可能有什么关联？换句话来说，他们对一个城市能有什么贡献？

——小　新

别人家的孩子

他小的时候就是一个标准的别人家的孩子，很听话，很懂事，什么事儿都不用父母担心。小学二年级，父母下班回来后就能吃到他做的黑暗料理。第一次炒米饭，不知道放油，结果米饭都粘锅了，那画面想起来就感觉很好笑。

小学成绩一直是年级第一名。父亲是公务员，因为频繁调任。所以他从小学到初中大概转了五次学。初四（山东省小学五年，初中四年）转学，刚入学就碰到模拟考试，还是年级第一名。听起来，考第一是那么轻而易举。高中三年成绩也非常好，一直保持在班级一二名，当时校长很笃定地说："这个孩子考北大、清华不那么有把握，但是考人大、复旦这类学校肯定没问题，是个好苗子。"

为什么学习成绩这么好？

一方面，因为他从小就比较喜欢看书，智商也相对较高。另一方面，因为父母的工作原因，他从小就是一个人被锁在家里，有比较强的承受孤独的能力。学习这个事儿本身就是要孤独的，要一个人来面对，所以父母无形当中帮他培养了这种学习的习惯，使他可以很好地自处。

2001年的夏天，高考成绩查询的那天，他拿起电话，快速输入自己的准考证号，电话被接通的那一瞬间，他的心直接提到了嗓子眼儿。他屏住呼吸，认真听……

第一门被念到的考试科目是语文，九十分。成绩被轻柔的声音念出来的时候，他想到的第一个词是"万念俱灰"。几门功课的总分数加起来是六百三十八分，其中有十分是应届生的加分，成绩最高的一门反而是平时觉得成绩很一般的化学，一百四十二分。

这个成绩距离老师对他的期待还差很多。

语文老师还跟他讲："我做梦，梦到你考了一个高考语文状元。"

这个暑假，他沉浸在灰暗的情绪当中。填报高考志愿，他想报物理或者数学，但最终是他爸帮他选了一个专业，现在想想反而觉得他爸更了解他一些，帮他选了一个他很喜欢的专业，法学。

我大学想选文学专业，以为可以学播音主持。然后，我爸觉得我长得不帅、普通话不好、没有经济实力，让我打消了这个念头。最后在我姑姑家的哥哥建议下，选择了一所石油大学。因为他是石油大学毕业，所以劝我也学石油。可是我是文科生，选来选去，选了一个名字听起来很有面的"国际经济与贸易专业"。

大学生到高校教师的角色转变

2001年，小新背着行囊来到山东大学，法学专业在洪家楼校区。

第一次准备期末考试，同学们都挤在自习室里抄写、背笔记。

每个人都有自己专属的记忆高峰时间段，小新的主要集中在下午和晚上。

"努力永远不要陷入'表演状态'和'自我感动'，甚至跟别人吹嘘，你看，我今天又学了十八个小时。这是没有意义的，学习效果要放在第一位。"

听到他的这句话后，我心里咯噔了一下。说得这么直白，让人无法反驳，甚至我在"对号入座"，反思自己是不是这种容易陷入自我感动的人。

早晨九点钟，他会准时起床，处理些细碎的事情，到了饭点，第一波赶到餐厅吃饭，吃完饭找一间自习室，进入午休状态。大概十几分钟后，自然醒来，迅速切换到疯狂的看书模式，时常会忽略了晚饭，一直

学习到晚上。

晚上十点半,自习室关门,他便转战到学校西门附近的路灯下。

夏天昏黄的路灯下,门外是一排排小商贩们呈现的热气腾腾的夜生活——炸串、烧烤、麻辣烫……熙熙攘攘,好不热闹。

与此同时,每个路灯都被一个身影霸占着,他们的手里捧着一本书,嘴里念念有词。这应该就是他那个学生时代的"内卷",谁也不想提前回到宿舍,谁都想多学半个小时或一个小时。把学习效果放在第一位的他没察觉,不经意地一看表,马上就到十一点钟了,连忙起身想赶在宿舍楼关门前回去,这才发现胳膊上已经被蚊子咬了五六个包。

第一次期末考试，他考到了全院第一名，这个成绩超出了他的预期。

前途似海，来日方长。

路灯见证着他的勤奋，结果也检验着他的努力。

本科期间他还参加了央视《挑战主持人大赛》，他被更多的人认识。

某天，同在法学院的老乡突然来了一个电话："你知道你进入硕士保送名单了吗？"他有点儿丈二和尚摸不着头脑。就这样，他成了一名保送生。

在高校教师中，他也是个异类。

一时兴起，就会坐在课桌上讲课，或者讲到悲苦处涕泪横流，在谈到某些丑恶现象时甚至会爆粗口。学生们都喜欢跟他交朋友，他们说："小新老师，你懂我们。"

可是，每年给大四的学生结课时，他依然会语重心长地叮嘱他们："男生们少抽烟、少玩游戏，女生们少逛街、少看偶像剧，用更多的时间来学习和成长，甚至要学会忍受寂寞。"从学生们的眼神里，他看出他们的犹疑，咦，小新老师怎么也像其他让他们讨厌的大人那样絮絮叨叨了？

他固然知道玩游戏也能玩出游戏高手，他固然知道美妆主播也能获得很高的收入，但他依然固执地认为：不管你将来从事什么工作，耐得住寂寞，往往是成长的起点。他不相信"少数人的奇迹"，他相信"大多数人的概率"。

主播的职业生涯

2004年,也就是他大三那年,济南的第一家音乐电台——music88.7成立,直到现在,仍是非常有名的一家音乐台。有天,济南音乐台的总监给他打电话,当时他正在山东枣庄薛城区人民法院实习。

"你是小新吗?"

"你好,你有什么事儿吗?"

"有几个人都跟我提到了你,你有没有兴趣来做一个主持人?"

"我没有兴趣。"这位总监听后,噎了一下。

"你是第一个跟我说不想过来做主持人的。"

"我是学法律的,没想过做主持人。"

"那大家就当交个朋友呗,你过来找我聊聊呗。"

"我在实习。"

"那就等实习之后来找我。"

他一直记着这件事。实习结束回到济南。那一天,下了很大的雨,他打车去了济南台。总监安排人带他去录音,真是新鲜,虽然参加过主持人大赛,拿过话筒。但是这种坐在话筒前录音的机会还是头一次。平时,他也不听广播。广播对他来讲就是一个陌生的领域。

录完之后,技术老师把这个带子传给总监,总监和副总监就在一个办公室听他的带子。听完之后,总监问副总监:"哎,你觉得这个孩子怎么样啊?"他就站在两位总监跟前儿,副总监说:"我觉得没有什么状态。""没有状态,也是一种状态吧。"然后,扭头对他说:"从今天下午你就过来上班吧。"

做电台主播从来就不是他计划之内的工作，然而就这样莫名其妙地上岗了，他分配到了属于自己的电脑和办公桌。

这位伯乐总监是位女性，处女座。担任总监的时候不到四十岁，很强势。

他是当年电台唯一一个兼职，工资相对也很高，所以就有人去领导那儿吐槽，或是讨一个说法。这位总监对他很偏爱："你们不要跟小新比，他值这个钱！"

原本想当科学家的他，就这么成了一名电台主播。他也完全没想到自己短短时间内会获得一个全国广播电台十佳 DJ 的奖项。因为年纪小，他也没什么特别重的名利心和企图心。他的广播节目叫《音乐超转速》，口号是"音乐超转速，兴奋加速度"，被安排在晚上七点到九点，这在当时被称为"学生时段"。很难想象，早前被认为"声音有点儿颓废"的他居然成为电台里的活力 DJ。

回想起那时录节目的状态，走的是"亢奋 + 鸡血"路线，用倪萍大姐的话说就是"跟踩了鸡脖子"发出来的声音一样，在做《音乐超转速》之后，没过多久，就有了几位所谓的"忠实"听友。

A 女孩不知道从什么地方搞到了他的电话，每晚九点，他刚走出直播间，她的电话就会准时打过来，问候、撒娇、不满。他说抱歉，我们并不认识，她说没关系，我可以等你。

B 女孩一般是采用短信方式，但他除了第一次回复了"谢谢"之外，都没有回复。可是某日，当他在超市采购的时候，她的电话打进来了，说让他娶她。之后，一个自称她哥哥的人接过了电话，说他勾引他妹妹。

这一切听起来，真是荒唐。

找工作，他从来没有经历过应聘、面试，都是工作找他。到电台是总监的一个电话，到电视台也是，当时山东少儿频道一个女主持人，问他想不想做电视，他说可以试试，就去试镜。试镜结束，制片人拍着他的肩膀说："小新，从此之后你可能就是这个频道的台柱子了。"

果然，一年后，他真的就成了台里最优秀的男主持之一。

他很幸运。2004年在广播电台，2007年进入山东电视台青少频道，2012年底进入公共频道以及山东卫视。主持《早安山东》《服务面对面》《民生直通车》《闪电舆论场》，而且已出版五部图书作品。之后又担任山东省文明旅游形象大使、山东省全民阅读推广形象大使、济南市文明交通形象大使。事业可以说是蒸蒸日上！

可是你知道吗？不管他做多少档节目，不管多少人夸过他的主持，在他内心深处，他始终觉得自己是一个挺蹩脚的主持人。也许，你很难想象他是一个不敢回看自己电视节目的人，这源于骨子里的不自信。

误打误撞做了主持人，父母也会无意中唠叨，你看你并非科班出身，不会唱歌也不会跳舞，学了一肚子的法律知识，这可怎么能用得上。的确如此，当看到他周围太多主持人在节目中文能背《报菜名》，武能托马斯旋转，他深深地自卑。

主持人聚会时，看到其他人侃侃而谈，他只能对着桌上的菜沉默不语，很多时候他的手都在揉一团纸巾。偶尔有同行瞅见了他的沉默，会说："新哥，合群点儿嘛……"两次聚会之后，同桌者会自行补上一句

话,"新哥,就是不大合群。没事,新哥多吃,我们喝起来……"

几次聚会后,他就消失在聚会中了。

他很想对那些人真诚地说一句:"我不是不合群,也并没有看不起任何人,我只是在面对一群好看的面孔时,着实是自卑的。"

他就这样,按照自己的步伐规划着自己的人生。然而,每个人的人生里,都会有困境。在他从业多年以后,遇到过这么一个领导。因为频道调整,他原来的总监被边缘化,换了一个总监,这个总监来了之后跟他的直属领导说:"我已经来了三个月了,所有主持人都过来找我了,只有小新没有,你让小新来找我一下。"

然后小新就过去了。

"我之前在另外一个频道的时候就想过用你,那儿有一个很好的节目,但你当时说时间比较紧,没有接那个节目。我觉得你的能力,既可以做一个好的主持人,也可以做一个好的制片人,但是你身上带有前任总监的标签,我不想用你。你的年龄也大了,其实也未必那么适合再主持电视节目,中国人喜欢看年轻的主持人……"接下来,这位总监用了很长的篇幅跟他讲述了欧美和亚洲电视观众的区别,告诉他欧美电视观众喜欢听"老帮菜"说新闻,亚洲电视观众更喜欢看小鲜肉主持。

他坐在总监对面的沙发上,垂着头,看着自己的两只脚,他知道自己的十个脚指头蜷缩在鞋子里,透露着垂头丧气的落寞,仿佛那一刻连自己的脚指头都有罪。

那一年,他三十五岁。

那是他第一次对自己的职业有犹疑,他从来都知道主持人是一个无比被动的职业,他也深知总有一天他会离开主持台,但那一次谈话让他感到深深的无力。前一天,他还在不同的场合跟大家分享他的主持经验和技巧,后一天,他就成为要被放弃的"棋子"。不管你是否承认,有些职业本身就需要平台。

幸运的是,他没有彻底被职场 PUA,也很快有其他领导把他"捞"了出来。

此前的那位总监,也不再跟他讲述不同地区观众对主持人的喜好度的差异,而是在公开场合里说,小新读过蛮多书,很适合主持有点儿深度的节目。

2018 年的山东"3·15"主题晚会,是他第六年主持这个活动。那一天最大的新闻并非消费维权,而是在前一天去世的物理学家霍金,每个人都在讨论,媒体也是铺天盖地地报道。

对于一个新闻主播而言,不管在什么场合,主持什么类型的活动,往往会跟当天的新闻做连接,这是习惯,也是一种更高的要求。

他当时是这样表达的:

"我相信,不管是电视机前的您,还是现场的您,今天朋友圈里都在刷一个重要的信息,那就是知名的物理学家霍金去世了。在霍金办公室的墙上,贴着这样一段话:不管在什么时候,我们都不能忘记头顶的星空,要永葆好奇,永远前进。如果说霍金研究的是我们头顶的星空发生了什么,那么 3 月 15 日这一天,我们更关注日常生活中到底发生了什么,特别是你遇到的纠纷和维权。"

当他走下舞台,并不相熟的现场导演转达某领导的"指示"——

"小新，你还是尽量背词，不要现场发挥了。"

他笑了笑，一字一顿地说："你也告诉那位领导，如果找背词的主持人，下次请千万不要找我了。谢谢。"

那个导演白了他一眼，走开了。

他之所以不喜欢背台词，是因为他从来不觉得生活里的答案只有一个，生活的真相永远都是相互交织甚至是纠缠一气的。

生活里的答案，有另外一个名字——选择。

你的答案，构成了选择；你的选择，也是答案。

我们的眼睛决定了无论如何转动，永远都只能看到一百八十度，而生活是三百六十度的，所以，总有一些我们不知道的苦楚，总有一些我们不知道的窘迫。

那些苦楚和窘迫，才是需要一个主持人去传递的"声音"，因为这本身才是生活。

年龄，永远不是困扰主持人的一个问题。

鞠萍姐姐，工作三十八年来，一没有换过单位，二没有换过岗位，三没有换过发型。

衡量一个主持人的指标之一，不是他播得怎么样，而是他到底说了什么。

"想书坊"概念书店

当我们所在的城市里，有太多家书店挣扎着死去，或者在艰难地活着。

当经常有人感慨他所在的城市是文化沙漠,甚至直言"还有人会去书店买书吗"。

曾经有一篇爆款文章《白岩松:为什么我们已经堕落到要推广阅读》。

这是现状,很不堪,也很无奈。

有句玩笑话是这样说的:"若是想让你的朋友破产,就让他开书店吧。"

虽然是玩笑,但也道出了独立书店生存的艰难。

其实,散布在城市各个角落里的每一家独立书店,都有着长长的故事。试问,哪家书店,没有自己难以忘却的痛苦与挣扎呢。

对于很多现状,我们习惯了这样对待——

看到了却视而不见,认识到了却装傻充愣,接受了却无力担当。

这个世界本就凉薄,何苦多情惹尘埃?

"我看过太多的年轻人,将二三十岁活成了五十多岁,甚至六十多岁、七十多岁。

"下课或下班后一躺一晚上,周末一睡一整天,只需要一个手机、一张床就能消磨掉全部的好时光。我时常在想,他们除了在这里求学、工作、买房、结婚、生子、衰老……他们跟一个城市,还可能有什么关联?换句话来说,他们对一个城市能有什么贡献?"他说。

2017年4月,他和著名作家叶萱,以及认识了十年的兄弟华子,计划共同开发一个叫"想书坊"的书店品牌。曾经一度,他和叶萱是想放弃的,他们诺诺说,要不就算了吧。他俩是平时买菜都算不清楚价钱的人，何苦庸人自扰。

后来，华子给他打了一个电话："新哥，不然的话，我主导做这家书店，我投钱，你和叶萱老师帮我，好吗？"他的心里顿时升腾起了一股英雄好汉的豪气。

他有点儿气呼呼地给叶萱打了一个电话："老叶，一个'臭奸商'都能够不计回报做书店，我们这些自诩'文化人'的，好意思吗？"

他在微信上发了他要众筹一家书店的消息。

瞬间，他的微信就炸开了窝。

"怎么打款？""一起呀！""带上我。"他们有媒体人，有作家，有高校教师，有画家，有歌手，有生意人，有律师，还有一家银行的出纳。他反复跟他们谈到书店在不少城市的遇冷，他们大多数都谈到了理想和梦想。点亮理想的那一束光，他们只需要一个火种。

"你俩也盘算一下卡里还有多少存款。"他说。他和叶萱、华子达成了共识，一旦书店真的倒闭了，他们便用自己的钱补上窟窿。

三个月之后，"想书坊"概念书店，揭开了面纱。

2017年4月4日，他第一次在朋友圈发出预告，他要跟两个朋友开一家书店，那条信息的点赞是三百五十五个，评论是二百八十六条，有人欢呼，有人鼓掌，有人观望，有人问他疯了吗？

2017年5月5日，他收到本地报纸的样刊，记者用了一个标题——"城市良心"的梦想接力，还引用了他们对"想书坊"的诠释：想，是一个充满了发散性的词——理想、梦想、畅想、冥想、想象，这些都可以在一家书店找到答案和归属。

2017年6月7日，叶萱、华子和他在夜里去书店盯装修，他们身后一片空旷，他清晰地记得叶萱穿了一件黑色的运动装，不算优雅。

2017年6月25日，华子给他发了一段他在书店的视频，他哑着嗓子说："新哥，当你看到这一切，你是不是会觉得很值了。"就是因为这句话，他直接泪崩。

2017年7月2日，他的朋友，国内知名畅销书作家宁远来到"想书坊"，买了不少书，她开心地说："全国走了那么多书店，我在这里特别有买书的欲望，你们挑的书太好了。"

再后来，太多媒体给了厚爱，他们说——《你好！济南 你好！作家书店"想书坊"》《山东首家作家书店开业："想书坊"的梦想与布局》……

现在，他感觉，"想书坊"可比他红多了。

再不疯狂，我们就真的老了。再不谈理想，我们就真的颓了。

2019年底新冠肺炎疫情暴发。

2020年3月2日《新京报》一篇文章报道：由北京市委宣传部指导，北京师范大学首都文化创新与文化传播工程研究院近期面向北京二百四十八家实体书店开展问卷调查。结果显示，百分之五十六点五的受访书店完全歇业，暂无复工时间表。从现金流来看，百分之四十八点四的受访书店表示现金流能够支撑一至三个月，百分之二十七点四仅够支撑一个月以内……

即便如此，中国书刊发行业协会和百道网发布的《2020—2021中国实体书店产业报告》显示，2020年中国新开书店四千零六十一家，关

闭书店一千五百七十三家。新开数量是关闭数量的二点六倍，2020年关闭的书店数是2019年的三倍。有些人气书店的告别，难免让人有些惋惜。

2020年由于新冠肺炎疫情影响，"想书坊"书店的经营也陷入困境。书店所在的商场又有些流氓气，完全不承认之前对书店的扶持承诺，双方的谈判陷入了僵局。甚至，闹到有一家书店要被商场断水断电。

他们的第一个书店四百平方米，算下来一年的房租物业就得六七十万元。商场不承认之前对书店的扶持承诺，那个失信的老总也总是避而不见，甚至偷偷地溜走，包也是其他人帮他给拿走的。不管是叶萱老师，还是他这个媒体人，都有着一定的公众影响力，面对这种现状都非常沮丧。

　　文化人讲究一个体面，最终他们认了，三个人按照股份比例承担资金缺口。国家的相关部门一直是希望商场对书店有扶持，但是商场也在算这个账，否则也不会有这么多书店因为疫情倒闭。

　　"你看全国一直都在倡导说给书店补贴，但到目前为止，我们还从来没有拿到过。山东一直都在说要大力振兴实体书店，却都去支持做农家书屋了。"

　　2021年，新冠肺炎疫情反反复复，小新的新书《人生不易，但很值得》也出版了。在新书分享会的现场，他说了很多丧气话。不仅是那一天的活动现场，在此之前也有三四次，跟两位合伙人开会讨论他的焦虑、烦躁，考量营业额，以及书店到底是不是应该支撑下去。他们三个人在各自的领域里都做得很不错，但是没有想到在书店这个项目中，让他们灰头土脸，甚至不得不四处奔走。

　　叶萱，做过基层民警、公务员，现在是一名高校教师，获得过"冰心儿童图书奖"，出版的婚恋长篇小说《纸婚》迄今为止销售百万册，根据这部作品改编的同名电视剧在央视播出，取得同期电视剧排行榜收视冠军。

　　华子，一个满怀激情和情怀的"80后"创业者。经营着日料店、烧烤店、酒吧……

　　这三个人在各自领域卓有成绩，在书店这件事上，却……

　　他从来都没有奢望自己要成为一个城市的英雄，他觉得开一家书店是他们小时候的梦想，他们就一起来实现这个梦想。如果说商业环境或者是大环境不允许他们活下来，那他们就只能按照商业规律把它关停。

在新书分享会的现场，有个流程是邀请台下观众互动，他把华子叫到了台上。

华子说："我知道现在书店的经营遇到了问题，但是，我是一定会做书店的。如果这家店倒了，我就等自己财富自由的时候，再开一家书店。"台下的听众都为这番话鼓掌。

他特别喜欢华子那种知道自己要什么并为之努力的坚定，和那种眼神里的不服输。

华子给他看了一条微信，是分享会现场的观众联系了他，提出可以拿出几万元钱扶持书店，而且不需要任何回报。

"我只是不希望实体书店倒闭，没别的想法。"对方说。

华子回："如果是站在投资角度，我不建议您投资书店，这个钱我们不能要。"

原来，理想主义者，并不仅仅他们几个人。

即便过了热血的年纪，面对理想主义者，他们依然会被一腔孤勇感动。就像我们长大后认清自己做不了超人的现实，却依然甚至更加热爱超级英雄。

理想，是真的可以让一个人飞蛾扑火的。

远方，总是让人神往。心若坚定，又何惧远方？

"我不相信，你们因为情怀而开书店。为什么开书店？为什么？"我反复问。

"为什么你不相信所谓的情怀？我还真的相信所谓的情怀。我看过

了太多的读书人开书店、媒体人或者曾经的媒体人,开书店从来都不是为了什么钱,真的就只是为了实现自己跟书的一个有效链接。可能我个人对物质的条件要求不高,对穿什么、吃什么、住什么是没有兴趣的一个人,或者我志不在此,我就希望自己能够成长在一个有书的环境里。"

明年,他就四十岁了。

他曾经跟一个朋友说:"四十岁,我很幸福。"

四十岁能说自己幸福的人,太少了。

只此青绿

"顺利、加油"是他备忘录里反复出现的字眼儿。我说你把这个发给我吧,他说"哥,这是我的小秘密"。二十几行字极其简短,却字字如金,每一个字都很重,似从心底发出的呐喊。

——李光凯

没有谁的一生是一帆风顺的,几乎每个人都会遇到或大或小的困难,谁不辛苦?谁不累?但那又怎样,一次次跌倒,那就一次次爬起来。从来没有成功是一蹴而就的,有的只是百炼成钢,你只有不停地向前奔跑,才能到达你想要的远方。

——张　翰

我和他算半个老乡。为什么是半个?因为我稀里糊涂地去他生活的城市上大学的时候,他已拎着比他高半头的行李箱去了北京舞蹈学院附属中学读书。那一年,他只有十岁,我们有着十来岁的年龄差距。

当"爱慕虚荣"的我来北京自私地追求所谓的"理想"时,他放弃保送名额,凭自己的实力考取了北京舞蹈学院,我们仍旧没有相遇。

当我莫名其妙地出了自己的第一本书时,他大学毕业被中国东方歌舞团破格录取。终于,我们在2021年8月29日见面了。

我带着采访张继科、李银河两位老师激动心情的余温，打车来到中国东方歌舞团。下车后，我发现大门口在装修，于是，赶紧先打卡拍张照，同时心里纳闷，自己是不是走错地方了，就在这时，有一个人从远处走来，一个身高不到一米七五、穿着拖鞋、戴着大框眼镜的男孩，难道这就是张翰？

这是2019年中华人民共和国成立七十周年舞蹈史诗《奋斗吧中华儿女》里的领舞？

不是吧。

这是2021年春节联欢晚会上《俄罗斯民族舞》的"挑眉哥"张翰？

不是吧。

这是被网友戏谑称为"不败舞者"和"全冠舞者"的"张翰爷爷"？

不是吧。

这是参加《舞蹈风暴》，凭借连续十个后空翻帅到起飞，赢得四杆晋级的张翰？

不是吧。

我在内心怀疑着、否定着，双脚却主动迎上去："我以为我走错门儿了，哈哈……"

就这样，我们正式见面了。

我们来到一个餐厅。我的手机没电了，到收银台借充电宝，其间，他已火速扫码点菜，等我上桌后，我们似老朋友一样聊了起来。

他刚刚结束在国家大剧院舞剧的展演，休整两天，准备历时到年底的全国巡演，他是这部舞蹈诗剧的男主角。

第一辑 ◆ 时间不语，却回答了所有问题

我心底萌生一个疑问：为什么选他当男主角？眼前的他，一副懒散的样子，很放松地坐在凳子上，腿时不时盘起来。他形容自己挺懒的，他觉得作为艺术工作者，尤其是跳舞的，必须得有懒的时候，人不可能让自己的神经永远处于紧绷的状态下，否则，在艺术道路上不会有更多的新发现和持续下去的动力。"你可以懒，但你该做事情的时候要好好去做。"

全力以赴，他说到做到。

舞蹈诗剧《只此青绿》，五个月的排练，一只手可以数清他出门的次数，其中还包括补牙。说到牙齿，我还神经质地关注了下他的牙齿，两排整齐的小牙齿，像磨洗了一样白净，让他看起来显得很年轻，他的

081

真实年龄也的确很小,但论心理年龄,却甩出同龄人一大截,甚至是一个"马拉松"的距离。

就在排练舞蹈诗剧的初期,他还有幸收到建党一百周年《伟大征程》排练的邀约,导演组给他安排了一个非常重要的领舞角色,就是后来播出节目中第二篇章"黄豆豆"扮演的角色,其中有一句经典台词:为了胜利,向我开炮!

当他沉浸在上天降临的幸运,感觉身体的每个细胞都在原地翩跹起舞时,幸运戛然而止!单位让他做出选择:要么参加一辈子只有一次的建党一百周年《伟大征程》,要么老老实实当男一号排剧。这不是折磨人吗?一半的幸运被现实残忍地夺走,摔在地上,告诉你"有我没他"!

他很难抉择,拨通了父母的电话,"我想让他们站在第三者的角度去看待这个事情,因为任何人都有自己的一些小心思,他们会想左右你的选择。而父母是不顾一切为你好。即使我大概率知道他们肯定会说,你自己想选什么就选什么,选什么我们都支持你!"最后,他选择了舞蹈诗剧,至于原因,他指着镜子里的自己问:"张翰,你有专属于自己的代表作吗?没有!"

当然,除了想要拥有自己的代表作外,这个剧本身的内容和影响力也左右了他的选择,说到舞蹈诗剧《只此青绿》,我要多啰唆两句,它讲的是一位现代故宫研究员,因对《千里江山图》的潜心钻研,走入了千年之前的画家王希孟的内心世界。他陪伴王希孟,呕心沥血绘制《千里江山图》,最终与这位只有寥寥数字记载的"天才少年"心心相印,探寻出了《千里江山图》能够"独步千载"的偶然与必然,也读懂了古老文物与现代人之间深刻的情感连接。

张翰在这部舞台诗剧中，扮演的就是画家王希孟，一个重中之重的角色。此外，这个剧由周莉亚和韩真两位导演共同指导，能与两位高手共事，打磨自己，对于年轻的他来说是一件幸事。更为重要的是，这个团的定性是晚会团，是周恩来总理和陈毅副总理倡导成立的，目的是把中国传统文化民族民间歌舞艺术介绍给国内外观众，他觉得出演这部诗剧不只是一份工作，更是一份使命，是传播中国歌舞艺术的使命。综合这些因素，他心中的天平往舞台诗剧猛然倾斜。

遗憾的是，我错过了他在北京的首演。因此，我决定在9月24日飞往上海观看他的演出，好好欣赏这部舞台诗剧。我提前二十天订了机票，可始料不及的是，9月24日我被安排到南京做一天的直播，而后，就得马不停蹄地飞往山西参加活动，再次遗憾错过！对于这部作品的好坏，我没有发言权，因为没有看过，但是，对于他对艺术的信仰，我打心眼儿里欣赏。究竟是什么原因让他选择了舞蹈这条路呢？

这事要从他小时候报辅导班讲起，他母亲是名音乐老师，希望他受到良好艺术的熏陶，一股脑儿给他报了很多辅导班：钢琴、舞蹈、书法、绘画。书法和绘画，他兴趣一般；弹钢琴，他反感；学舞蹈，他尴尬，整个班就两个男孩子，一个是他，一个是比他早一年入学、现在已经出道的艺人张新成。后来，张新成比他提前一年考入北京舞蹈学院附中，他就成了整个班里的"独苗"，更显尴尬。

"我实在很烦，天天跟女孩子在一起跳舞！"他的想法得到了爷爷、奶奶及爸爸的支持，他们也都觉得不太好，但妈妈并不认同，她认为学文化课不是他唯一的出路！艺术，尤其是舞蹈也许是他未来的方向。

"在那么多的艺术道路上，你妈妈为什么就认准舞蹈呢？"我问。

听到这个问题，他站起来张开他的手臂，告诉我北京舞蹈学院附中主要看一个小孩的形象条件和身材比例，胳膊、腿长不长，头小不小。之后，他又给我发来他小时候的照片，天真无邪的眼神，看着像演员杨幂小时候。

"我下半身比上半身长十七厘米，胳膊展开比身高长十八厘米……这个条件在学舞蹈的人里是非常优越的。我妈妈应该被那位老师给'蛊惑'了。"说实话，我不知道他的这个说法是否确切，但他的表情相当自豪。他在那比画的样子，越发不像一个二十岁出头的人，而像个大人模样。

他还讲到，他的舞蹈生涯，是一场骗局造就的。为什么是骗局？ 那时候，他对于舞蹈，没有什么好感，只要能摆脱舞蹈，他做什么都愿意。

当他听到妈妈说："你只要过了北京舞蹈学院附中初试，我就答应你不学舞蹈，好好学习文化课。"面对这样一个难得的解脱机会，他非常渴望抓住，只要成功，就可以和舞蹈说拜拜了。为此，他参加了北京舞蹈学院附中的初试，这对他来说小菜一碟，顺利通过。

总算能甩掉舞蹈了，他在初试后欣喜若狂，也放松了警惕，他妈妈也没再强求他学舞蹈，而是以通过初试为由，要奖励他到北京旅游，去看看天安门。可是，天安门还没去，就被妈妈带到他曾经报考的学校，刚进校门，看到监考老师，妈妈扔下书包，对他说了句"去吧"，然后转头走了。

原来，这次旅游是他妈妈精心策划的骗局，以奖励旅行的名义把他骗去北京，再以看看学校的名义把他骗去参加复试。我不禁感叹，他妈妈为了他的前途，真是煞费苦心。

他记得很清楚，当时复试的老师看着他，问道："你是考什么专业的？"

他回答："不知道。"

"你把你的书包给我看看……"

"三十三号教室，去吧。"

就这样，他心不甘情不愿地参加了复试，结果还真考上了。

也许因为当初这是个骗局，所以，他对学舞蹈始终提不起兴趣，甚至一度觉得难受，他觉得自己的人生被莫名其妙地安排了，这是令他觉得异常痛苦的一件事。大多数家长的通病就是以自我为中心，不在乎孩子喜不喜欢，他们觉得对就安排，可他们不知道，教育不是注满一桶水，而是点燃一把火。

那时候，他的内心非常矛盾，不喜欢学舞蹈，但又不敢反抗，试问谁敢反抗一家之主呢？为了发泄心中的烦闷，他只能从文化课中去找慰藉，或者，和那些五湖四海的人聊天，去感受新鲜事物，去消化负面情绪。

就这样，他和舞蹈开始了一段"恋爱"，有爱有恨，对半持平，暑假回家，亲戚朋友得知他是学跳舞的，"你来跳一段！"这是他每天反复听到的一句话。

"没问题，你想看什么？筷子舞，藏族舞蹈，还是古典舞？"每

次，他回答得都很干脆，他觉得向长辈和朋友展示他的魅力没有什么不好。

到了初三，他逐渐发现不跳舞的时候，会感到生命空虚。他慢慢在舞蹈上面找到了自己的归属感，这让他越来越喜欢舞蹈。并且，当他慢慢意识到舞蹈会成为他的职业时，他越来越珍惜跳舞的机会，从而倍加努力。

随着我与张翰越聊越多，我对他的认识越来越深入，我发现他身上有一种独特的自信，这让他乐于和外界接触，也乐于展现自己，周围的朋友评价他有"社交牛人症"。他也承认自己是外向型人格，他觉得害羞的人是搞不了艺术的，只有"不要脸"才能把艺术搞好。不要脸说来容易，可在中国这种传统型的社会里，就很不容易，我问他怎么会变得这么"不要脸"？

他又讲起了自己的故事："十岁时，我就自己来北京了，拎着和自己差不多高的行李箱。那个年代没有从荆州直达北京的高铁，只能从荆州坐四个小时大巴到武汉，再从武汉汽车站走着去火车站，然后坐一夜的绿皮火车到北京西站。之后，还得坐地铁到中央民族大学站，最后，从地铁站走到北京舞蹈学院附属中学。"这话看似和"不要脸"的性格没有什么关系，但何尝不是在诉说着求学路上，他的一次次磨砺。

从初中到高中再到大学，这条路他走了十几年。他在这条路上，慢慢学习，慢慢长大，慢慢变得成熟。如果把这一段过程拍成一部纪录片，我想象着甚至有些许感动，我的眼前仿佛浮现出一幅幅画面：

他拎着箱子一路踉跄，路况不熟，四处问路；后来可能又为他人指路帮忙。

他逐渐学会打扮收拾，学会如何让老师喜欢自己。

他的世界观发生了质的变化，心智成熟，远远地超过同龄人。

放假回家，他看着那些发小还在讨论玩什么游戏、买什么装备时，他觉得都多大了还学打游戏！"十三岁的我们，世界观和价值观已经不一样，我在想要把舞蹈跳好，未来要做什么，或者从舞蹈中获得满足感以后，还能去学点儿什么。他们在想好好学习，高考加油，考个好大学。他们可能不会想未来要去做什么，在他们处于迷茫期的时候，我已经看清了自己的路。"

人生哪会一帆风顺，当他看清自己未来的路，想认真努力一把的时候，却遭到了一番质疑！

初二，身边的男同学都猛长个儿。他宽慰自己："我应该发育比较晚，我应该不会矮，我长到一米七八米应该没问题。北京舞蹈附中招生的时候测了骨龄，既然把我招过来，我肯定不会矮，对吧？"

现实并不是这样的，他的身高只有一米七二。

所有的老师们都说：你最矮！不努力的话大学都考不上！不过，这种致命打击的话，并没有击垮他，反而让他越挫越勇。

努力证明自己的日子来了！

你说我不行，我就要行给你看！我就和你对着来！

念兹在兹，无日或忘。那些努力证明自己的日子残酷又温柔。

"我只是个子不高，但是在其他方面我是很优秀的。不管是形象，还是我的头身比例，或者是我腿和上身的比例，又或者我胳膊的比例，除了这些，还有一些标准，比如，膝盖能伸得直，胳膊不是刀臂……这些条件我都符合。"

我能感受到，他在说服我相信这一切。那种感觉，非常强烈。

值得拥有的日子，从来都是来之不易的。生命的挣扎、每每无人问津时的那份执着，最对得起未完待续的自己。

为了得到认可，也为了一个更完美的自己，从上附中开始，他就参加各种的比赛。每年放假不回家，留在北京参加比赛。他很幸运，参加的比赛就没有拿过第二名，全部是金奖，可谁又知道金奖的背后他付出了多少。他无怨无悔，因为这些金牌可以武装他，去抗衡质疑，它们就是他的铠甲。

从第一次到学校报到之后，他的父母便再也没到北京陪过他，没看过他的任何演出。高考陪读，班上十八个男孩，十六个男孩的家长都来了，只有他和另外一个同学的父母没来，而他们恰好是班里最优秀的两个学生。

他的父母可能不知道他们的儿子在北京默默地隐忍，那些年不回家过春节是为了不想日后让父母失望。他想用他的身体打破那些世俗的偏见，身高不高也可以跳好舞。他的深情、他的技巧、他的爆发力……他打磨出一件件武器，去弥补他身高的不足，他要做顶尖的舞者。

他是一个追求者，像一个围棋选手追求神之一招一般，他也在追求舞者的最高境界。为了这个目标，他有时甚至选择走些"弯路"。

高中考大学时，他获得了保送名额，可以不费吹灰之力地进入北京舞蹈学院学习古典舞，可他最爱的专业是民族民间舞，这怎么办？他毫不犹豫地推掉保送名额，他要自己考！"我当时在附中比赛都是第一名，我是附中最厉害的人，难道我连大学都考不上吗？而且如果保送，我就不能考其他的学校了。大学艺考这件事，一定要多考一些好，这是非常好的经历。"他说。当时，他的母亲给他建议，哪怕与行业无关的都去尝试一下，多一条路多一个选择。这一次，他没有听妈妈的话，而是想着好好跳舞就行。

他把所有的舞蹈院校都考了。

中央戏剧学院舞剧戏考试，评委沈培艺现场就说："我给你全国第一名的成绩，你一定要来！"

解放军艺术学院考试，他初试也是第一名，复试因和北京舞蹈学院的复试是同一天，他选择了北京舞蹈学院。那年，北京舞蹈学院全国前三名，前两名是保送的，第三名就是他！

"我觉得考大学这个成绩对得起我这六年的努力，对得起我在这六年中受到的来自对身高的疑问！"他说。

"我是附中最厉害的人，难道我连大学都考不上吗？"这句话是对社会世俗的一个挑衅！还好，教育是公平的，他用自己的努力证明了结果。

人的一辈子，每个人起跑线都不一样，但是，面对高考的独木桥，大家的差距很小，谁有天赋，谁更努力，谁就能闯关成功。一所好的大学，意味着一张进入社会的优质入场券，可它并不代表全部。进入大学的张翰，更加努力，他知道，如果自己不前行，永远只会原地踏步，甚至还会退步。

大一的时候,他报名了一般都是大四学生参加的"桃李杯",他把学校的其他十个人全部淘汰了,获得名额去参加"桃李杯"展演,去韩国跳了一个朝鲜舞,拿了国际少年组金奖。

大三的时候,他再次参加国际赛,拿到青年组金奖。又在华北五省(区)市舞蹈比赛斩获一等奖。即使有十个一等奖,他也是十个人当中的第一名!

因此,湖南卫视《舞蹈风暴》给了他一个"不败舞者、全冠舞者"的称号!

伴随着获得金奖次数的增加,那种对于身高的质疑声似乎减少了,"我丝毫没有在意那些说我身高的言语,它们没有影响到我,反倒,我觉得身高稍微长高一点儿,我就不会有这么好的敏捷度,对动作的把控程度也会打折扣。我觉得一切都是最好的安排!这就是相信的力量!"

然而,命运有的时候挺会开玩笑的。你以为,取得了骄人的成绩,对你的质疑就消失了吗?

并没有!

大学毕业考团,比考大学更难。有多难?反正考不上团,就只能另寻出路,这成了绝大多数人的选择。

"假如你考不上团的话,你可以再去读个研究生……"

"实在不行,你就去北京舞蹈学院当老师……"

"你要不出国深造,再回国自己开个舞蹈工作室……"

对于他而言,考团也有难度,他又绊在了身高上,很多舞团对于男生的身高都有明确的要求,在团里,更多的是大群舞,或者是以一个集体的形象面对观众，这就要求舞者的身高比较平均。身高成了一个关键的指标，他拿的那些奖对考团并没有多少加持。很多朋友了解到这个情况，给他出谋划策，帮助他另辟蹊径，但他没有听进去，他仍旧选择了考团。

开始，他报考了北京舞蹈学院的青年舞团，那个年代的大神都在那个团里。他觉得其他的团可能不要他，但青年舞团肯定不会不要。因为像他这种拿过那么多金奖、老师们又那么喜欢的学生凤毛麟角。

结果是，青年舞团没有录取他！

他心心念念的、待了十年的、看着他长大的学校舞团竟然没有录用他，他有些吃惊！

难道真的是身高对他考团产生了影响？正当他迷茫之际，他收到了中国东方歌舞团抛出的橄榄枝，这让他颇感意外，因为，中国东方歌舞团是所有团里对男生身高要求最高的，那里的男舞者身高没有低于一米八三的。

这次，他打破了中国东方歌舞团的纪录，被"特招"录取！

"我后来得知，我能特招录取，是当时舞蹈部门的主任在开会的时候力排众议。我和她从来没有打过照面，也不知道她是谁，更没有给她送礼。我很幸运，碰到她这样的伯乐，我也没有辜负她的赏识和期许。"他说。

人生的关键时刻，他遇到了伯乐，可试问，如果没有那些金牌打底，人家又怎么会知道他呢？这次考团经历真是跌宕起伏，充满戏剧性。

进入东方歌舞团后，他的羽翼不断丰满，用他自己的话形容"我正在一步步往天上飞……"

这个伯乐看到了他身上闪光的一面,鼓励他去展示自己。

湖南卫视《舞蹈风暴》第一季、第二季,这位伯乐帮他扛着团里的压力,让他去参加。他也通过舞蹈《醉忆生声》大火……

当代舞《原心》,百分百沉浸在舞蹈中的他很让人感动。可能是因为了解他,所以觉得这支舞蹈就是他内心的写照。他笑着在生命中疯狂挣扎、奔跑,他躺在那儿因为急促地呼吸导致身体颤抖的画面让人看着有些心疼,他是怎么走过来的?不对!他是一路奔跑而来的!

"当时压力非常大!我感觉整个人都要抑郁了。还好我坚持了下来!我可以排练到天亮,然后赶飞机跟单位去演出的地方。当天晚上回湖南台继续排练,七天每天只睡三个小时,这我都熬过来了,还有什么不能承受的!"

你说他是幸运呢,还是说这是他应得的?或许哪种成分都有吧。

他总说自己很懒,每天早上上课都会迟到,永远听不见闹钟的声音。只有等室友喊他起床。如果室友睡过了,他也一定睡过。但他的迟到也仅限于和睡觉有关。遇到事的时候,他永远是最能扛事的。

他对自己又很严苛。

他总是一直在否定自己,觉得不否定自己,就不会进步了。这种否定不是大方向的否定,而是在舞蹈动作上不断否定自己。即使动作做成功了,也会告诉自己做得还不够好。只有这样,他才会一遍遍去练习,练到更好!登台时,他是最自信的,将自己积蓄的能量在那一刻爆发!将对自己的反复否定转化成台下观众的肯定!他很享受那一刻!

"如果你觉得自己很不错的话,你就不会再花精力和时间去练习了。你只有觉得自己永远不足的时候,才会去练。不断否定,不断否定,直到上台观众承认的那一刻,再把自己的心打开。"

他给我举例舞台诗剧。

每天排练到晚上十点,回到宿舍,手机也不玩,看那个时代的历史书。看关于《千里江山图》的解析,看别人是怎么画画的。不玩手机,不打游戏,看完睡觉,让自己真正沉浸在那个角色里。就这样,五个月过去了,他拿给我看他首演的剧照,这时他已经瘦得脱相了,脸颊深深凹陷,自己浑然不知……

说到性格,他是很有趣的。

在火锅店过生日,他会和服务员一起举牌唱生日快乐歌"和所有的烦恼说拜拜……"即使别人过生日,他也会跑过去和服务员一起唱。

时来运转。

这部舞台诗剧像是为他量身打造的那般契合。男一号,一个少年天才画家。团里那么多人,为什么会选择他呢?招聘公告上写的男生不低于一米八,女生不低于一米七的硬性条件下,他是如何脱颖而出的?其实恰恰就是他一米七二的身高,让他的气质更像个少年。

"男一号,可能这辈子就这么一次了。我真这么觉得,所以我很珍惜!"

现在的他有各种荣誉加持,还获得了北京户口,但他母亲从来不会出去炫耀。母亲点燃了他热爱舞蹈的这把火,而且越烧越旺!

他有很多的外号。

比如"小猫",因为他长得像个洋娃娃,特别萌。

再比如"小狗",因为他的耳朵特别好使。家住三楼,妈妈下班回家迈上一楼第一层台阶,他就会傻呵呵地去开门了。

还有"爷爷",因为参加《舞蹈风暴》时,有个节目拿了一个葫芦,粉丝就给自己起了一个外号"葫芦娃",管他就叫"爷爷"。

在他的身边,很难找到一个和他一样的人。一个把弦绷得很紧的人,每天会在自己的备忘录里写下问题和鼓励自己的话,像是日记,又像是他的一个发泄口。我看了他排练舞蹈诗剧的备忘录,看得好感动。

你加油!一定要加油!公演一定要顺利!

明天一定也要顺利!要加油!

…………

"顺利、加油"是他备忘录里反复出现的字眼儿。我说你把这个发给我吧,他说"哥,这是我的小秘密"。二十几行字极其简短,却又字字如金。每一个字都很重,似从心底发出的呐喊。

我觉得他好可怕,总能绝处逢生,他用"幸运"概括自己的每一次关键转折。其实,他背后的付出是常人难以想象的。为了弥补个子矮,他空翻技巧就要比别人完成得好,弹跳得比别人跳得高。

曾经接受一个采访时,记者问他的梦想是什么?他回答希望自己年纪大的时候就不跳舞了。前提是在舞蹈上得到一个很高的成就。怎么算是一个很高的成就呢?就是有朝一日,当人们提起"舞蹈"这两个字的时候,人们会想到"张翰"这个名字。就像人们会想到"杨丽萍""金星"一样。

"这个可能有些扯淡,但梦想还是要有的,万一实现了呢?"我继续听他描绘着将来,"找一个安静的地方开一家书店,或者开一家咖啡店、小酒馆,安安静静地在那儿听听旅行者的故事,挺舒服的……"

"如果哪一天你不跳舞了,你觉得会是因为什么?"我问。

"内伤。这跟腱是撕裂的,然后这一条韧带是没有的,我的腰也错位了。每个人身上都有伤,怎么可能没有!这个是排练时刮破的,都是小事。我和单位的一个师哥前几天在一起吃饭,一切都好好的,而下一秒'啪'的一声,韧带就断了。"

他说这段话的时候特别轻松,像个没事人似的。我很诧异,韧带断了,就算了?就这么算了?他说这段话感觉就像擦破了一层皮一样"无关紧要"。他似乎已经见惯了各种受伤,语气里全是司空见惯后的麻木和坦然接受。

"你可以听声音,你看这个跟腱是撕裂的,之前跳舞的时候,有一小块骨头掉进去了,所以就磨得很响。"他扭动着他的脚踝,的确可以听到摩擦的声音。他扭动了一下身体,原来他身体的每个部位都能发出声音。

我们都知道,在 2008 年奥运会开幕式预定的节目单中,青年舞蹈家刘岩是奥运盛宴中唯一的独舞,却在彩排时严重受伤致残,与万众瞩目的开幕式就这么擦肩而过。

"每次排练演出之前一定要把自己活动开来,不要让自己的身体很紧的时候去跳,包括以后假如你自己觉得跳不动的时候,你一定要说我休息一下,不要努着来。现在不是小时候,虽然我才二十四岁,我觉得舞蹈的寿命太短了，我能跳到三十二岁或者三十六岁就已经很不错了。"

"我现在真的挺喜欢这个行业。如果妈妈当初不那么坚持，不和全家人对着干，我现在跟你不可能一起吃饭聊天。可能我现在还不知道在哪所大学学文化课，毕业之后找一份普通的工作，度过余生，对吧？"

对吧。也许，我们会以另外一种形式见面。

眼前的餐食，两个人，他点了六个硬菜，一个青菜，一个甜点，一扎果汁。

"你的前辈们都是怎样的一个将来？除了北京，你还有特别想去的城市吗？"

"你还去过美国环球影城？你最喜欢哪个项目？"

"我也是！水上世界、鬼屋……"

"你还去过非洲加纳，那边的小哥会跟着你一起拍手唱歌吗？艺术是没有国界的……"

"你为什么想单独自驾去西藏旅游……"

我和他就在"都去哪里玩过"的话题中愉快地结束了我们的聊天。

人类的理性活动都是试图用最小的成本获得最大的利益，但我们发现，世上有些伟大的功绩是由不够聪明的人成就的，因为他们并不知道自己本来做不到。"不够聪明"往往指的是不计得失、不遗余力地投入自己。

奔月者不惧黑夜，寻芳者不畏荆棘，求爱者不避本心。不遗余力做事的人懂得"做好了一件事，便解释了所有事"。因此只问梦想、只问绽放、只问深情、只问初心，无问西东。

舞蹈诗剧《只此青绿》大火，被写入国务院新闻办公室发布的《新时代的中国青年》白皮书。选段"入画"登上《国家宝藏·展演季》，选段"青绿"登上2022年中央广播电视总台春节联欢晚会。有网友评价张翰：人在戏中，戏在舞中。张翰，这个在舞台上肆意洒脱、闪闪发光的翩翩少年，总会带给观众满满的惊喜。而我看到的是他演出前拿着便携式氧气瓶吸氧，看到的是他指甲盖被掀翻流血不止；想到的是他撕裂的跟腱和他损伤的韧带，还有他舞蹈生涯的倒计时……

希孟，你好！此刻你在人群中微笑，看着人们争先恐后，摩肩接踵，只为在你画前，哪怕多停留一秒钟。千年之后，你画中的青绿依然明艳，而你永远是那个十八岁少年！

你好！张翰！观众抓拍，每一次谢幕的你，如十八岁般天真烂漫。还有观众给你取了一个绰号"小哭包"，你就是我们眼中的希孟。纵然职业生涯有终点，可热爱可抵岁月漫长。

左声道

第一次在他家看完他自导的长片电影,我就去赶飞机了。在去机场的路上,我感慨颇多。看起来还是个孩子的他,竟然拍出那么好看的电影。于是,我发了一个朋友圈:"小小的宇宙,大大的能量。愿这群优秀可爱的人被世界眷顾,近半年最被触动的一次观看和倾听,真正专业、优秀的人永远那么有魅力。"

——李光凯

在一切变好之前,我们总要经历一些不开心的日子,这段日子也许很长,也许只需要睡一觉的时间。有时候,选择快乐,更需要勇气。

——徐晓陆

"来吧。"
"来什么?"
"开始!"
"开始什么?"
"开始我们的表演!"
"今晚你的声音怎么这么好听?"
"嗓子哑了。"

"是大声喊救命的原因吗？"

"不是。我的鼻子很敏感，被卫生间的烟味呛着了，现在很不舒服。"

"鼻子难受为什么嗓子会哑？"

"你最近忙得有点儿忘乎所以。"

"所以你到底要不要听我的新电影方案……"

"好，好，来……"

关系越好，聊天越放肆。

我喜欢称呼他为徐老师，他很不喜欢这个称呼，但拿我没办法。

当我们一边吃着火锅，一边看完他导演的电影后，我越发欣赏这位比我小四岁的"90后"北影黑马导演。

我们两个聊天有一种很有意思且不同于其他人的方式，俗称"高冷式"聊天。

我们会把自己的想法用记号笔写在 A4 纸上，写完拍照发给对方。

聊着聊着就会变成恶搞加吐槽！

初中被霸凌只会偷偷哭

现在的他每天都在忙着见编剧、导演、投资人，而且经常凌晨两三点给我发他写的电影企划案、项目书。我也会毫不客气地、直白地告诉他"男主太显老""女二比女一漂亮"等大实话。就是这么一位北影毕业，曾和周迅、胡歌同台领奖，并被周迅欣赏的一位才华横溢的导演，也在尝试自我治愈。

每个人都在尝试走出自己的深渊,朝着各自的目标努力,我们了解彼此,关系很好,但真正能够救赎自己的,却只有每个人本身。他的深渊就是初中时曾经被校园霸凌。

从他嘴里说出霸凌,我有点儿惊讶,甚至内心还有一丝怀疑。

霸凌?有点儿夸张吧,不就是两个人互相看不顺眼打一架吗?

初中,班里四十个人分四个组,他们组的人"串通"好,把他当成空气。

组长收作业,从他身边直接越过,他不敢多说什么,只好自己怯怯地走上台去交。

上英语课,两个人对话练习,老师点到他名字时,没人愿意和他一组。

食堂吃饭，一张桌子可以坐十个人，但他总是形单影只。

宿舍住八个人，他在上铺，有个人在他睡着后会爬上他的床，脱他的裤子。

还有在他洗澡的时候，会有人搞恶作剧，突然把门踹开吓唬他。

他唯一能做的就是隐忍，或者在别人看不到的地方，默默地哭一会儿，很快又若无其事的，好像一切没发生过一样。

"我没有反抗。因为那个时候的我很自卑，认为自己很丑、很胖，成绩也不突出，初一那一年里，我总是一个人，没有一个朋友。"

其实，除了他上面说的外貌和成绩外，还有一个被如此"礼待"的原因——他祖籍北方，不会讲四川话。当离开了原厂自建的"北方校园"，迈进一所陌生且需要住校的外乡学校大门时，他就像跌入了万丈深渊。背着书包环视四周，那个地方，一片漆黑，没有小伙伴，也没有人听到他的呼救，他就像被世界抛弃的一个生物，没人关注。不过，深渊中也有一点儿光亮，那就是周末，可以和龙凤胎的姐姐一起回家。

他每周的心情就像游乐场里的"大摆锤"一样，经历峰和谷两个极端——周五很开心，因为可以离校回家。周日很抑郁，因为还有几个小时就要回到校园了。

直到一年后，一个女生跑到邻班他姐姐面前，说："麻烦你能不能关心一下你的弟弟？" 姐姐才知道，原来弟弟一直在承受校园霸凌。那个女生的口吻不是转告，不是提醒，而是带有看不下去的怒火。霸凌不同于打架斗殴，那是长期性的一种欺凌。现在的他因为曾经的伤害，艰难地尝试着将尊严、自信注入日常的每一个层面。

被霸凌的那段时光里,他虽没有挨过拳头,但这种被孤立的冷暴力导致的伤害,才是最痛苦的。面对霸凌,他选择了委曲求全,成绩从中等滑到中下。父母不知道其中的缘由,还责令他把精力放在美术上,去考四川美院附中。

就这样,他开启了借读的生活。这所中学很古老,是他父母小时候就读的学校。学校里有一位想毕生教够一千位学生的美术老师,他成为那一千分之一。画室里四十个人,除了他是初中生外,其他都是高中生。其中,有两位小姐姐都特别照顾他。一位是唱歌很好听的姐姐,陪他一起上学放学,还借他画笔。另一位可爱的戴眼镜的姐姐,带他一起打饭,陪他聊天。对于内向的他来说,这是又一个陌生的新学校新环境,他对两位姐姐的依赖感不亚于他的亲姐姐。

天有不测风云,他被霸凌的伤害还没来得及被心智的日渐成熟和思想的转变抚平,就遇见了"死神"。

汶川地震后的遗憾

不幸是一切呼吸着的事物共同的经纬,只是每个事物的不幸都有着不同的形式,并发生着变化。

不幸产生的痛苦也会因为独一无二的我们而不同,这就是不幸的独特性。有些不幸可以占领一个领空,成为全民的哀怨,给所有事物烙下伤痕。

2008 年 5 月 12 日,周一。

就在几天前,他结束了借读四个月的时光,准备回到那所被霸凌的学校参加中考。5月11日,在返校途中的车站,他偶遇了画室里的五六个哥哥姐姐,打完招呼后,大家就各奔东西,谁能想到,这竟然是诀别。

那个下午,有点儿异常闷热,即使有再多想说的离别的话也被这闷热的天气硬生生锁在了喉咙里。不说了,不说了,反正日后还会再见。内心这么想,脚底却像踩了黏合剂。

人生往往是这样——轻松自在的情境,美好愉快的梦,总是转瞬即逝,变得模糊不清。叹息、抱怨,根本白费力气。错过了,就是错过了。

汶川大地震当天,午后异常闷热,还有五分钟就要上课了,他还趴在桌子上小憩。突然,教室微晃了一下。前排的同学转身提醒他,让他不要踢桌子了。睡眼惺忪的他有些蒙,还没来得及做出解释,第二波更大的晃动便开始了。前排的这位同学反应极快,大喊一声"地震"后,"嗖"地一下第一个冲出了教室,同学们就呼啦啦紧接着也往外跑。

往日里,从教室跑到操场只要几分钟的时间,此刻却变得遥不可及。剧烈的晃动导致地面不断地起起伏伏,像盘龙,像升降电梯,像失去平衡的天平。所有人都不断地跌倒,爬起来,再跌倒,再爬起来……大家步履艰辛地往操场方向逃生,同时还要躲避着头顶上不断掉落的砖块和沙子,眼前的景象混乱不堪,视线也变得有些模糊。

顷刻,所有人的惊恐声、挣扎声和地震的隆隆声混杂在一起。

那种感觉仿佛就是死神濒临时的高频耳鸣,这辈子不想再遭遇第二次。

跑到操场,他见到了和他一样处于紧张惊恐中的姐姐。在那短短几分钟里,视线之外到底发生了什么,他们无从得知。手机信号中断,与外界失去联系，但他一直在用手机拍摄眼前看到的一切。随手拍摄，是他一直以来的习惯。

随着时间的推移，不断有同学被家长接走，看着操场上的人越来越少，姐弟俩幻想了各种可能性。

班里四十多个学生，只剩下几个人的父母还没来接他们，那说明父母可能……

不会的，不会的，他们在内心一遍遍否定，否定后心里又不自觉地打起鼓来。

四个小时后，母亲搀扶着父亲出现在校园门口。父亲头上裹着白色的纱布，血已经渗了出来，一瘸一拐地朝他们走来。那是他人生里最漫长最煎熬的四个小时。

据父亲回忆，当时但凡他快一步或者慢一步就会被砸死，他们的厂房倒了，他所处的位置正好让他在夹缝中躲过一劫。

"我们家简直是太幸运了，没有一个人罹难……"这句话看似说得有些云淡风轻，但我看到了他眼里泛起的泪光，希望努力与幸运可以一如既往地追随他。

震后三个月，医院门口、草坪、帐篷、空楼的商铺里，都是他们短暂的"家"。后来，在政府的帮助下，他们搬进了专门为受灾群众盖的新房，每一栋都是电梯房，因为不少人虽然幸存了下来，但是却落下了伤残。

他借读的那所学校，师生六百人，罹难近一半。

车站见到的那些哥哥姐姐，全部遇难。

他,因为提前回到了自己的学校,幸运地躲过一劫。

汶川地震以后,我们听到了谭千秋的感人故事,可乐男孩的故事,这些故事就发生在他借读的学校。

汶川地震十周年,有一条新闻上了微博热搜。

一个空降兵在救援时,捡到一本沾着灰尘和血迹的日记本,看着娟秀的字迹猜测它的主人可能是一个小女孩。他将一张张零散的日记拼凑保存起来。将近十年时间里他一直在寻找这个日记本的主人,希望能把这满载少女心思的日记本还给她。这是空降兵的心结,也是他的夙愿。每年的"5·12"地震纪念日,他都分外难过,将近十年了,他无数次问自己还能找到这个女孩吗?

2018年,这位空降兵终于找到女孩的妈妈,从她妈妈那里得知女孩已在地震中遇难，这位寻找日记本主人十年的空降兵哭了。后来这个日记的内容和女孩的照片在网络上曝光。当徐老师看到照片和内容时，沉默着流下了泪……

这个女孩就是在他借读期间，一直照顾他的戴眼镜的姐姐。日记本中的某页内容写的就是他们一起讨论过的话题。

…………

十年不曾联系的朋友，当再次看到她的照片时，那些曾经相处的画面在记忆的长河里越来越清晰。他悲愤、难过、惋惜，为什么厄运会选择这些昔日的同学，他们还没来得及去看看外面的世界……

汶川地震的经历，在他身上留下了无法抹去的阴影，比如再听到聚众的叫喊声时，会瞬间将他拉回当年逃生的瞬间，他会吓得立刻蹲在地上蜷缩起来，不知道会不会有真正痊愈的那一天。

他越发觉得自己身上负有一种使命感，是替那些已离开这个世界的哥哥姐姐们生活得更好的使命。他需要带着更多人的希望，更努力地活着，努力地去看看这个世界。

遗憾一个个被解决掉

他顺利考上四川美院附中，成为那位美术老师的得意门生，可以说半只脚已踏进四川美院。然而，他并没有在美术的道路上大展宏图，而是在高考后就读了北京电影学院的导演系。

就在他的毕业短片《左声道》参加 2015 年中国金鸡百花电影节学院奖评选时，他发现那位美术老师在朋友圈帮他拉票。他很愧疚，同时也激励自己，一定要努力做好第一部长片，等上映之后，证明给老师看，当初他放弃美术选择电影也是正确的选择。

进入美院附中，只是他更加认清自己的一个阶段，他慢慢发现，原来自己内心真正热忱的并不是画画，而是用影像的方式去讲故事。他也发现大多数人对待优秀者才是友善的。与寝室舍友们闲聊时，他发表了一个不同的观点，话音刚落就被硬生生怼了回去："上铺那个胖子，话怎么那么多！"

他愤怒了，却不敢发声，因为他的确是个胖子。

"减肥很不容易。如果容易，哪还有那么多胖子。"

然后，他每天只吃两顿饭，晚饭吃黄瓜和西红柿，不喝饮料，不吃零食，外加操场上跑十圈。一个一百四十斤体重的男人，用四个月时间，瘦了近四十斤。

周围的人都震惊于他的变化，再看以前的照片，判若两人。

隐忍，是为了更遥远的美好。

瘦下来的他被很多女孩搭讪。

"她们咨询我怎么减肥？我说完之后，没有一个人成功，因为坚持不下去。我是因为别人的一句嘲讽而产生减肥的动力。我知道自己不被大家喜欢，我不要这么下去。现在咱俩去便利店，我肯定不像你，我不会去买那些热量极高的食品，人要对自己有节制。如果连自己的体重都掌控不了的话，怎么掌控其他事情。"

我和他当年是在北京 798 艺术空间的一场新书分享会上认识的。他戴着一顶黑色棒球帽，和他的脸形很不搭，鸭舌帽或许会好一点儿。白色运动长筒袜配一双运动鞋。分享会开始前,我对这个人如此"特别"的穿搭有些不解。

后面是我朋友邀请的十个不同领域的人分享自己的职业经历。

其中一个就是他,他说话声音很小,两只手握话筒,有点儿拘谨。

我坐在台下,有点儿昏昏欲睡,对生怕没有演讲经验的他提不起兴趣。

突然,台下一个女生大喊:"导演,以后有角色多多考虑我!我便宜!"

我像是吸入了清醒剂一样,醒了,开始关注眼前这位北影毕业的导演。

他告诉我,在初二的暑假,他得到了第一部手机像是得到了整个世界。

他很庆幸记录了地震前家乡的风貌,那些片段虽然模糊,却很珍贵。他很遗憾自己当时没能记录下妈妈搡着爸爸出现在操场的那个刻骨铭心的画面。

没有执导,没有教学,全靠他自己"瞎琢磨"配上学画画时的审美。就这样,他开始了自己的拍摄生涯。

小孩子总是精灵古怪,想法天马行空。

假期成为他们的最佳拍摄档期,导演、演员已就位。

"Action!"他们竟然拍起了惊悚片,楼道就是场景,发小就是演员。

他就在一出出闹剧,一声声尖叫声中完成了自己不能称之为作品的短片。

拍完不会剪辑,他就把视频导到电脑里,再用手机从电脑屏幕上录。

画面模糊到什么都看不清,他却一个人玩得特别带劲儿。

他从来没有想过当导演,但喜欢组织别人完成他的构思。

这个喜欢似乎是生理的反应,就这么不费吹灰之力地坚持了下来。

"我以为自己喜欢的是画画,后来发现画画原来是为了学电影做铺垫。而且得到你喜欢的东西其实没有那么难,不过考北影还是感觉像做梦一样,从专业考试到文化考试,从初试到复试,一路披荆斩棘,最后自己居然被录取了。"

再说到他当年就读北影的毕业作品。一般导演初期的电影短片作品,大多数都是回忆自己从小到大,情感中最有共鸣的瞬间。他选择的故事元素是将外卖员与配音演员天马行空地结合起来。因为他曾经当过外卖员。

听到这儿的时候,我很震惊。他主动解释,大学期间,他和一个同学为了体验生活顺便赚点儿零花钱,就化身外卖小哥给学校附近的写字楼送餐,一天八十元,干了两天。第三天商家降低费用,他们就果断放弃了。

平凡甚至有口吃缺陷的外卖派送员小马,日复一日过着平淡无奇的生活,在一次送餐过程中,对女配音员 Rachel 一见钟情,并对配音产生了浓厚的兴趣,从此他的生活有了色彩,让有口吃缺陷的他,开始变得有一点点不一样了。这就是他其中一个毕业作品的概述,片名叫《左声道》。

人生开挂模式启动

三个剧本同时进行,《左声道》的剧本打磨了半年,改了二十多稿,同时也是三个剧本中最受争议的一个。指导老师觉得,虽然这是三个剧本中题材最新颖的一个,但女配音演员和外卖小哥的人物立不住,情感力量相对薄弱。

最终他没有说服指导老师,指导老师也没有通过《左声道》的拍摄许可。

很多同学都已经陆续拍完了毕业作品，他还停留在剧本阶段，时间来不及了。

他内心的想法就是："反正已经到这一步了，不能让自己后悔！"

于是，他自己筹资，瞒着老师，大胆去拍了。

我看过了《左声道》，很欣赏他选演员的眼光。

中间有句台词我也记在了备忘录里：受点儿苦算什么，毕竟我不是什么真命天子！

他自己当导演，自己当编剧，自己做剪辑，自己选音乐，自己上字幕。

说起这部短片当时的拍摄，一开始全是质疑声！来剧组帮忙的同学，听闻这个片子并没有得到指导老师的许可他就敢拍，就私下吐槽："剧本不够好、导演不会拍、拍出来肯定是个烂片，他不适合当导演。"还有人说："男主没有选对，男主根本做不了演员。"

即使他听到了这些质疑声，也当没有听到。答应帮忙粗剪的同学，没剪完就撤了，他也没有抱怨，反而很理解地接手了剩余的剪辑工作。没有电脑，就跑到A同学家里去剪，剪完之后打不开。只好借了B同学的电脑，他再重新剪辑。

他好像很淡定，其实是在跟时间赛跑，每晚只休息两三个小时，其余时间全部用来琢磨镜头和剧本。在他身边，只有主演和摄影师两个人支持并信任他，他没有时间去在意那些流言蜚语。

拍完粗剪出来拿给指导老师看，原本以为会生气的指导老师眼睛像放光一样，耐心地给他提剪辑意见。他有点儿受宠若惊，觉得自己终于跟其他学生一样了。

每年系里都会选择优秀的作品上展映，所有的人都在争这个名额。

他只想中规中矩地完成自己的毕业作品，不让老师生气就心满意足了。

展映的名单出来后，他意外地发现了自己的名字，惊喜中略带怀疑。

展映当天，戏剧性的一幕发生了，他的《左声道》成为当晚的爆款，呼声最高。

他的手机开始轰炸式地收到各种各样的祝贺短信。他兴奋得一晚上没睡着。

他用"很惊喜，很意外，很不可思议"形容自己当时的感受。

展映惊起的波澜很快就散去了。

7月到9月一切都很安静，安静到似乎什么都没发生过。

从9月中旬开始，他接到入围各种电影节的通知。经过半年多的筹备、拍摄和制作，这部电影短片《左声道》斩获了很多奖项。他的人生开启"开挂模式"。

四年学习生涯，所有的努力在这一刻终见分晓。

2015年，短片《左声道》获第二届横店影视文荣奖最佳微电影奖。

2015年，短片《左声道》获2015中国金鸡百花电影节学院奖短片大赛观众最喜爱奖。

2016年，短片《左声道》获2016中国（威海）国际微电影盛典"银贝"最佳剧情片奖。

2017年，短片《左声道》获第二届"中国梦·冬奥情·京津冀"2017微视频（微电影）最佳编剧奖。

2018年，《左声道》徐晓陆获2018中美电影节最佳短片新人奖。

他接到文荣奖组委会电话后，父亲不同意他去，说肯定是个骗子。

他在电话里告诉父亲，报销双飞机票和住宿，自己没什么好骗的。

就这样，他踏上了领奖之旅，第一次参加电影节，住在豪华的五星级酒店里。

第一次感到紧张，是见到座次表。

下午两点半开始入场。他的座位是第二排，右边是演员张天爱，前面是影后周迅和男神胡歌。他的心脏扑通扑通猛跳，手心开始出汗。周围都是仰视的前辈，他不知道如何是好。他坦言，当时真的很震惊，横店剧组的艺人全部来捧场，群星云集，星光熠熠。他努力说服自己平静下来，假装很淡定，去适应这个环境。

第二次感到紧张，是上台领奖。

先颁发的短片奖，他获得第二届文荣奖最佳微电影导演奖，郑晓龙导演从二十部短片里选择了他的《左声道》。他上台领奖，因为紧张造成一个小失误，他形容自己特别蠢。当主持人念完名字，礼仪小姐把奖杯拿上来，原则上是礼仪小姐先给颁奖嘉宾，颁奖嘉宾再颁给他。结果是他直接从礼仪小姐手里拿了过来，台下一阵哄笑，大家都觉着台上这个满脸稚嫩的弟弟很可爱。

第三次感到紧张，是周迅的鼓励。

电影节结束，所有人上台合影，混乱的舞台上，只见周迅向他迎面走来，走到他面前，用独特的烟嗓问道："《左声道》是你拍的吗？"

"是的，周老师。"

"我一定会去看的。"

"谢谢周老师。"

简短的两句话，让他的兴奋点达到了巅峰。他还跟我模仿周迅说话的方式，被我报以一个白眼。离开横店时，他对自己说："我下次来横店，要拍自己的戏。"

新的磨难新的挑战——人生第一部长片电影

2019 年初，他执导完成了他的处女作长片电影《迷失 1231》。

这部被压了四年的国内首部校园循环悬疑电影，终于在 2022 年 4 月 15 日在全国院线上映，这其中到底背后历经了哪些不为人知的磨难？

"所有导演的第一部长片电影，都太艰难了。"他告诉我说。现在电影市场起用导演都是看他以往拍过的电影长片作品。那么问题来了，万事开头难，总要有一个开始，第一部电影如何找到资金是面临的最大问题。几乎很少有资方会愿意投注新锐导演的第一部电影，原因是暂时看不到成功案例，即便之前已经拍过不少出圈的短片作品，但短片毕竟是短片，属性上跟长片是截然不同的。

毕业后的这几年里,他不断地挑战自我与积累作品。他是《火星情报局》第三季里年纪最小的特邀剧情片总导演。其中他执导的短片《火星食堂》被优酷评为2017年十佳广告。也正是在这档火爆网综里崭露头角,湖南长沙的一位出品人看到了他的才华,并向他抛出了橄榄枝。在这之前,他已多次与多部长片电影失之交臂,一般都是展开创作了很长时间,最后以出品人迟迟不肯批款告终。于是,他不再抱有希望,直到这次意外惊喜的降临。

开机仪式那天,他和制片人都哭了。

从项目开发到开机这一天,他们用了将近一年的时间。这段时间里,看似已经谈好的合作,随时会面临出品人的撤资,而且他在北京,出品人在长沙,只能通过线上来完成这一年的"漫长"沟通。

电影拍摄时,较真儿的他,用了不到二十天的时间拍出近四十天的院线电影的效果。他压缩大家的休息时间,也知道这样不人道,但在作品上他不想有丝毫的妥协。他知道有部分工作人员在工作群里转发熬夜猝死的新闻,是要罢工的意思。他提出要么走,要么留下,没有中间余地的选择。

拍到最后没有资金了,他自掏腰包,完成电影剩余戏份的拍摄。"只要还没到达我的极限,我都愿意去挑战,去完成看似不可能完成的事情。"

超过半年的后期制作,他不放过每一个细节。电影《动物世界》《滚蛋吧!肿瘤君》的资深院线剪辑师操刀剪辑,电影《误杀》的配音导演倾力加盟,作为黄子韬、张艺兴等"御用"配音演员,且享有"配音界小一哥"之称的杨天翔献声男主配音……一切都朝着最好的方向迈进。

当好朋友们看到内部成片时，无不为他的认真而感动。

正当大家准备举手欢庆时，这部电影却陷入了难以过审的终极考验。

在国内的校园背景下，去讲一个悬疑惊悚的故事是比较难的。国内的电影审核制度，对青少年有重点保护，因此限制很多。他们这个电影恰恰又是关于大学生从颓废迷失的困局中挣脱，完成蜕变"先抑后扬"的故事。加上近年电影审核制度的升级，《迷失1231》便开始了长达近三年的漫长审改岁月。

"我怎么也没想到，这一改就是近三年。从连续半年的焦虑失眠，到后来的放平心态，在等不到结果的日子里，我只能把精力转移到创作新的作品上去。每部电影都有它自己的命数，就算真的上映不了，这种现象在圈子里也屡见不鲜，你不能一直活在过去。"

挤破头才争取到拍长片的机会，如果电影无法跟观众见面，我不知道这对他来说是一种怎样的致命打击。三年，他一直用笑来积极面对，在他洋溢的笑容里，甚至看不出他经历过那么多"暴风雨"。

我观看这部导演版电影，是 2019 年。当时看完，在去机场的路上一直在回味，梦想是什么？梦想就是一种让你感到坚持就幸福的东西！

"不少同学、校友慢慢地销声匿迹了，还有很多人转行，为数不多的人在做着编剧、'枪手'等工作。近年的影视寒冬期对我们的冲击确实很大。还在像我一样坚持做导演的人屈指可数，虽然走的每一步都步履艰辛，但我愿意做着电影梦，这是让我最快乐和愿意奋斗一生的事。

过程很难，总会一点儿一点儿克服的，会慢慢变好的，电影人必须肩负使命感，路不是我一个人在走，我要带着更多人的愿望去实现电影梦。"

这个故事半年前就写好了，写的时候我就一直在想"霸凌""地震""导演"三张似乎很清晰的名片是独立存在的，又是有所牵连的。我们的坚持有时对于自己和他人来讲，没有太大的意义，但又不想留有遗憾，所以只有当坚持被残酷的结果粉碎之后才随口说一声"算了"。没有人是随随便便成功的，唾手可得的那不叫成功，那只叫意外收获。

一部电影，积压了四年时间上映。我在想，当他坐在电影院里看着自己的影片时，会不会泪流满面？也许，片中的很多演员已经换了职业，这是最后一次在大银幕上看到他们。他们会不会问自己：当初的愿望实现了吗？

在奔向四十不惑的路上，我曾和同事陈薇说："你不要笑话我。我的人生目标是给这个社会传递温暖和力量。我想做对这个社会有用的人！"不管是通过电视，还是电影，我们都在用自己的方式向这个社会传递和塑造美好。我们也不是什么真命天子，受点儿苦也不算什么。你若决定灿烂，山无遮，海无拦。

能发光何须问底色,谨修道皆可成英豪。

中国视协电视艺术理论研究会副秘书长、
三届央视春晚总策划 喜宏

世界是多彩的,不会只有一种颜色。这本书里的每一个故事,就像一面镜子,让我们看到生命之光与最初底色之间的对立,让我们看到自己的影子、梦想和未来。

北京大学考试研究院院长、
北京大学教育学院研究员 秦春华

这是一本"80后"导演写的书,文字温暖、情感真挚,书中的故事娓娓道来,饱含对世界、对社会、对人生的感悟。小故事折射大时代,正如书名所言:无论什么底色,都可以活出光芒,每一个读者都能从光凯这本书中读到真善美、发现光和热!

江阴市华西村党委书记、
江苏华西集团有限公司董事长 吴协恩

第二辑

◆

人生百态，遇见不一样的自己

踏过山川，仍旧是少年；不断奔跑，
在无可替代的时光里，邂逅光芒万丈的自己。

世界上的另一个你

命运从来都是青睐强大勇敢的人，命运总是屈从于这样的人：恺撒、亚历山大、拿破仑，因为命运总是喜欢这些与自己一样不可捉摸的强悍人物。那些犹豫不决、唯唯诺诺的人，只会被命运鄙视并且拒之门外。

——王杰克逊

打开百度，搜索"王杰克逊"，出现很多不俗的新闻标题，比如：
"被全球誉为最像'MJ'的人王杰克逊走向国际舞台，开上豪车"
"联合国春晚特邀中国艺人王杰克逊唱响世界舞台"
"王杰克逊受邀出席迈克尔·杰克逊家族慈善晚宴"
"王杰克逊再登高峰！联合国教科文组织颁发荣誉和平勋章"
"王杰克逊助阵戛纳电影节一夜成名成全球热议焦点"
"王杰克逊受邀出席美国总统特朗普海湖庄园慈善晚宴"
…………

感觉每一条新闻都和国际沾边，我问他看到这些标题的时候，内心是什么感觉，他说除了当时激动之外，没什么感觉。

我对王杰克逊的好感度增加是因为我们约好采访后，他自己写了四千字左右的自述：从小时候干农活儿到初次接触迈克尔·杰克逊的视频；从去麦当劳打工、面试歌舞厅再到孤月下反复练习舞蹈；从参加电视台模仿比赛脱颖而出,到登上国际的舞台……

我像一个后知后觉的人,直到 2018 年某场晚会才看到他的表演。从彩排到录制,作为现场总导演的我当时只是讶于他的机械舞跳得真好,所以才互相留了联系方式。后来通过朋友圈了解到他是一个模仿者,其他也没有再留心过,就这么两年过去了。

一次节假日的问候,冲垮了我修筑的认知堤岸。

他连续给我发了十几个视频,我才意识到他不是"青铜",而是一个"王者"。

我去网络搜索,看了他的所有采访,做了满满两页纸的笔记,原来他这么传奇。

这次的采访,是在北京的一个雨天。

房间的空调遥控器不知道放哪儿了,太热了,我便打开了卷帘后的窗户透气。

全国的新冠肺炎疫情得到了有效控制,但还在居家办公。

他已经离开家很多个年头了。

采访前我就在思考,家,对于他来讲,意味着什么呢?

孵化,打开折叠又反复的人生

他叫王永华,1980 年出生于一个河南农村家庭,父母也不识几个字。

地里的农活儿,掰棒子、收麦子、打农药,他都会。他说穷人家的孩子很能吃苦。家里没别的什么收入,就靠着那几亩庄稼地,收成好卖

个好价钱就是全家人的盼头。

妹妹比他小三岁,为了供他上学,主动辍学打工。喜欢武术和画画的他,考入美术学院却因交不起学费,选择了一家中专学电脑。

在学校有一个玩得不错的城里的孩子,家庭条件好,有次带他去家里玩,一起看光盘。他不知道光盘里的人是谁,就感觉那个滑步向后走也如履平地的舞蹈动作很厉害!好看!

家里没有 DVD 机,也没有光盘,他就买了很多光盘去借别人的 DVD 看。

后来他又把机子带回老家,给村里的其他小伙伴们看,大家看完之后的评价:

"这个从城里带回来的'新鲜玩意儿'真好!"

后来他知道了这个人叫迈克尔·杰克逊,是个美国黑人。

学校成立舞蹈队,班级推荐他去参加。

班里一个女生的哥哥是迈克尔·杰克逊的粉丝,所以她经常跟着看他的舞蹈,一天她不经意地说:"你长得有点儿像杰克逊。"第一次听人这么说,他只觉得这个女生真会开玩笑。

中专毕业以后,他留在郑州的一家广告公司上班,半年后去了一家咖啡店。

他原本只是咖啡店的服务员,却被卷入了客人的世界里。

一位客人自称是香港某电影公司的武术指导,看他的身材和气质适合当演员。

"你就相信那个人的话?"我问他。

"别人说什么,我就相信了,尝试着去做了。"

"有自己崇拜的武术明星吗?"

"李连杰,我喜欢他演的《少林寺》。"

"有给自己设定什么远大的抱负吗?"

"当时也没有抱负,只有好奇。我的老师曾问我有什么梦想?我回答没有。我习惯遇到什么就做什么,不让自己瞎想空想,遇到喜欢的事,自然就会坚持并做好。"

那一年,是 2002 年。

迈克尔·杰克逊已经被他堆在了角落里。

听说横店影视城招演员,他兴奋地坐上了绿皮火车前往。

走的那天，下着瓢泼大雨，预示着他即将面临的辛苦。

做了一年的群演，用一句话评价：吃不好、住不好、睡不好，那种耗日子的状态不太好！

2003年"非典"，很多人都选择离开了横店，他也是其中一人。

在义乌麦当劳，他重新成为一名服务员，一切重启。

一个月一千元钱，包吃住，对于没见过太大世面的他来说很满足。

不过，有些人，有些事，你想着它，它就会来到你的跟前。

麦当劳经常会播放迈克尔·杰克逊的音乐，这点亮了他内心的星星之火。

有一个身影总在跟着音乐律动。为什么要学舞蹈呢？他自己也不知道。每个人都会有一个自己的世界，在那个世界专注做喜欢的事，不被打扰。

他试图在唤醒那个世界的自己。

他把可以反射身影的不锈钢冷冻柜，当作排练室的镜子，内心窃喜地把这里当秘密的训练基地，没事就练几下太空步，有时因为地滑摔得屁股疼，就当是做按摩了。

他也不知道怎么就莫名地把心底的另一个自己释放了出来，并无限放大。

公园里，马路上，他总会不自觉地就跳起来。

有一次在公园里跳累了，躺在草坪上睡着了，阳光洒在他身上，太舒服了。他睡得很沉，沉到自己的MP3被人偷走了都没有察觉。

还有一天下班，听着歌过马路，不知不觉跳起了太空步，不小心被后面的车撞到，扭伤了脚踝。车子开出十几米停了下来，是一个三四十岁的男司机，把他送去了医院。检查完他感觉自己没事，就让司机付了医药费走了。

本以为第二天就好了，可第二天，瘀血肿痛，路都走不了了。一连换了五六家医院，用了两个多月治疗恢复。

因为自己的大意，他失去了工作。

他不敢告诉家人，怕他们担心。农村出来的娃总感觉自己能扛过来的事就不是事。

独自躺在旅馆房间，总会胡思乱想：是不是再也不能跳舞了？以后怎么办？

就在他一筹莫展的时候，接到一个电话：奶奶去世了。

他在旅馆里哭了一个上午。

那个炙烤的夏天于谁都毫无情面。人生中的一个遗憾在他最没有能力的时候发生。

心里的滋味很不好受，没钱，也不可能回去。

捉襟见肘的时候，要想办法挣钱。在旅馆房间他继续瘸着腿练习。

"为什么还要跳呢？"我不解地问。

"我当时不知道自己能做什么，但我知道自己喜欢什么。"

他尝试去一家酒吧面试，用身上仅有的几十元钱买了帽子和墨镜。

孤注一掷能彻底翻身吗？

酒吧老板不屑地看着他的打扮问他会干什么？他说自己会模仿迈克尔·杰克逊跳舞。

"记得那天在舞台上，我都不知道自己是练武术还是跳舞，戴着墨镜感觉台下黑蒙蒙的一片,我使劲儿在那儿跳,心里默数着一个动作接着一个动作。老板看完说不行。"

虽然第一次面试失败,但在看演出的人中有一个叫小强的,成了他的贵人。

小强在义乌的一个超市做采购,也是迈克尔·杰克逊的忠实粉丝。看到他的脚还肿着,身无分文的样子让人同情,就请他到自己家里去住。

夏天,为了凉快,他直接在客厅打地铺。

小强去上班,他就在家看光盘学习,一边养伤一边练舞。

"没想过放弃吗?找个简单的工作。"我问。

"得再试一次。老板说再给我一次机会,也只有一次机会,弄不好会影响他的生意。三天之后,感觉学得差不多了。小强请了影楼化妆师给我化妆,还自掏腰包给我置办了一身行头,陪我再去那个酒吧面试。这次我通过了,老板答应演出一场给我三百元钱。三天之后,我离开了那家酒吧,因为不是驻场演员,不能一直演。"

小强只是他人生中的一个过客,却为他的未来铺就了一个台阶。他一直心存感激,离开义乌前,各种掏心窝子、感谢的话没少说。

因为一个共同的偶像,将他们两个人连在了一起。那个曾经一贫如洗去酒吧面试时认识的陌生人,向深渊里的他伸出了一只手。

这只手给了他力量,也把他往前推了一把,去外面的世界看看吧。

所以他决定离开义乌去杭州,寻找下一个更大的舞台。

成长：我就是拿了个冠军，改变不了什么

到了杭州之后，他不知道何去何从，只感觉这个世界别有洞天。

谁也不认识的他开始翻看报纸找工作，觉得合适的就用圆珠笔画个圈。

忽然看到一条消息：张艺谋导演的实景演出《印象西湖》在招聘演员，他感觉是个机会。

当过一年群演，又会跳舞，"我成功过"，他内心给自己鼓劲儿。

穿着迈克尔·杰克逊的整套行头就到了现场。

面试导演问他会什么？他说自己会跳舞，就即兴跳了一段。

"我们需要的是民族舞蹈，你这个机械舞的偏差太大。"

他有点儿失落，就离开了。

第二天，《杭州日报》头条新闻"杭州《印象西湖》惊现迈克尔·杰克逊"。

昨天的面试竟然歪打正着地上了新闻。他明白了什么叫"借势炒作"。

他赶紧跑到报亭买了几份报纸，保留起来，收藏在行李箱。

或许，在某些重要时刻能派上用场。

为了快点儿在杭州找个落脚点糊口，他找了一个服装厂的工作，在衣服上手绘。曾经绘画的爱好总算派上用场了。破旧工厂，七八个人挤一间宿舍。喝酒、打牌、抽烟，他样样不会。一个人表面不喜欢嘈杂，并不代表内心不狂野。

白天工作，晚上他就偷偷一个人在月光下练习迈克尔·杰克逊的太空步。

"真的只是消磨时间，也没有其他事可以干。"他解释道。

月夜灯如昼，你可以看见一个独处的人在那纵情地跳着。整个世界好像以他为中心。

"自己一个人偷偷练，是怕别人看见嘲笑你吗？"我向他提问。

"怕别人看见会觉得你是一个怪人吧。"他笑了笑回答。

"很享受自己沉浸在音乐中跳舞的状态吧？"

"是的，这种感觉很解压，像进入到一个不同的世界。"

那个不同的世界里，只有他和他的影子在舞蹈，他并不感觉孤独。

他的秘密训练还是被一个在外面散步纳凉的女同事看到了。

"你竟然还会太空步？！东南卫视的节目《开心一百》你可以去试试，是一个模仿秀。"

说者无意，听者有心。当时的网络不发达，他就通过电视去看这个节目。

看完之后，记下报名方式，拿着报纸，买了机票就飞去了福建。

"我觉得自己模仿没问题。至于比赛结果，并没有任何的期待。"

第一次去福建，不知道电视台在哪儿，他一边打听一边找。到了《开心一百》栏目组办公室，导演们正在开会。到了门口他有点儿胆怯了，深呼吸后进去介绍自己是来报名模仿秀的演员。导演问他会模仿谁？他边说出"迈克尔·杰克逊"的名字，边拿出报纸给他们看"杭州《印象西湖》惊现迈克尔杰克逊"的头条新闻。

导演们传阅着报纸，投来了怀疑的目光，反复确认后才相信他说的话。

"你留个电话。需要的时候再联系你,先回去等通知。"一个看着比他还年轻的女导演说。不知道是句拒绝的客套话,还是认真的。他就这么走了……

杭州飞福建的机票也不便宜,即使特价机票也得五百多元钱。一个服装厂的普通手绘员工,一个月的工资也才一千多。来回一趟,一个月的工资就没有了。他这是哪儿来的胆量?一时冲动吗?

"钱花完再赚,尝试了就不后悔。我去参加比赛没告诉任何人,因为不知道自己能不能成功。"

回杭州后每天就是等电话。每打来一个电话,先看看是不是福建那边的。

"我不着急,顺其自然。"这句话的背后却是时不时地看看手机,生怕错过电话或信息。

一个月后,他终于接到了栏目组的电话,可以去参加比赛了。

"第一次上电视舞台,在聚光灯下有点儿紧张。"他陷入了回忆。

"为什么要去参加比赛?"

"是为了证明自己,证明自己能不能模仿迈克尔·杰克逊。"

"为什么要证明自己呢?"

"如果可以,就更有信心模仿下去。"

"为什么要模仿他呢?"我继续追问。

"我也不知道,就是很想做这件事……"他也不知道怎么解释。比赛后,他拿到了冠军。

父母并不知道迈克尔·杰克逊是谁，看见他在舞台上的装扮觉得他没有好好混。拿到冠军后的生活也跟什么事都没有发生一样，他回到工厂继续上班。

"不想让别人知道，感觉就是个节目冠军而已，改变不了什么。"

的确改变不了什么，但那只是当下那一刻。

冠军所引发的连锁反应正在慢慢发酵。

东南卫视开始安排他去马来西亚、韩国演出。活动忙了起来，他就离开了工厂。

后来参加湖南卫视《谁是英雄》节目、央视《星光大道》作为2006年度总决赛神秘嘉宾出席，他渐渐在国内很多节目开花，感觉模仿能改变自己的生活。他似乎在过着双面人生，用模仿在供养着那个曾经在麦当劳、服装厂打工的自己。

"眼圈要黑一点儿，眼线多圈几道，嘴唇颜色要鲜艳，嘴形要拉宽一点儿，下巴还有个槽，是迈克尔整形后留下的。对，就是这样的下巴……"这是2008年《青年时报》采访他时，他对妆发的要求。

2009年6月份，"流行音乐之王"迈克尔·杰克逊逝世，终年五十一岁。

那天凌晨四点钟，还在睡觉的他被北京电视台一位导演的电话惊醒，说要采访他。

紧接着，CNN（美国有线电视新闻网）驻中国的办事处也打来电话，问他："迈克尔·杰克逊去世了，你知道吗？"沉浸在困意中的他瞬间清醒，一遍又一遍看了手机推送的新闻后，他才相信这个事实，偶像去世了。

当天上午出发去北京,美联社、路透社、中央电视台、凤凰卫视、《北京晚报》等媒体陆陆续续都在联系他。晚上在三里屯,媒体对他进行了一个群访。采访的主题就是:你为什么要模仿?模仿中有哪些困难?模仿改变了你什么?迈克尔·杰克逊在你心中是什么位置?……

他不属于那种高谈阔论的人,也不会说华丽的辞藻,就是喜欢,于是一遍遍去看,自己学化装、学舞蹈。模仿让他生活得更好了,赚的钱可以贴补家用,还让他找到了自己努力的方向。

2010 年王永华跟着《梦想之旅》节目组去了美国,他很激动。

办理美国签证的时候,签证官问他是干什么的?他就拿出了自己模仿迈克尔·杰克逊的照片。签证官看着他,用手指在柜台上比画着,问:"你会不会太空步?"他就当场表演了太空步,引来了其他签证官的围观。他就这么顺利拿到了签证……

"我去到了星光大道,很激动,看到了杰克逊的星星,还拍了照片……"

在《人类群星闪耀时》这本书中,有一段对于命运的描述:命运从来都是青睐强权的人和勇敢的人。命运总是屈从于这样的人物:恺撒、亚历山大、拿破仑,因为命运总是喜欢这些与自己一样不可捉摸的强悍人物。在命运降临的那个伟大瞬间,平凡人的所有美德——顺从、小心、勤劳、谨慎,都没有一点儿作用。他从来只眷顾天才人物,并且成就其不朽形象。那些犹豫不决、唯唯诺诺的人,只会被命运鄙视并且拒之门外。命运——这掌握世间事物的另一个神,他强壮有力的双臂只愿意高高举起勇敢者,将他们送上英雄的殿堂。

王永华不是强权的人,也不是天才人物,他只是有些勇敢。

他敢于相信别人,相信武术指导、小强、纳凉的女同事;

他敢于两次去同一家酒吧面试表演嘉宾;

他敢于去面试张艺谋《印象西湖》的舞蹈演员;

他敢于拿一个月工资直飞福建,报名参加《开心一百》节目;

我评价他"勇敢",他倒觉得没有什么,生活所迫,不尝试怎么知道行不行。

他的勇敢很多时候是走投无路,被逼到绝境后触底反弹。

飞翔:迪拜阿布扎体育场万人演唱会

这一天,他在打印店准备资料,遇到两个阿拉伯人和一个中国人。

整理照片的时候,那三个人凑到他跟前,看着酷似迈克尔·杰克逊的照片,向他提出了一连串的问题:"这是你吗?我们不相信。你有什么证明?你还去过美国?你这些资料能不能复印一份给我们?能发些视频到我们的邮箱吗?如果真的是你,我们想在迪拜的阿布扎体育场给你安排万人演唱会。"

"当他们提出在迪拜办演唱会时,你会觉得是开玩笑吗?"我问。

"我当时认为他们是认真的,从眼神和交谈中我能感受到他们的真诚和欣赏。"

"你相信了他们说的话?"

"相信了,并给了他们资料。"

一个月后，他接到了一个电话，下个月要在迪拜安排他的演唱会。

虽然时间紧张，但王永华又兴奋又有点儿担忧。能开演唱会是件好事，是个机会，即使时间紧张也要硬着头皮去做。

"那段时间睡不好，吃不好，总在想着这件事。我对于迪拜很向往，那一刻感觉真正得到认可，还是国际人士的认可。当时我的护照在参加《梦想之旅》时，由节目组对接的公司统一保管着。寄到杭州时不小心丢了，急得我直冒汗。我这边护照都还没办好，迪拜那边就已经铺天盖地地宣传开了，阿布扎体育馆租好了，门票印出来了，大街小巷的广告牌、报纸、电视都在报道……

"后来，迪拜大使馆找到了外交部，让杭州市公安局加急给我办了一个护照，此时距离去迪拜只剩三天了。第一次碰到这种情况，杭州市公安局连夜给我做护照。我临出发的前一天拿到了护照，解决了一大难题。然后去义乌拿定做的服装，大概十七八套，花了八九千。

"在杭州南站，下出租车的时候，服装落在出租车上了。所有的服装都在后备厢。我刚一下车，那个出租车就开走了。不管我在后面怎么追赶，怎么喊，都无济于事。急得我头皮发麻，心情瞬间跌到了谷底。明天就要出发了，这可怎么办？

"情急之下，我又跑回了义乌。挑了一些能凑合用的服饰，也把自己以前的服装拿出来整理了一下。实在没有办法了，那几天，一个人太忙了。看着迪拜那边的进展，我有一种心提到嗓子眼儿的感觉。

"到了迪拜，大街小巷全是我的广告。举办新闻发布会，迪拜的媒体、总统夫人、王室贵族都出席参加。感觉大腕的演唱会都没有那么隆重，上万人的演唱会，受到了王室贵族的待遇。一天二十四小时，都有保镖跟随保护我，包括买东西、吃饭，怕出问题耽误演出。我第一次感受到做巨星的感觉。住的地方是迪拜最好的八星级酒店，一个晚上要七八万元的样子，水龙头都是黄金做的。中国的大使也很友善地接见了我。

"不知道为什么，演唱会之前就想吃一碗家乡的面，之前吃的都是些洋玩意儿，当时就想让自己开心，吃饱了才有力气演出。我带着保镖和助理找了很久，找到一家华人开的面馆。"

我知道，其实他在找回他自己。

面对那些买票人的质疑："一个中国人？行不行啊？"他不敢说自己毫无压力。行不行，看了就知道了。这大概就是人生的机缘，经历了很多挫折，还是奔着大目标去了。那些挫折少一个都不行。

那晚，天气非常好。演唱会七点开始，一个半小时，他取得了重大成功！他不想是别人，因为别人已经做了，他就是王杰逊，做好自己就够了！演唱会结束，迪拜的王子送给他自己收藏的迈克尔·杰克逊的服装，台下的粉丝排队签名。从此，开启了他的全球巡演之旅。

后来王永华拿着迪拜演出的资料走进了美国白宫和林肯中心。巡演不知不觉一直演到南非、肯尼亚、乌干达的十多家孤儿院和一些贫困的地方，还有曾经迈克尔·杰克逊捐助过的孤儿院，那所孤儿院是肯尼亚总统乌胡鲁·肯雅塔的母亲在管理。

当他用迈克尔·杰克逊的形象出现在那里的时候，孩子们跟着他乱跑，他们爬到树上黑压压的一片像小鸟一样。和他一起唱迈克尔·杰克逊的歌，很多媒体、观众都哭了！他意识到自己身上被寄予了一种期望。

非洲演出结束以后他去了迈克尔·杰克逊的墓地及故居。跟迈克尔·杰克逊的四个哥哥热情拥抱。那个感觉超越了语言，没法儿用语言表达。迈克尔·杰克逊的编舞师佩恩围着他看了许久，说他有一种当年迈克尔·杰克逊的感觉，就感觉真人在他眼前一样。

他是唯一一个得到迈克尔·杰克逊家族认可和支持的模仿者！

美国前总统克林顿评价：迈克尔·杰克逊在遥远的东方复活了。

从美国总统特朗普的海湖庄园演出到法国戛纳电影节红毯，再到美国洛杉矶奥斯卡之夜，好像有一种力量在推动着让他寻找什么。走过的国家越多，他越接近内心的那个自己，他越感受到自己作为一个中国人的存在。

2020年澳大利亚复活演唱会，他数次展示了自己作为中国人的标签。走到哪儿，都是一颗中国心。

回顾他的采访，我不知道用哪个词语来概括他的人生，他自己可能也会用"不知道"回复我。他应该是大众眼中的草根神话，他说自己没有梦想，没想过自己的未来。他不是没有梦想，只是觉得说出口的梦想太儿戏，干就是了！他的身体里住着另一个自己，一个渴望用舞台证明自己的人。两种人生的自由切换，他活得很好！现在的他已经结婚，成了一名奶爸，他的爱人是他在演出时认识的一名工作人员。

我们的身体里应该都有另一个自己，"他"躲在现在的你身后探头探脑，那是未经过任何伪装的你自己，"他"有一个名字，叫"内心"。跟着内心的感觉走，这都是最好的安排。

"你未来的规划是什么?"

"没有什么想法,好好生活,把事情做好,把事业做好。"

"你理想中的生活是什么样子?"

"我就是个普普通通的人。没事的时候研究舞蹈、画画,看看武侠片。"

"你觉得自己身上最可贵的品质是什么?"

"不知道。我觉得在生活中和在舞台上都要做自己,生活中要放松,不要给自己太多压力;舞台上要严格要求自己,因为我代表的不仅是我,还是杰克逊。"

"有很多人都在模仿迈克尔·杰克逊,为什么他们没有你走得远?"

"不知道。可能做事情和一个人的坚持和毅力有关,要寻求进步。我也不知道为什么我化装完那么像他,我并没有整容。"

那些能让人竖大拇指的人,有时自己也不知道为什么会成功。

你让他们一本正经地总结一下,他们就搬出再简单不过的词语"坚持"。

有些人的成功是水到渠成的,靠的是点滴积累,没有人能一蹴而就。

他们就是很普通的人,很简单,没有那么复杂的心思去衡量对错得失。

不行就算了,行的话就好好干,仅此而已。

谈论理想，谈什么

一切过往，皆为序章。我们睡过的地方很多，每个夜晚入睡前的小心思都不一样。我们遇见过很多的人，身份从父母、干爹、朋友再到战友、同行、同事，纷纷扰扰，你来我往。我们从小到大也哭过很多次，离别、悲愤、不公、委屈，都让人不爽。岁月不会辜负任何一个努力的人，但岁月并不能让你事事如意！

——李光凯

那时的我揣着当歌星的梦想，不顾家人的反对，辞去了银行的工作，去追梦。而当我跳进梦的海洋时才发现，我只能像所有的小水滴一样，先融入后再等待鲸波万里，我明白，冲上浪尖的路将很漫长、很渺茫。那时我怀疑过自己的选择，后悔没听妈妈的话"远走不如近爬"。最终，我还是挺住了，因为我知道，开弓没有回头箭，路必须往前走。

——苏　展

三十八页，四万五千八百九十一个字。这是我和展哥一顿饭说的话，主要是听展哥讲。

火锅在我们面前与世无争地沸腾着，而啤酒一杯杯往肚里灌，一直喝到只有我们这桌头顶的灯独自亮着，好心的服务员并没有赶我们走的意思。

展哥的故事好长，听得我脑涨，我在想：那么多经历是怎么发生在一个人的身上呢？

其实，年前就已经策划好写一篇展哥的文章，看着三十八页密密麻麻、东扯西拉的聊天内容，我有点儿头大，所以，半年过去了，我迟迟没有动笔。

这件事像是一直卡在我喉咙里的鱼刺，虽不影响我的饮食起居，却总让我在梦里一遍遍记起。为什么不写？因为我一提笔，就有种无从下手的感觉，然而，它的存在感让我无法躲避，所以，我最后还是找了个方向，开始动笔，就从展哥的事业开始谈起吧。

展哥 1980 年生人，来栏目四年了，是目前栏目中除了肖东坡老师以外，出差奔波中年龄最大的。我觉得，我和他有某种共性，或者说，这是大多数人的共性，我们的人生在矛盾的对立统一中被锤炼着，每个人都有活着的坚守，凭着那份坚守抵抗着来自外界惊涛骇浪般的拍打，但时间永远在悄无声息地改变着一切，它堆积在人的体内，藏在皮肤的褶皱里，躲在脊骨的酸痛中，时间和失眠也渐渐成了心意相通的朋友，将我们体内的那些反动因子集结到一起，在酒精的助力下寻找合适的机会制造暴乱。

这一天终于到来了，发生得猝不及防。展哥在 2020 年 7 月底，给自己在栏目的职业生涯画上了一个"句号"。

这事令我颇为感慨，因为这份工作，我结识了很多的人，也和很多的人告过别。我还记得那些离别人的名字：曾经的"七个葫芦娃"已经走了赵文文、刘祥耀、李昂、朱晨晨、徐林五个了，只剩下我和鲍小婧。还有主旋、王凡、李勇、杨婷婷、梁斌、秦梦涛、邓雨萌、泽华、马雨昕、戴琪、刘林成荫、李子源、甲鱼、陈闪闪、奥妮、周锋锋、王菁、王紫民、蒋琪、赵昊、陈颉、文静、路晓、高冰之、娟姐……

这其中，他们有的人已经结婚生子，有的人全职在家相夫教子，有的人在从商，有的人在创业，有的人是完全失去了联系……我还是会时不时地想起他们。从业的十年时间里，这些是我经常喊出的名字！"展哥"这个称呼，不知道什么时候也会从我的口中消失。

这就是人生，孤独是所有人的宿命，每个人之间交织的那根线因为距离、时间、环境而变得有韧性或脆弱。在如织的关系网中，我们被很多的人替代，很多人也被我们替代，在这一轮轮的更替中，我们的情感被消耗得差不多了，眼泪永远属于最初的那个人，我知道我们终将迎来分别，但没有想到会是这个时刻。

一条朋友圈的内容，"成就"了他。故事还要从一次朋友间的重逢说起，它造就了另一场离别。

我和离开栏目的秦梦涛因为一场活动再见，见面前的一天就兴奋地找好了聚餐的地点，街边小店，四个人乐呵呵地吃着串串香，喝着店里不知名的啤酒，互相给对方夹着串，讲述着各自这一年来的变化，串很油腻，我们很随意，不知何时，手机屏幕沾上了油，于是，我拿纸巾擦了一擦，顺便翻看了一下朋友圈，却没想到，我看到了展哥发的内容，让我有点儿惊讶。为此，我走出店，站在路边破旧的摩托车旁边，拨通了东阳的电话，了解了一下展哥的情况。谁都有不痛快，发个朋友圈发泄一下,我当时这么想,然后回到店里继续喝酒聊天,串串香配着啤酒再加三个好友,这种感觉是那么美妙。展哥朋友圈的内容就这么自然而然地被我遗忘了。

深夜十二点,我才回到酒店,想找展哥谈谈心的我又犯了懒,自我麻痹道:"展哥应该睡了。"

第二天,我也没想起再找展哥谈谈,因为,一直在路上,直到晚上七点,到达广东龙川后,领导把我叫到了他的房间,拿出展哥发的朋友圈,用那种能使手指骨折的力量,戳着他的手机屏幕,我才意识到问题的严重。领导质问我足足半个小时,最后撂下一句:"你要是支持他,就和他一起走!"这句话的言外之意就是⋯⋯

我走出房间后,径直走向了另一幢楼,龙川潮湿闷热的天气容易让人"自燃",整个宾馆就像一个集体宿舍,楼道散发着一股霉味,霉味中传来展哥的配音。

"有请主持人肖东坡上场喽⋯⋯"声音是那么浑厚,这个声音也许将是我最后一次听到。

我倚靠在门旁,点着了一根烟,虽然我不会抽烟,但楼道里有很多的蚊子,烟或许可以驱走它们。我闻着烟味,情绪复杂,满脸纠结地挤出一点点笑容,然后,掐灭了烟,深吸了口气地进到展哥的房间。

这是我第一次和展哥如此理智地谈话。我坐在展哥的床边,还没说话就先躺下去了,因为我不知道该怎么开口。展哥穿着黑色短袖,还处在高亢配音的状态中。桌子上一杯浓浓的绿茶,这是他创作时的标配。我的突然到访,他似乎能猜到一二。长长的睫毛下睁大的眼睛似乎在等我说什么，我在床上腻歪一会儿后，坐起来。我们两个的谈话就在隐晦的问候中开始了。

我特别严肃地批评展哥这次做错了，"这种朋友圈不应该屏蔽领导吗？我的朋友圈对领导都没有开放！"我要他赶快删除那条朋友圈，然后帮他分析对策，怎么做才是对自己最负责的。

"隐忍着去获得你想要的一切！即使离开，你一定要在心态上战胜他才能离开！"可谁又真正懂他的执拗和坚守呢？每每想到展哥在录制现场累到蹲在一个角落默默抽烟的背影和那数不清的白发时，我就有种隐隐的怅然。我的那些自作聪明的做法听起来也更加可笑。他告诉我："刀刃已经出鞘了，收不回来了！"

从展哥的视角看，他或许有他爆发的原因。展哥来栏目之前，是一名市级台的主持人。在那个城市里，有些年，公交车的车体上、候车厅的广告牌上，都是他梳着大背头给商家代言的照片，他在那个城市里受很多人的关注，人脉资源也是如人体经络一样遍布在每一个角落。他在那个城市活得很惬意，家中有二百七十度的落地窗，为了看风景，也为享受生活。

我们去信阳录制节目，他作为点评嘉宾出席节目录制，口若悬河，即兴点评，他的表现征服了现场观众，也征服了我们的制片人肖东坡。

回京后，制片人就想挖他来栏目，做什么呢？主持人！他听到这个消息，感到一阵眩晕，也感到不太真实，直到一周后，制片人亲自加了他的微信，他才确信这是真实的邀请。

2017年6月28日，他来北京面试，聊了三个多小时，当他问肖东坡老师为什么会选择他时，得到的回复是：你身上有一股劲儿。

为什么要让他来做主持人，那肖东坡老师去哪儿呢？

两个人，在那段时间充满了选择。

命运似乎早已在我们身上安排好了一生的计划！

从市台直接到中央台，这是一个极致的飞跃。话筒，是他想紧握的自我。掌心的温度就是话筒的温度。掌心的纹路也因手握话筒而发生着改变。他说是那份虚荣心和骄傲感让他信心满满地来到了北京，那时的他已经三十六岁，未婚，正值人生的黄金时代。我的第一反应是这个人真傻，他不知道有多少人死在了领导的第一印象"好感"之下，直白一点儿就是"捧杀"。时间会一点点吞噬那些好感，就像一点点揭开已结痂的伤疤。醒悟的那一刻，你会觉得怅然若失。

展哥撇下那个城市的繁华和落地窗，带着那个城市众多人的关注来到北京。住进了农科院十几平方米、隔音效果极差的小平房。我第一次进去看的时候，差点儿哭出来，为什么要这么折磨自己？为什么那么傻？为什么不先来试试再说？杂乱的房间，像一个被遗弃的临时住所。来了就走不了了，他是一个很爱面子的人，即使回去，也不能灰头土脸地回去。

但是，他能融入这个集体吗？他的小平房还没来得及收拾一下，人就被派往河北承德出差。一个连节目流程都不懂，甚至不知道"导航"是什么东西的人出差了。领导问："这期节目，书记会去，要不你来主持？"他很激动，想了想，却拒绝了。这次的拒绝，他这辈子可能都会后悔。事后他想，领导的话或许只是试探，或许是真情实感的邀请。谁

知道呢?

"我在想他肯定是在测试我,我是既兴奋又后怕。万一这个机会我抓不住,后面没有了怎么办?我初始还有点儿自信,那种自信是无知者无畏。刚来栏目不到三个月,参加了几次现场录制,看到肖老师在台上总共也说不了多少词,大不了死记硬背,没有细究稿件对白用意。直到自己负责的节目,他看完我的稿件,说的话让我一股老泪没憋住,奔涌而出,他说:'你是负责人,你得对整场的环节把关,对每个文字负责。这些典故出自哪里?如何释义?你懂没懂?你不懂让观众怎么能明白?你不能以其昏昏使人昭昭,当编导时你写不好,当主持你只能吃嗟来之食。'后来越来越接触,我发现我和他差得太多了,他在我微信里的名字也从肖老师变成高山。真的!我骗你,我是小狗!"

我相信他说的这段话,刚来的人都血气方刚,无知无畏。那次之后,我不知道领导除了活动之外,还有没有对他说过你来主持节目的话,但我知道展哥距离话筒越来越远了,编导策划对他而言是从头开始的一种煎熬。

曾经那个热血面孔下脱口而出的人变得越来越沉默了,他形容自己那段时间有些抑郁,深夜在办公室加班,只为了那些所谓的"闻点"和"笑点",而折磨人的"笑点"让人不会再笑。策划会上他的夸夸其谈,没有引起任何人的波澜,每个人应该会很莫名其妙,他在说什么?他也在莫名其妙,你们为什么无动于衷?谁又听得明白,谁又想听得明白。说真的,我不知道那段时间展哥是怎么熬过来的,他的难过又能对谁说。

我对他的评价就是这个人这个年龄来这里"太傻了"!我和他的关系也仅限于走廊里碰到后打个招呼。三十六岁,不只是一个数字,他在背负着什么,很难形容。要知道,他来这里,可是冲着接班主持的!

事实就是如此残酷,展哥初来乍到,没有做编导的经验,第一次录制就得罪了所有人。录制当天,展哥未沟通好,导致接待方在没有经过我们允许的情况下,私自打开房门,把我们所有的衣物、洗漱用品、生活用品,杂乱无章、恶狠狠地塞进了行李箱并搬运进仓库。

录完节目,回到酒店,所有人看到那一幕都炸了!打开的行李箱内，洗发水洒得到处都是，看着黏糊糊的，恶臭的袜子和干净的衣物被放在一起，耳机线一半被锁在行李箱外耷拉着，iPad的屏幕硬生生地被挤碎成艺术品，还有人的钱包不见了。

这不可理喻的一波操作导致展哥被所有人呵斥，如果没有法律的约束，大家对他动手估计是不可避免的！整个走廊都弥漫着一股火药味，在等待谁身上的暴乱因子引爆！

抑郁的展哥无意间得罪了那么多的人，对于爱面子的他来讲无疑是一个打击。

然而，一波未平一波又起，谣传展哥把地方台的官场风气带到了栏目组。"在地方政府人员面前耍大牌"，这句谣言可把展哥害惨了。有道是好事不出门，坏事传千里，这话很快就传到了栏目领导的耳朵里。处罚是免不了的，为严肃党风党纪，展哥被严厉地通报批评。三十六岁的他，刚来栏目，就闯下了两个大祸，的确给了所有人一个"下马威"。

主编赵文文给他发了一条消息："你别有什么心理负担，不要有压力。"展哥也顾不上想那么多了，一头就扎进了工作。山西会泽的节目，五天的时间里，他从采访到录制，一直连轴转。彩排结束，他没有吃饭，回到房间，坐在沙发上就倒头睡过去了。

"我坐在沙发上就什么都不知道了。醒来后，我自己觉得很可怕。好多人给我发消息说老大找我，去了之后我只能说对不起，对不起。从那时候起，我说我不想做编导了，太辛苦了，这种状态再持续下去，不知道会怎么样，身体机能会出问题吧。"

展哥不喜欢做编导，执拗的他和领导做了一个赌约：要以编导组排名第一的成绩毕业离开编导组。之后，他和北大毕业、哈佛留学回来的高才生范雯一组，一路披荆斩棘，艰苦地拿到了第一名。他如愿以偿，来到了现场导演组，我的组内。现场组的人都是一些天赋异禀有个性的"妖魔鬼怪"，展哥来了应该会喜欢。

我和他成了亲密的同事，他担起了热场的职责，每期的热场成为他最自豪和期待的事情，也可以满足他部分的虚荣心。

我记得，第一次热场那天，在新疆阿勒泰，录制前的早上，他泡了一杯浓浓的信阳毛尖，这是他创作时的标配。他蹲在厕所里练声，我憋得不行，不得不跑到隔壁上厕所。后来，他的热场非常成功，一个小时内赢得了所有人的拍案叫绝，也收割了所有人的心。制作部贺颉、王鲁箐说："热场就应该展哥这个年龄段的人来。"他是用个人魅力在热场，而我们是用声嘶力竭的呐喊。

老爷子打电话说看到片尾字幕"苏展"的名字了，比他还要激动。记者节，他代表栏目在中心发言，慷慨激昂，肖老师都给他竖起了大拇指。之后，肖老师给他机会主持了翁源桃花节、中粮开耕节、河套新品发布会、2021"乡约天镇·礼赞丰收"，一路都是信手拈来，游刃有余。编导组是马拉松，导演组是短跑。三十六岁的他回归个人优势，躺着就能把场给热了，算是在现场组找到了一个可以歇脚又发光的地方。

从那之后，展哥在所有人心目中的好感度蹭蹭飙升，他还自创了经销商广告歌《老话说得好》："老话说得好，刺柠吉是个宝……"给栏目写主题曲，年终晚会写台本，充当播报的主播。他还是杀人游戏里的法官，是栏目里最有乐趣、最专业的法官，他是特立独行的一个存在。

"三百六十度环绕立体声：天黑请闭眼，长得帅也要闭眼，再不闭眼罚烟一包……"展哥找到了他的那份自洽，他的虚荣心也得到了极大限度的满足！

展哥还和我一起参加了在上海的新书分享会，两个人订了高铁票去的，他背着我提前订了两个大床房，还是在不同的楼层。我就纳闷地问他："多浪费钱，为什么不订一个标间呢？"他说要给对方自由和隐私，估计是怕我早上抢厕所。

我们两个在上海的街头骑着单车去找美团推荐的网红餐厅，七拐八拐，费尽心思终于找到了，结果他发现网红餐厅旁有一家串串香，二话没说就走了进去。我根本拦不住，不得已我也就跟着进去了，然后安慰自己反正食物都是分子组成的，吃什么无所谓。隔天晚上，我弄完新书分享会，去展哥朋友开的日料店，红酒、清酒、白酒，轮番上阵，展哥只喝啤酒。最后喝得我就差在厕所里对着镜子喊自己名字。

其间，我听到了展哥很多传奇的故事，他从小喜欢唱歌，但没有走上歌手的路，职高还没毕业，母亲就为他找了一条出路，摆地摊卖田螺，早上四点起床去菜市场买一麻袋田螺，用尖嘴钳一个一个剪掉屁股，再放到清水里，放小磨香油和盐浸泡一上午，而后用清水冲刷，中午下锅，傍晚拉上马扎、折叠桌蹬三轮车去文化中心的夜市练摊。开始时，他就怕遇到熟人，远远看到有同学走过来，就背过身、低着头收拾盘子。时间久了，脸皮也就厚了，远远地看到同学就喊："来来来，快来尝尝！"这就是生活的压力，迫使我们不再转过身去。

他运气挺好，职高没毕业，就遇到银行招能唱会跳的代办员，那会儿的国营单位都有自己的艺术团搞文化宣传，月工资两百九十八元。那个位置可是香饽饽，很多人挤破了脑袋想进去，五百多人报名，只要三十多人，竞争相当激烈。从小喜欢唱歌的他以一首《乌苏里船歌》成功挤了进去，那时，他的母亲比他还要开心，长辈们聊天的时候，当问到她的孩子在哪儿上班，她就嗓门提高三倍，骄傲地告诉大家自己儿子在银行工作。此外，他的特长让他可以经常露脸，每年到八县一市各个支行慰问演出时，他都会走上台唱歌，倍儿爽！行长们都知道了他的名字：苏展！唱歌挺不错嘛！可以啊！

有很多的梦，先是自己想的，然后被别人不断地刺激，才选择去追。

人的欲望和野心之火，总是在别人不断的赞美中，越烧越旺。之后，他的虚荣心爆棚，想当歌星。那时候的他不懂得如何成为歌星，就觉得到了音乐学府深造就能行。于是，咨询了从武汉音乐学院委培回来的同事，准备去武汉音乐学院学声乐。他把想法告诉母亲后，母亲只是说了一句："小刚（小名），远走不如近爬。"

那是他人生第一次自主选择，辞掉旁人羡煞的银行工作去求学，他那个时候觉得进去就能成为明星，三个月后，他的想法就破灭了，学校里比他嗓门儿好、基础牢、条件优越的人多了去了。理想很丰满，现实很悲惨！当初一起进银行的同事有的后来辞职去别的城市，剩下的百分之五十现在在各个支行当行长、副行长。命运哪，捉弄人！一叶一浮萍，回头已无任何抓手。

1998年，临近毕业那会儿，他有些迷茫。他是把工作辞了去上学，上完学还得重新找工作，真是哭笑不得，兜兜转转一圈为了什么？要是灰溜溜地回家，他不甘心，怕被人家笑话，所以，他选择留在武汉，晚上跑场子，其间，他还在武汉某驻军文工团待过一段时间。后来，他跑场子跑出些名气，被同学忽悠到海南闯荡，再后来，他回到了信阳，先后在有线电视台做主持、信阳电视台公共频道当制片人，主持各种晚会，还曾经教央视的主持人赵赫、欧阳夏丹唱《相亲相爱一家人》，从此，他有了一个绰号"顶哥"！

谁能料到，就在他主播事业风生水起的时候，他又辞职了，而这次，恰巧母亲身体不好，于是，陪着母亲去武汉医院检查。医生诊断：癌症晚期。那一天，是2002年3月7日。

后来的后来，过了很多年，他在日记里写道：

> 我若是哪日有了绝症，绝不拖延，不手术，不化疗，我想任何看过自己的至亲被化疗折磨得虚弱无力难受的人，都会跟我做一样的选择。

从3月手术到5月母亲走，两个多月看似很短，实则很长……

不经历至亲的离去，你是无法体会到电视剧、电影里那些肝肠寸断、哭天喊地、泪如泉涌的疼。亲人进火化炉的那一刻，要是没人拽你，你会奔着一起进去。可能是眼泪哭干了，安葬后的几天，他独自一人时一滴泪也没有。

"离别和失去会让人懂得珍惜当下"，我没参悟到，更多的是安静、默然、空、苦。或许是经历过，2020年10月15日，接到老爷子病危的电话，我并没有那么悲伤……

"我雨夜赶到信阳，灵堂已经搭好。亲戚、同学、朋友，认识的不认识的围堆坐着聊天，不记得谁捏了我的胳膊，谁拍了我的肩，只是记得好多问话'你从哪儿回的？你咋才回啊，你爸临了还在念叨你啊，也没能看上最后一面！'叹息声、安慰声……萦绕在耳边。

"烧纸、上香、磕头，看着遗像，想起一些画面内心也是平静。平静到我感觉自己很不孝，这份释然一直撑到火化场，固定的仪式感，姊妹三个磕头告别。这时，我情绪崩了，头磕在地上，眼泪鼻涕淌进嘴里。没有号啕，只是一个劲儿不停地大口急促呼吸，而后抽泣。"

至此无牵挂，孤身闯天涯。

相信父母在天之灵，会保佑展哥平安喜乐！

未成家的展哥，一生反复折腾、闯荡，不知道什么时候能听他说"我想停下来"。

这是展哥大概的经历，中间被我省略掉很多，比如：大三谈恋爱、打架打断别人鼻梁，和朋友一起卖服装、开饭馆……那些过去听得我一愣一愣的，都成了谈资和下酒菜。听到这，我有些微微醉了，可展哥的朋友是一个很有野心的人，说了一句"我不允许酒桌上有比我清醒的人"，我呵呵一笑，然后，他又开了一瓶红酒，那晚我喝多了，展哥也是。

现如今，展哥已经到了不惑之年，对于节目的认真和负责程度绝对是现场组最厉害的。道具桌上的物品摆放得很有仪式感，那个分寸和位置，感觉就是他拿着校准器分毫不差地给量出来的。他同时还是一个愿意主动提携后辈的人，那些他深夜抽烟时撰写的热场宝典、培训嘉宾的稿件，他都非常慷慨地给予任何想学的人。他有一句口头禅，在"人间"广泛流传：你的道具桌就是你人生的模样。

因为节目呈现的不是他预想的效果，感觉自己的付出被浪费掉的时候，他在房间和我吐槽，发泄他的不痛快，甚至破口大骂："就不能有点儿耐心听观众说吗？""就不能不打断别人说话吗？"诸如此类。

他有点儿失望，感觉曾经的神坛承受不起他的这份用心了。即使这样，在他觉得改变不了的时候，他还是一如既往地用高水准运作他的工作。不痛快时，他有个发泄的出口就好了，而香烟成了他发泄不满的方式。我不抽烟，展哥就躲在卫生间抽，在马桶旁边的角落，每天都会堆满十几根烟头。每次我开门进去，感觉都能晕倒。

这期应该是展哥录制的倒数第二期节目了，他在工作中的表现并不能看出他要离开，仍旧兢兢业业，可他的工作却在一点点地交接着，距离他离开的时间越来越近了。那天，刚录完节目，我们就赶路，坐的是大巴，座位之间距离窄得腿都伸不开，来到下一站目的地后，我已疲惫不堪，想早点儿睡觉，可是，我在床上翻来覆去，看看手机，就是睡不着，于是，我拉着展哥出去散步。

两个人穿着拖鞋，就这样在马路上走着，一条巷子又一条巷子，小县城独有的味道，那擦肩而过的身影中或许就有一个是小时候踌躇满志的我。最后，我们在酒店门口的一家路边摊坐了下来，点了两瓶啤酒，一份拍黄瓜，一份花生毛豆双拼，除了这些，展哥还点了自己喜欢吃的炒猪大肠。两个人坐在那儿，看着掌勺的老板，擀面的老板娘，我们两个在猜：他们多大年纪？会营业到几点？此时内心在想什么？为什么老板面无表情？这个路边摊会不会被抢占？为什么没有城管来查？刚来的旁桌的两位女孩是从事什么职业的？路过的那对夫妻是不是不幸福？老板喝的那瓶绿茶是哪儿来的？老板娘的手擀面卖不完怎么办？生火用的是燃气灶还是煤炭？哈哈，两个人真是好无趣！

"我准备把家里那个拥有两百七十度落地窗的河景房给卖了！"展哥冷不丁地说。

那不是他从小就想要的大房子吗？

"家里亲戚出了点儿事，欠银行两百多万元，被列为全国失信被执行人名单，也就是老赖，被限制高消费，他们怕影响孩子上学。所以问我能不能把我的房子抵押给银行。我听后沉默了一下，然后说让亲戚直接把我房子卖掉，应该能值不少钱。给我留十万元，剩下的拿去……"

我愣在那里了，被展哥的行为震惊了，那是他最后的积蓄了。展哥没有了双亲，没有成家，现在也没有了房子，那他还拥有什么？父母在，人生尚有来处。父母去，人生只剩归途。

"以后，回家去哪儿？"我问。

"家？人在哪儿，心在哪儿，生活在哪儿，哪儿就是家啊。"

我低头看着地上的空啤酒瓶，沉默了许久。

天上一轮圆月，在云层下面，看起来很像一只眼睛。

它眨眨眼，我们碰个杯，却喝不下去了。

散了，散了……

展哥引发离职的那条朋友圈内容是：

今天，
做了件硌硬人的事。
硌硬了近半个小时。
这会儿，胃和脑袋都在翻滚。
仔细咂摸咂摸，还是滚吧。
毕竟，捂着嘴笑得真纯。

后来，展哥告诉我谈的女朋友和他提出了分手，分手理由是异地。

再后来，展哥并没有辞职。他选择留了下来，留下来的理由是什么呢？

我不得而知。

我还记得一开始，我让展哥写一段自述，展哥的开头是这么写的：

"凯哥要我写自己的故事，写一个不辜负自己，不辜负青春，不放弃梦想的故事。尴尬了，不惑之年，都说人四十而不惑，四十岁能明辨事理而不致迷惑，尴尬的是，至今我还被我虚荣的欲望所迷惑，走在追梦的路上。梦想是一种捉摸不定的东西，它出现在人生的各个时期，却并不总是让你心想事成……"

我知道，追求梦想永远是对的。但是，你会在三十六岁的时候，放弃光鲜而又让你生活富足的职业去陌生的城市闯荡吗？当你在三个月内就明确知道自己"不可能、没希望"的时候，会适可而止，折路而返吗?还是说在不属于你的领域,找到一个舒适点,就那么生存下去?我不知道其他人什么感觉,但我觉得,越长大,感觉时间流逝得越快,当希望越来越渺茫的时候,我们变得不再那么极端,变得越来越没有勇气果断地对不喜欢说不!我们变得妥协,变得中庸,变得无害。

"未来我还有很多路要走,比如在云南芒市开一个咖啡店或者书店,养几只小猫。每天可以慵懒地晒晒太阳,喝喝茶,聊聊天……"

我的职业是小说家

真正有少年感的人，虽然嘴上说着放弃，内心却憋着一股劲儿。即使别人搪塞你，自己的内心也不能蒙混过关。念兹在兹，无日或忘。那些证明自己的日子，从来都不会白费，熬过去之后的日子温柔又闪光。

——李光凯

读高中时，曾有一个小梦想：等到 2000 年，我二十七岁，博士学位也该拿到了，虽然青春差不多用尽了，但如果再回母校，也是值得自豪的。然而后来我并没获得博士学位，现在看来，二十七岁也还不算老，一切都还没开始呢。现在 2022 年了，不太清楚青春到底是什么样子，好像很久以前就消失了，又好像现在还在我身边徘徊呢。

——永 城

永城哥，我不好意思问具体的年龄，只知道他是 1992 年上的清华。

第一次在书店见到他，印象深刻，深蓝色衬衫配牛仔裤，大背头发型。

我和他，一个是青春，些许稚嫩。一个是成熟，并不油腻。

很幸运，青春遇到成熟。

我喜欢有意思的人，听有意思的人讲故事，看有意思的人写的文字,在文字中感受这个人。永城哥有几段带有情绪的文字被我复制粘贴在手机备忘录里。

"圣诞节都过了很久了,可突然听到一首圣诞歌。然后就想起很久以前,一边念书一边打工的日子。有一年圣诞节,在雪地里跋涉几千米,到最近的廉价商店,用昨晚打工挣的钱,买了一棵半米高的塑料圣诞树和一捆小灯泡,然后在圣诞夜的'贫民窟'里,多了一棵会闪烁的圣诞树,还有一个看上去很高兴的异乡人。是真的开心,就连自己在雪地上留下的脚印里都装着幸福。"

"我发现该说我终于认清了,我除了写字,一点儿别的本事都没有,然而写字也没写好,就这样奔向晚年,而且越奔越快,刹车失灵了。"

斯坦福大学工程院高才生、美国硅谷机器人工程师、翻译、资深商业调查师、国际注册反欺诈调查师、外企咨询公司高管……这是永城哥曾经的身份。现在的他是一名悬疑小说家,借用他母亲的话:实在太可惜了。你还是好逸恶劳,最终挑了个最容易的。

他沉默着接受母亲的评语,没有提起十几年来一边工作一边坚持写小说的辛苦,也没提起为了寻找一个灵感、修改一段文字而失眠的无数夜晚,在他看来,写作的过程虽然艰辛,却充满快乐。他说能坚持至今,是因为他喜欢创作的过程。那个过程不只是写作本身,还是他曾经从事过的每个职业,和他生活的点滴。是他的所有经历,汇聚成一部部的作品。

就是在这样一个造就故事的人生里,他做出了好几次在别人看来不寻常的选择。

不是清华学生就是社会青年

1992年,他考入清华大学机械工程系。

"你的大学生活精彩吗?"我问。

"不精彩。我不太喜欢我的专业,也不喜欢清华园的气氛,学习气氛太浓烈了,好不容易高中毕业了,为什么还要天天像备战高考一样?我总觉得除了教科书,人生还有很多要学的。"

永城告诉我,他原本填写的高考志愿并不是清华,而是北京广播学院,就是现在的中国传媒大学,他想报考录音工程系,这是个冷门专业,当年在北京只招一个人。高中老师骑着自行车连夜赶到他家,联合他爸爸一起劝他把高考志愿改成清华。老师说,别看广院的分数低,但是人家那个专业只招一个,一定早就内定好是谁了。

他选择了妥协,把志愿改成清华,又怕考分不够高,所以填了并不喜欢的机械工程专业。到了清华,他成了班里比较奇怪的人,经常跑到外校去玩,比如人大、北外、北航,也常有那些学校的学生来清华找他,班里的同学误以为他总和"社会青年"混在一起,不像清华的正经学生。

真有意思,在填写高考志愿的时候,他选择了妥协。

真没想到,在路的前面,还可以拐弯,只是这个弯拐得有点儿大。

他拐到了美国密歇根大学,美国排名第二的公立大学。

所以在大三时,他做出了人生中第一个不符合常规的选项:从清华退学去美国继续读本科。

"为什么不毕业之后去呢?"

"因为那时在清华很流行出国,好像出国是毕业后最好的出路,比读研、外企都好。我想既然大家的最终目标都是出国,我又不是很喜欢清华的生活,那么现在正好有美国大学要我,我就走呗,还给奖学金。"

"那你离开清华有什么证明吗?"

"记得只有一个肄业证明。系领导说可以申请大专证书,我没要。我觉得就算在美国没读下来,两手空空地回国,拿着清华的大专文凭,也许比没文凭更丢人。于是,我就退学走了。"

"学校之前有你这样的案例吗?"

"至少我听说过的很少。那个时候很少有中国学生去美国读本科，因为家里不可能有钱供你去读书，很贵。一定是对方学校接收你，接收转学，还得有奖学金。"

"很贵是多贵？"

"一个学分八百到一千美元不等，一学期要修十六个学分，怎么供得起。"

"到了美国之后，要重新学吗？"

"密歇根大学允许我从清华转六十个学分过去，本科的毕业要求是修满一百二十八个学分。所以我在密大只读了好像是七十个学分，用了两年就毕业了。"

其实在出国这件事上，永城的母亲——一位曾经到美国做过访问学者的医学院教授——起到了很大的作用。永城说，母亲非常鼓励他出国，甚至帮他准备申请材料，他当时心里非常害怕，怕到了美国适应不了，学无所成，可是母亲说："没什么难的！不就是用英文上课考试吗？有什么可怕的？读书是最容易的事。因为别的事情需要别人配合你，别人不配合就很难做好。读书不需要别人配合，自己去弄明白就行了，这就是最容易的事情。"

熬过去的日子温柔又闪光

到了美国，系办公室会帮每个学生做规划：每个学期上什么课，修多少个学分。永城得到的建议是：你是中国学生，还需要适应，三年修完剩下的六十八个学分。

建议永远只是建议，有一种潜在的妥协性。

永城虽然在清华读的英语双学位，但是刚到美国时，坐在密歇根大学的教室里，他一句话也听不懂，真正的交流能力为零，也几乎没什么朋友。一下课就得赶着去中餐馆打工，也没时间和别人社交，打工到深夜，赶回住处啃书本到凌晨三四点，第二天一早再赶着去学校，一天到晚连轴转，总觉得自己身上有餐馆的油烟味儿，在课堂上也不好意思离同学们太近，总是选择坐在最偏僻的角落，听不懂也说不出，就这么一个人沉浸在孤独的"聋哑世界"里。

课堂上听不懂还不是最大的麻烦，生活的负担更加沉重。

"你不是有奖学金吗？"

"其实奖学金只是免除学费，生活费还是要靠自己赚。刚到美国，语言也不行，只能去一家香港人开的粤菜馆打工，每天下午五点到九点，一小时五美元。美国的餐馆服务员分等级，而他就是级别最低的一个：倒水、传菜、刷盘子、擦地板、洗厕所。级别低，就意味着被所有人使唤。"

粤菜馆里的通用语言是广东话，他还是听不懂，而且比英语还糟，所以总因为听不懂而挨老板和同事的骂："你这么笨就别干了！没见过你这样干活儿的人！你没脑子吗？"老板在他面前摔凳子、摔椅子。明明是天之骄子，到了美国却变成了一个白痴。面对辱骂，他不能有情绪，对顾客还要笑脸相迎。

每个人要为自己的选择承担结果，更何况是不常规的选项。

中国最高学府的学生，却被骂"笨"，那种心理落差，无人诉说。

还要时刻做好被移民局检查的准备,他要提前和老板串通好词:"这是我舅舅,我临时过来帮忙……"

他是一名服务员,也是一名"演员"。

他每天最期待的是晚上九点的大锅菜,他要拼命地多吃,因为一天只有这一顿饭!

清华给他的压力,是身边每个人都在努力学习,争第一名。到了美国之后就变成每天都得生存,努力地活下去。

他的住处是城市郊区的一间地下室,没有窗户,暗无天日,甚至连点儿噪声都没有。唯一慰藉的是可以每天洗个热水澡。

"孤独吗?"我问。

"特别特别孤独。那个年代互联网还没普及,国际电话非常昂贵,和国内亲友的联络只能靠通信,航空邮件也要走半个月。明知平均一个月才能收到一封信,还是每晚打完工回家时去马路边看信箱,在一堆垃圾信件中,翻找着贴着中国邮票的信封。信箱周围积着厚雪,踩在上面咯吱作响,在夜幕中看自己在雪地上留下的脚印,那种滋味让人终生难忘。"

在课堂上做"聋哑人",餐馆天天挨骂,他曾无数次临近崩溃的边缘,他以为"聋哑人"是肯定无法完成学业的,只要考试成绩不好,有限的奖学金也要丢了,所以,他随时有可能"卷铺盖"。

他打电话给旅行社,弄清楚次日回北京的机票票价,要一千美元。

所以他给自己的银行存款设了个"下限"——绝不能低于一千美元。如果哪天必须走人,他总能买得起第二天的机票。

第一学期考试如约而至。第一门课,空气动力学。

教授给每个学生发一沓白纸,在黑板上列出四道题让大家解答。

永城紧赶慢赶,只完成了三道半。交了卷,手心发凉。只有每门课的成绩在B以上才能继续拿奖学金,他觉得自己要挂科了,终于要回中国了。

一周后公布成绩,他像是在等待死刑宣判。

"这次考试成绩,我特别不满意,大多数人没有及格。"听到老师这句话,他高悬的心稍微放松了一点儿,因为学校规定,如果一半以上的人不及格,那门考试就要重考。

然而教授说,系主任建议给所有学生的成绩乘以二,以便让超过半数的人及格。但这就出现了一个新问题:其中一位学生的成绩乘以二以后是 160 分，而学校的电脑成绩统计系统不能输入超过 100 分的成绩。

为了体现公平，教授据理力争，学校不得不更新了记分系统。教授骄傲地宣布，班里那位获得 160 分的学生是……

他听到自己的名字，简直难以置信。一个课堂上的"聋哑人"，靠着打工结束后回地下室读教科书，却考了全班第一。他此时才知，清华给他打下了多么坚实的自学基础，唯有默默感激。

真正有少年感的人，虽然嘴上说着放弃，内心却憋着一股劲儿。即使别人搪塞你，自己的内心也不能蒙混过关。念兹在兹，无日或忘。那些证明自己的日子，从来都不会白费，熬过去之后的日子温柔又闪光。

我不觉得自己很牛

三年的课程，他用了两年就完成了，而且成绩单里只有 A 和 A+。

我问他为什么这么拼命？他回答："因为只有两年的奖学金，我交不起第三年的学费。"

他是那届密歇根大学机械工程系（美国排名第四）毕业生里的第一名。同时获得美国工程类院校最佳毕业生的称号，并得到五千美元奖金，以及国家奖励的超级计算机一百个小时的上机时间，一个小时市场价几十万美元。我不明白这个"超级"意味着什么，他解释就是那台计算机的计算能力特别强大，能够计算航空、航天等高难度项目。

他在申请研究生时，很多名校都主动"抢"他。那段时间，他的信箱总是满满的，都是来自各大院校的介绍材料、邀请函，甚至是直接发来的录取通知书。

他则申请了全美工程专业排名前四的学校：麻省理工学院、斯坦福大学、加利福尼亚大学伯克利分校、密歇根大学。最终这四所大学都录取了他，并且承诺给他全额奖学金。

斯坦福大学还寄来一张六百美元的支票，用以支付参观校园的旅费——斯坦福大学邀请他先参观学校，以便做出决定。

"肯定满满的自豪感吧？"

"特别自豪，而且有一个令人惊喜的发现：当你觉得人生很糟糕的时候，也许它就要出现转机，所以再坚持几天。"

他最终选择了斯坦福大学工程学院，攻读自动控制和人工智能专业研究生，研究军用仿生学丛林侦探机器人的开发和大规模生产课题。

那一年，斯坦福研究生院有六十名中国留学生。他记得很清楚，其中二十个来自清华，其中大部分都是他的英语双学位同班同学。求学半路任性拐弯，却殊途同归。

再次"逃跑"

硕士毕业之后，本来应该继续读博士，但他选择了"逃跑"。

他形容自己的成长过程中，周围都是"挤压性"的人。

每个人都是尖子，都很要强，动不动就辩论。连看电影、打牌、烧烤都在不停地辩论，竞争感特别强，谁也说服不了谁。斯坦福的圈子和清华的又不一样，清华是全国的尖子生，而斯坦福是来自全球的精英。

他做出了人生中第一个令父母不满的非常规选择。

"那时正是硅谷第一波互联网创业潮，大家都特别着急去工作。我这个专业类的毕业生在全美的平均年薪大概三万五千美元到五万美元，因为我是斯坦福毕业的，又是在求贤若渴的硅谷，所以能拿到六万六千美元的年薪。而且经过这么多年的求学经历，从清华到斯坦福，我终于弄明白一件事：我一直以为我喜欢数理化，其实只是因为我能在这些课程上轻松拿高分，并不是因为我真的喜欢它们。所以我决定不再继续读博。"

"你对科技不感兴趣吗？"我追问。

"我觉得科技很时髦，尤其是在硅谷，但那并不是我的真爱，否则我就应该满心欢喜地去读博士，毕业后去研究所或高校继续搞科研，并且感觉心满意足。可我想到那条道路就感觉无聊。"

他从斯坦福的同学身上发现中国学霸和美国学霸有个很大的区别：中国学生更聪明，成绩更优秀，但通常不喜欢自己的专业，因此毕业后半路改行的很多，但美国学生往往对自己的专业很热爱，虽然成绩没有中国学生好，但是总能专心致志，坚持不懈，所以后来的学术成就都很不错。我们中国学生总是按照社会指引的方向去选择前途，美国学生从小学习按照自己的兴趣选择前途，这就造成了不同的结果。在美国上学和工作，最大的体会就是美国人的独立、自我，对自己的兴趣爱好非常执着，没那么在意别人的看法。

"我放弃读博，进入职场，不惜让父母失望，其实是迈出了走向兴趣的第一步。"

他在美国硅谷做了四年的机器人工程师。

"感觉怎么样？"我问。

"没什么特别的,很正常,很无聊。每天上班、下班,工作内容虽然听上去很高大上,自动控制、人工智能、机器人什么的,说到底其实就是编程序,或者指导用户们编程序,给他们解决使用中遇到的问题。对我来说,编程是非常枯燥的,没有成就感,也没什么自豪感,因为你的圈子就是这样,你的同事、朋友和你一样都是名校毕业,做着差不多的工作。"

那时(2000 年)的硅谷就是:"我要创业!我要赚钱!我要财务自由!"

聊的话题就是今天跟这个公司老总一起吃饭,明天和那个公司老总谈合作。

他并不真的喜欢科技,所以也不想做机器人工程师,正巧那时很多亚洲地区的客户找上门,那家公司里除了他,别人都没有亚洲背景。

所以,他从工程师的岗位变成了亚太地区的市场总监。

"自由"应该是他做市场总监时的一个感受,借着出差"旅行"是一种享受。他曾经一年飞越太平洋十六次,频繁光顾日本、韩国、新加坡、马来西亚等,后来索性驻扎在北京,便于在亚洲出差。然而"9·11"事件之后,美国的互联网行业急转直下,半导体行业也随之衰退,他服务的公司的主要客户就是半导体行业的,所以那家公司的情况也不好,到 2003 年,为了增加现金流,老板决定放弃海外的业务,也就不需要"亚太市场总监"了。老板问他要不要回硅谷继续做工程师,他不愿意,决定留在中国。

"你费劲儿转学到美国,斯坦福研究生毕业,就这么轻易地放弃专业了?"

"我有一个北大学分子生物学的朋友,在斯坦福读博士和博士后时,师从几位获得过诺贝尔生理学或医学奖的教授。她自己也是获奖的好苗子。然而,她说不干就不干了,辞职回家生孩子,当起了家庭主妇。我问她你不喜欢生物吗?她说不觉得有多喜欢。我问她为什么要考北大生物系?她说没有别的可考的,全国招生分数线最高的就是这个。"

他没有结婚生孩子的选项。他决定找寻那个真实的自己。他在从斯坦福研究生毕业后就完成了他的第一部长篇小说并且顺利出版,那是一部有关留学生的小说。他梦想着在作家之路上前行。

为了自由皆可抛

回国后,他做了三年的翻译,一边赚钱一边写小说。

"你做翻译,我感觉有点儿大材小用。"

"做翻译的收入很可观,只是特别费脑筋,特别累。"赚钱,或许是推动一个人前进的"欲望",但这种欲望并不是最重要的。那三年,他虽然赚钱快,可内心似有些说不出来的不痛快,因为他一直在写,却写不出让自己满意的小说。朋友说:你离开中国太久,已经和中国社会脱节了。

终于有一天,有一家猎头公司找到他。

2006年他加入被誉为"华尔街神秘之眼"的全球顶尖商业风险管理公司,成为一名商业调查师,和他之前的工作一点儿关系都没有。三十三岁这年,他从头开始。

他说他入职时根本没搞清楚那公司是做什么的,他就觉得应该找家公司上班,每天朝九晚五、加班、挤地铁,体验中国人的生活,也许就能让他写出好小说了。

八年的商业调查师经验,他一心一意做好本职工作,职业轨迹快速上升,从一名普通调查师成为中国区副执行董事,负责上海和北京的业务。面对大好前程,他又做出不常规的选项——辞职,专心写小说。

"为什么要这么做?"我发出了很多人都有的疑问。

"我再次违背了父母的意愿,选择了我妈口中'最容易'的事:没人要求我按时上班,我可以随便几点起床,几点睡觉。我可以随时提起行李去我想去的任何地方。但这些都不是最重要的,最重要的是,我享受写小说的过程。"

商业调查师的工作不但让他了解了同胞们的朝九晚五和柴米油盐,也让他发觉了另一个创作的宝藏——商业背后的尔虞我诈、你死我活。

"现在是一个什么状态?"

"没有焦虑。可以养活自己,从写作中获得安全感。"

他已经出版了十余部长篇小说,在文学期刊上发表过若干篇短、中、长篇小说,很多作品的电影、电视剧、网剧的改编权都已经卖出,不久就会面世。最近拍摄完成的电视剧《商业调查师》由朱亚文、万茜主演。

"我现在在做自己想做的事情,尽力做到最好就可以了。"

"那你的生活习惯呢?"

"每天下午长跑至少十千米。一边跑一边听小说。晚上争取不超过一点睡觉。我睡前会增加一点儿仪式感，听听黑胶唱片，喝杯红酒，放松一下。"

"你很幸运。"

"为什么？"他有些不解。

"你终于在专心做自己喜欢的事情了。"

"是的，不过我觉得人生中走过的每一步都是铺垫，也都是必要的，因为有了这些经历才成为现在的你。我从小喜欢阅读，偏偏语文成绩不好，十分害怕写作文。没想到，现在竟然爱上了写作，正是人生经历给了我创作的勇气和动力。"

"这些，就是你充满戏剧性的青春？有什么想对年轻人说的话吗？"

"有时回忆起来，年轻时喜欢的、感动的，甚至涕泪交加的，比如因为情歌的某段歌词、电影的某段场景等，虽然大多只是无病呻吟，但这并不是年轻人的错，只因为他们经历得太少。但是话又说回来，经历得多了，可能又会失去敏锐的触角。所以，无须总回望过去，要学会憧憬未来。我曾经认为，青春的逝去，就像落日，动人而短暂，紧接着就是黑夜。但转念一想，天空不暗下来，怎么能看见闪烁的群星呢？坦然面对时间流逝，做自己喜欢的事，不要过分关注结果，要尽情享受过程，就能问心无愧。"

人生辛苦，所求即是归属。

成长的岁月里，我们从未改变，只是越来越清晰地成为自己。

艺术家治疗师

和王忠升聊天增长了我的见识。从意大利的趣事聊到看心理医生、共享疗愈艺术、抑郁症、艺术家,让我不断去认知、反思自己:我是一个有心理问题的人吗?我是不是有轻微的抑郁症?我需不需要去看看心理医生?我是一个会照顾自己的人吗?他是一位共享疗愈艺术家,是国内这个领域的开创者。

——李光凯

"不要背叛自己,无论你拿到的是什么样的底牌,都可以活出自己的光芒。"教授给我们上的最后一堂课就是:人在长大的同时会牺牲纯粹的自我,需要时常问问有没有背叛自己。自我认知是一个很漫长的过程。

我在 Ins 里默默收藏了好多中意的设计,未来想建一个自己的共享疗愈工作室,日月星辰,春夏秋冬,一定要有个花园和植物阳光玻璃房。

今天有个老人体验完疗愈对我说:"我可以亲你吗?真的和你度过了非常美好的一天,也许我们这一辈子再也不会见了,但我会记住今天,谢谢你。"

艺术的美妙之处在于,当我们凝视它,把呼吸调整到与它一样的频率,就自然而然地会被作品中的能量所感染,就能感受到它隐藏着的信息和丰富的情感。

此时此刻，我们共同分享着某种模糊而相似的经验，有所连接，产生共鸣，获得治愈，并且从中汲取到某种力量。所以，不存在看不看得懂艺术，因为艺术根本的美好不是一件关于"如何去思考"的事情，而是"如何去感受"。

——王忠升

我有很多朋友，而王忠升是最特别的一个。

刚到意大利的他留了四年长发，虽未及腰但足以代言洗发水的广告。他的研究领域一两句说不清楚，虽说不清，但我会由衷地竖起大拇指。每结识一位新朋友，我都会把他搬出来，侃侃而谈他的理论和生活，感觉我在通过他炫耀自己，他成为我审美品位的一个证明。

我们两人的聊天基本在深夜十二点之后进行，那个时间他刚从米兰布雷拉美术学院下课，这里堪称意大利艺术的最高学府。

我穿着睡衣倚靠在酒店房间的睡枕上看着书，他那边就拿着菜刀在案板上切着菜，他很有生活气息，这一点我特别佩服。

当然，这得益于他小时候家里是开饭店的，所谓"熟读唐诗三百首，不会作诗也会吟"，天天耳濡目染，还不得一两招真传。什么东北乱炖、锅包肉都不在话下，他做饭不讲究什么仪式感，但是必须要很好吃。

已经旅居意大利快十年了，我对他有一些担心。他性格慢热，说话很慢，还带有奶音，一张白净的娃娃脸，给人很单纯的感觉，像个没有长大的孩子,他对自己的评价是:"我觉得我很好玩!"

他刚到意大利时,一开始是在帕瓦罗蒂的故乡摩德纳小镇学意大利语。意大利语发音规则和汉语挺像,于是不到半年时间他就出师了,随后去了米兰开始他的求学之旅。在求学中,有很多有趣的见闻。

"我昨晚做的酸汤肥牛,今晚,我去看看冰箱……"

他一边翻着冰箱,一边在和我语音聊天。一个是白天,一个是黑夜。一个动,一个静。这种聊天的感觉很穿越。

"你最近是不是整容了?你的眼睛变大了。"我问。

"就我这神仙颜值还需要整容?和吴彦祖站一块儿,我都不会胆怯。我的眼睛从小变大,从单眼皮到双眼皮,是因为胶原蛋白的流逝。"

他表达得越认真,越让我怀疑。

"也不知道是谁说和林志玲姐姐站一块儿感觉自己是个小矮人。"

"我已经在黑名单里给你留了位置。"

"哈哈,当我什么也没说。一个人在米兰生活有障碍吗?"

"在米兰生活、求学,和在上海、深圳的感觉是一样的,都是外来人口多的城市,所以交流没有太多障碍。"

我很喜欢和他聊天,一方面是因为出差中,能卸下一天包袱的时间点也就是在凌晨的时候,那个时候微信里能和你聊天的除了微商,就是异国他乡的小伙伴了。还有一方面就是和他聊天感觉很舒服,他的性格不急不躁,就像人的脉搏一样,缓慢而有节奏。

最近被领导灌输了一句话,大概意思是:当你和一个人聊天觉得很舒服的时候,只有百分之一的可能是遇到了真命天子,还有一种极大的

可能就是他的情商和智商都在你之上，为了达到某种目的放低姿态和你并行。这句话很值得思考，但我还是认为和他聊天觉得舒服，就是单纯的舒服。

我去过德国、法国、瑞士，还未去过意大利。他说我可以安排上了。我一直想去意大利的很大一部分原因是他每晚的"睡前故事"。他眼中的意大利是很接地气的。意大利人很热情，生活节奏也慢。

意大利的很多办公室每周只有四天对外办公，而且只上午十点到十二点，下午就不对外开放了。其他时间在办公室里做后续工作。

意大利还是一个有点儿"女强男弱"的国家，尤其是在二战之后女性非常独立，家庭成员都围绕母亲在转，家里很多事也是母亲做主。意大利男性很浪漫，但一多半都是中国人眼中的"妈宝"。他有一个朋友，一有事情就会打电话给妈妈。地铁里打电话的意大利人，十个里面有五个以上都是在给妈妈打电话。

他对意大利的感受就是心理年龄普遍比中国人低，很多三十多岁的人都还像个小孩。意大利并没有像中国一样快速汲取全世界的信息和文化，那里的人更安于过好自己的生活。

他告诉我已经两年没有去过夜店。

因为米兰的夜店好无聊，一点儿也不先进，就像老年迪斯科厅，当然这也不是主要原因，大多时候他是习惯早点儿睡觉的，晚上在家里看个电影，和朋友聚聚都是不错的选择。

意大利尤其是米兰，在迷人的色彩之下也暗藏危险。小偷特别多，特别猖狂，团伙作案，而且以女性为主，很少有男性小偷。他有被偷未遂的经历，现在已经学会如何应对小偷，还能辨别出谁是小偷。

不仅如此，他还抓过小偷，有一次自己一个人在逛商场，就在服装店门口，看到两个年轻的中国女孩慌张跑出来，说钱包被偷了，很着急，也是来米兰上学，钱包里面还有护照。

其中一个女孩说看衣服的时候有人在她旁边挤了一下，钱包就没了。

她看到一个身影感觉像是那个挤她的人，另外一个女孩也说很像。

他当机立断,把那个女人拦住,一看是个孕妇。

他让一个女孩去米兰大教堂门口喊警察,让另外一个去服装店叫保安。

警察来之后,对着孕妇说,别装了,又是你,快把东西还给人家。

那个孕妇否认,这时来了一位女警察,翻看她的包,果然在她的包里发现了一些钱。一看暴露,那个孕妇就开始表演,大喊着:"我要生了,我太难受了,我要告你们……"

后来,有人给她叫了救护车,警察陪着一起去。临走前,警察让那个女孩去店里找一找有没有钱包,果然在一个角落发现她的钱包,那孕妇只偷了钱,其他证件被她扔在了地上。

还有更逗的一件事。有个小偷在一个中国女孩下公交车的时候偷了她的钱包,一看是零钱包,在车门关闭的那一刻,又把零钱包扔下车,说了一句:"什么狗屁玩意儿,太少了。"那个女孩很蒙,都不知道发生了什么。

"遇到这种情况,你会生气吗?"我问他。

"生气是一种正常的情绪表达,不生气就会生病。抑郁症的人不会生气。那些人情绪处于低迷的状态,跟我们的生气不一样。我们的多是对外界的反应,抑郁症的人感知力极高,但发泄不出来。

"我哭的点很奇怪,最近一次哭,是看了电影《小丑》,很感人,演得太好了。这部电影是我们教授先看的,推荐给我们,推荐理由是了解心理学的一些现象,对社会也是一种反思,然后我约了朋友去看,起初感觉有点儿无聊,后来惊艳到了,我哭的点是,当小丑突破最后一道

心理防线,杀死他的养母,杀死他的同事,彻底砸碎内心的枷锁,如获新生一样,在落日下跳起舞,我就哭了,感觉到了一种人性的真实。

"虽然小丑代表了邪恶,但是那一刻我反而看到一种人性的坚持,他坚持了很久,很艰难,那一刻坚持不住了,他绽放的时候体现出一种生而为人的美好。看完小丑之后我会更包容一些。现在年轻人的社会,很多都喜欢只看表面美好,陶醉在资本的游戏里,沉迷于'奶头乐'状态,很少有精力去关注内心的自我成长。"

通过《小丑》,我们把话题过渡到他擅长的领域——共享疗愈艺术。

这次回国办展览他见了很多朋友,发现身边很多朋友都在偷偷看心理医生,而他们表面生活都很好。他希望有一天,这种事情不需要再隐瞒，希望能像感冒一样，被大众正常接受。这也是他选择做共享疗愈艺术的出发点。

看心理医生？我活了三十年了。我没有去看过，但我曾经想过。

我曾经怀疑过自己得了抑郁症，那是一种对自己各种嫌弃和情绪持续低落，我会因为工作上的种种困难让我在深夜独自伤神。照顾不好自己就是一种病。

只是我们在外人面前把自己伪装得太好了，尤其是我这种大龄、单身，还未有一番大作为的"有志"青年。越长大，越孤独，翻一翻通讯录，三千多个好友中，却找不到一个可以诉说衷肠的人。只能自我解救，看个电影、听首歌，我们渐渐成了自己的心理医生。

"我定义自己是名艺术家。这个'家'并不是代表中国人传统意义的那种功成名就的艺术大师，艺术家只是一种职业，艺术从业者、艺术创造者。很多人纳闷，我跟他们想的那种如齐白石一般的艺术家概念不太一样，我也是可以理解的，但我坚持称自己是艺术家。"

他停顿了一下，继续补充道："我就是做这个的，我也想不到另外的词语。中国会把艺术家给神化，认为是一种很高境界的人群，其实不然，他们是普通人，只不过在艺术方面有一些特长。比如说毕加索，不代表很高的社会道德楷模或人生榜样。它体现的是在艺术上的独特见解，所以我为什么不能称自己是个艺术家呢？无所谓我是否超群，艺术家不是要互相比较的，就专注于自己的作品就好，这是我做艺术家的状态。"

或许聊得越来越起劲儿，他让我休息，我说没关系，他说你有关系的。

这是第一次在我说没关系的时候，得到的不同的回答。

我能听到电话那头他倒水的声音，那种感觉很奇妙，这个世界是畅通的。

我们两个每次结束聊天的最后一句话，我说"谢谢忠升"，他说"谢谢光凯"。

是不是很奇妙的结束语？

有得有失有坚持，能哭能笑能尽欢

接触共享疗愈艺术源自他的教授劳拉·托纳尼，目前这个专业是全球最领先的艺术方向。教授的一句话"来感受下这个专业"，让王忠升接触到这个陌生的领域，在接触的过程中他越来越有感觉，觉得这个领域很好，精彩、舒服，感觉一切是冥冥之中的安排。

他每次跟我讲疗愈艺术的时候，我就像个哑巴一样在那儿听着，不是不想和他有交流，而是大脑一直在飞速运转。每次和其他朋友分享共享疗愈艺术这个话题的时候我都不知道怎么来解释这门学科。

艺术不能吃，不能用，如果当一个人生命受到威胁的时候，比如疾病、饥饿的威胁，艺术有什么作用？他很直接、坦诚地告诉我，不能当饭吃，但可以帮人重新塑造精神世界。

有得有失有坚持，能哭能笑能尽欢。

讲历史，他说其实一百多年前就存在艺术治疗的探索了。现在也有一个美国的心理医生给病人开的处方就是去哪个美术馆看一看，看哪幅画。

中国在这方面目前没有成熟的体系，所以他希望这个领域能慢慢发展起来。

当今的心理医生发展是有局限的，运用的基础工具是语言，语言是有弊端、有损耗的，不能保证语言交流的真实性。

疗愈艺术，重点落在艺术的非语言表达方面，把任何一个创作者当作一个人的存在，一个人的合理性存在，而不仅是一个病人。

在当代社会，当人们越来越自我的时候，很多心理上的事情都只能靠自己来消化，这就需要更多的专业人员进行心理健康的建设和疏导。在疗愈艺术领域，不在乎你是不是病人，你就是个创作者。

在他学习的第二年，他用一句话总结共享疗愈艺术就是"运用心理学和艺术相交叉，来缓解和应对当代社会带给人的各种不适和心理状况的一门艺术"。

他指的各种不适多是社会所带来的，比如：抑郁症、智力障碍、注意力缺陷、阿尔茨海默病，在他的意识中这些疾病无论成因是什么，它的存在是合理的，患病的人不代表他不好，但是社会对他的认知往往会加剧他们的"病情"。

他举例：阿尔茨海默病，起初对社会和个人造成的损伤是不严重的，但是从社会的眼光和价值评判，不能理解一个人怎么一下子就不认识自己，不能接受他不再是原来的身份，他突然不再是他了，接着他就很难融入社会，会导致病情的恶化。这个人其实还是立体的，即使她患病了，还可以活出另一面。

当疗愈艺术接触到一个人的时候,不管他是一个病人,或特殊群体,他给外界带来的并不是一无是处、罪该万死的状态,他还是一个鲜活、可爱的存在。他称来疗愈的人为"来访者",会从实质的角度为来访者做一个心灵的帮助,缓解症状,更好地照顾自己。学会自我照顾是人生一个非常重要的课题,在这个世界上,能一直照顾你的只有你本人。

"我就会照顾自己,从生活、心理。我很难想起我真正生气是什么时候。"他很平静地说。

"你会照顾自己吗?"我认真反思自己的生活。

我好像一日三餐都做不到,也不能友好地和自己独处。

我的房间杂乱无章,春夏秋冬的衣服全部堆在一起。

我能把朋友送我的零食大礼包放三年,护肤品放到过期。

凌晨心情不美好的时候,就点一份蒜蓉虾尾。

袜子懒得洗,穿两次就扔,被同事骂不会过日子。

这就是我的生活。然而在他眼中,会从别的角度出发来解释。

他认为不会照顾自己是因为不了解自己身体发出的一些信号,疗愈艺术可以通过艺术材料,通过一个工具慢慢让你了解身体给自己发出的信号,也可以帮你了解自己的潜意识。

他说语言有局限性,疗愈艺术倡导的是一种行动,身体的觉醒,一种新的语言。艺术最终落地是靠动手,动嘴的是诗人、哲学家。没有艺术家是写一首诗来表达的。这也要追溯到艺术的历史,这个词的本身的含义并不是一个抽象的概念,就是一个手工匠人。意大利语"安慰"一词也强调了行动的力量。Consolazione(安慰)中,Con代表"用",

Sola 代表"太阳",而 Azione 则代表了"行动",即"用太阳般的行动"就是一种安慰和疗愈。这种意式哲学可能就来自生活本身吧。

他可以通过一个人的生活让对方感知当下的状态,停下思考,进入松弛的状态,比如:做饭、种花、涂鸦、看电视、吃东西……

我说我喜欢吃小龙虾。他反问我是因为小龙虾的味道、形态、背后的隐喻,还是烹饪,你慢慢地洞察出原因,会有不同的表现形式来对应自我的信号。你吃只是一个接受的过程,但是我们辅助大家慢慢洞察,探索舒适的表达,把情绪从内部消化转化为外部抒发,但不会对社会构成威胁,是合理的情感抒发。为什么我们都不喜欢乱发脾气的人?因为他的抒情形式不符合道德,会妨碍到别人。

从这个话题,他引申出抑郁。他认为,抑郁可以自我破解。

有的人只是唠叨一两句,哭哭笑笑就好了。但是真正抑郁的时候,自己是很难走出来的,需要外界的干预。

"我甚至不需要了解来访者。我只要让他沉浸在一种自己创造的方式中来表达,再运用专业知识告知他表达的是什么。面对心理医生他会说谎,会不真诚。而且了解对方甚至是非必要的,就是在当下。不去聊天,不去分析,这也是艺术最伟大、最奇妙的地方,可以让你感受到心灵与活在当下的状态,这个领域的发展历史和现状,就是这样。如果还是去强调分析,就回到弗洛伊德思想发展的最初,这个一两百年就没有发展,就会被打回原形。

"我也在等待,等待一个有得天独厚语言系统的人,他可以把我这种工作的感受描绘出来,他的描绘是对感觉的描述,是感性的。不用去解释共享疗愈艺术,就在像讲一个故事,娓娓道来。我们现在的很多人一直用抽象的东西解释抽象的概念。"

他接触共享疗愈艺术只有三年,这门艺术发展也不过二十多年,他和共享疗愈艺术都在成长。他越学习越感觉每门学科都很强大,会感觉时间不够。

他强调疗愈艺术是一场旅行,这场旅行一定是从自己开始的。

"唐朝高僧玄奘取经的过程就是一场心灵和身体的旅行,因为这些永远不是坐在家里获得的。"

他有一句话让我很触动,他说:"我为什么这么坚定,在国内没有一个人做,只有我和一两个学妹在学习这个领域,十四亿人只有个位数的中国人在做,我感觉接触这个知识后,我成为为这个知识服务的人,我要传承下去。共享疗愈艺术不只在我生命中存在三年,原来从我出生,它就一直存在我的生命里面,只不过最近两年,我终于找到这门学科,把生命中的很多事情串联起来。这些体验像作家的构思,像书里散落的章节,突然有一天,有一件事情,把所有的片段串联起来就是一本书。"

到目前为止,他的作品多次在欧洲和中国展览,并在米兰国际设计周、今日美术馆等世界知名美术馆或活动展出。其艺术作品得到意大利多家媒体一致好评。他曾与刘涛、何晟铭、罗云熙等众多明星合作,2017年与珠宝品牌曼卡龙合作夏季巡展,2018年获布雷拉美术学院邀请制作装置艺术。他的疗愈艺术工作坊产出的艺术作品将会进行展出和公益售卖,所得收益的百分之三十赠予慈善机构。

在米兰上课，大家看他就像看我们的国宝熊猫。

我问他为什么会选择意大利留学，他说当时就是想出去看一看而已。

到意大利两年后，他也困惑过，他找不到在这个城市里的角色和定位，现在他找到了，也变得更加从容，并且很享受现在的状态。他有更多的能量，处于"我是我"的这种状态。他提升自己的方式就是用心去生活。

他要的就是简单的生活，了解自己

他的房间在一座类似上海法租界的老楼里面，家具有些陈旧，布局也不合理。灯的造型像个怪兽伸出的爪子，散发着昏黄的光。有一面墙贴满了他的画。晚上他最喜欢看房间里的作品，看着自己乱七八糟的作品发呆，重新审视思考。他最大的爱好除了做艺术作品，就是种植物，打理植物，换土、浇水，然后看一看。我问他为什么要看一看，他回答：给它点儿关注。

2020年底，因为新冠肺炎疫情原因，他回国了。我们两个选择在一家咖啡店碰面，没有丝毫的陌生感，就像见过很多次面的老朋友一样。他在北京、上海、杭州不断办展览，像上台阶一样，台阶一个比一个高，带给他的自豪感是一样的。

"王忠升"是姥姥给他起的，他感觉很憨厚，有点儿大地的感觉，忠诚的"忠"，上升的"升"。到了国外，所谓的自我认知的过程，他对自己的名字有了全新的认知，越发感觉自己的名字太好了。

"你觉得人到底是相同的,还是不同的?"

这是他最后反问我的一个问题。直到截稿时,我还在探索答案,可能想好了会马上兴奋地告诉他,也可能会一直探索下去……

无论什么底色，都可以活出光芒 ◆

众生相

2011年10月23日：昨晚我梦到和何炅老师一起主持节目，何老师居然让我穿着白色短袖和短裤主持，哈哈……太无语了。

2018年9月1日：昨晚毫无征兆地梦见了何炅老师，在梦里我激动地表达敬仰之情，还和他讨论节目如何制作。话说距离上一次梦见他已经过去了将近七年。

你的梦想是什么？我的梦想是当一名主持人。

道阻且长，行则将至。

行而不辍，未来可期。

岁月带伤，亦有光芒。

最怕年少励志三千里，踌躇百步无寸功。

愿我们都可以以梦为马，不负韶华。

——李光凯

小时候，做过一个梦，梦见我拿着一个卡片机，在我们家的河边拍照，边走边拍照，这个梦我一直记着。后来，长大了，就干了这一行，还挺幸福的！小时候，我们村子每年有社火的表演，会有很多记者，来拍照，我就特别羡慕。可能那一刻在心里种下了一颗种子。人家小时候梦想当医生、科学家，我觉得当一个摄影师就特别酷。

——田　斌

这次采访前，心情有些许沉重。

午觉睡醒后，坐在床边的我略感疲惫不想动，拿起手机一看已经下午两点了，该去单位了。点开微信，看看有没有工作消息。"演员于月仙老师去世了！"主编杨瑞发来的。看到后，我瞬间感觉后背发凉，明明前天还在朋友圈和她互动，于月仙老师说她想担任节目的常驻嘉宾，怎么现在人就……从此，《乡村爱情》再也没有了"谢大脚"。

整个下午，我都沉浸在郁郁寡欢的状态里，总忍不住看看新闻，希望有人出来辟谣。我又点开了于月仙老师发来的语音，一遍遍听："我在草原深处，拍乌兰牧骑的故事。那个地方没有任何信号，你给我发短信文字，等我回到酒店就能看到。"

天气变得越来越糟糕了，我趴在窗台前，看着对面楼顶被刮起的白色薄膜。

狂风肆虐，它可能心情也不好，咆哮着将空气扭动起来。暴风雨马上要来了。

远处，帐篷底下的警卫也赶紧挪动着屁股往岗亭里跑。

"昌平区下冰雹了……"

"我今晚不回去了，就住在单位……"

"这种狂风暴雨的天气，很适合玩狼人杀游戏……"

各种各样的声音传进了我的耳朵里，我担心被抓住被迫加入他们的游戏。索性站起身，把电脑装进书包，拿着雨伞转移阵地来到了另一栋楼的公共区域。这个地方，很是安静。

窗外，可以看见夜的色彩，这是"化妆后"的冷艳。

骤雨的到来,把我带进了一个旋涡,我盯着玻璃上的雨滴。

拍打、滑落,拍打、滑落,拍打、滑落,一层又一层。

夜的冷艳妆被这骤雨打花了。

手机里的一张图片,我发呆看了好久。

是 2021 年普通高等学校招生全国统一考试语文的模拟试题,最后一道题目是根据一段材料,围绕"劳动者"这一话题进行写作。

"最近,西安摄影师田斌走红网络。几个月前,他开始走街串巷,在城市的各个角落拍摄一线劳动者的工作照,修鞋摊边细心缝补鞋子的大爷、医院入口耐心测量体温的护士、在马路上忙碌与坚守的交警……他将照片打印出来，装进相框里送给拍摄者。他会和街头理发的大爷唠唠家常、帮衬小吃摊摊主的生意、为等餐时在店里睡着了的送餐员买一杯奶茶……他将这些过程拍成一段段视频，传到网上，获得了许多网友的关注和点赞。大伙儿都说，劳动者的状态拍得真实动人，大家又一次感受到了劳动者的美丽；田斌的行为让人倍感温暖，他在用自己力所能及的方式，为普通劳动者送上关爱。"

上面描述的田斌就是我要写的人物。

因为新冠肺炎疫情的影响，他住的整个小区都在做核酸检测，所以才得空跟我打电话。他从小喜欢文艺的东西，六七岁的时候拜耍社火的人为师，学打快板。"社火"是民间一项庆祝春节的狂欢活动，已经入选第一批国家级非物质文化遗产。他也是真的喜欢，一角、两角地攒钱买了一个两元钱的日记本，把快板的词一笔一画、歪七扭八地写在日记本上。母亲看到后，扯着嗓子骂他，方圆几千米感觉都能听到："学习不认真，尽搞这些没用的东西！"一气之下，把他的日记本给撕了，他就哇哇大哭，鼻涕、眼泪混一起，想通过自己的气场赢得这场必输的战役。他还挺执着，重新偷偷攒钱，重新买，买那种带锁的日记本，写完藏在储存粮食的仓库，那认真斗智斗勇的样子想想都滑稽可笑。

"我也不知道我妈到底是怎么找到的，不管我藏在哪儿，感觉她都能找到。"我们都曾像他一样单纯，像他一样把日记本当成生命里最重要的"奇珍异宝"。我们在父母眼中看似幼稚的行为，对于当时的我们来讲却是那么神圣。后来，母亲能渐渐接受儿子喜欢"社火"，那份接受有浓浓母爱的庇护。但父亲还是不接受:"小脸涂得惨白,头顶扎一个辫子,太不像话了!别给我出去丢人!"

有一年过年,家里盖房子,父亲让他在房顶接瓦。他远远地看到了社火表演,马上心不在焉了,他要去参加社火,父亲不让去。他胆子也真够肥,把扔上来的瓦再给扔下去,父亲气得要命,骂他:"你给我等着!看我不打死你!"转身去找木楔打他。母亲火速拿来了梯子,他刺溜就跑了。晚上表演完社火回去,父亲没打他,因为母亲骗他说:"孩子从房顶跳下来跑了!"

小时候的田斌自信又有趣,对待表演那也是有鼻子有眼。有一次堂姐要和他一起登台表演。面对熟悉的父老乡亲表演,他们也标榜"艺术家"要求完美,堂姐的一个形体和动作不到位,他就在台上直接教训起比他大三岁的堂姐,"停,不对!不对!你这样不对!"台下的观众被逗得捧腹大笑,看他一本正经地教训,堂姐觉得被当众驳了面子,两人就在台上吵了起来。不知道的人以为这是他们提前安排好,抖的包袱,笑得更欢了。小时候表演的那种快乐,没有掺杂着喜欢和不喜欢,只有较真儿。那种"较真儿"是多么重要啊!

他给我看了他小时候说快板的照片。我扑哧笑出了声,简直太可爱了。

一米三的个头,一双红色的凉鞋配着白色的袜子,黑色的裤子和马甲都是定做的,略微都有些偏大,最夸张的是马甲里面那件大得离谱的白衬衫,估计是他父亲年轻结婚时穿的,袖口被挽了起来,袖筒大得可以装得下他的两只胳膊。他右手拿着快板,小小的左手都握不全话筒,寸头、单眼皮,小眼睛里没有丝毫紧张,感觉"巨星"要诞生了。

"我上台表演掌声还是很多的。我很享受舞台。但是父母觉得我不务正业,不好好学习。有时候会想,如果家里人稍微懂一点儿,思想前卫一点儿,把我那么大的兴趣培养起来,现在会是个什么样子?可惜,他们不仅不支持我还打击我,觉得我给他们丢人。"他笑着说。

父母有磨灭你的兴趣吗?

每次挨打,父母都是把他骗进屋里,门一关,堵在角落里,开始教训。

"棍棒教育"下的他已经有了阴影。有一天,他弄丢了母亲为他新买的圆珠笔,害怕回家挨打,就爬到家后面的大树上躲起来。天色暗了,母亲着急出来找他:"阿斌、阿斌……"第一次经过这棵树的时候,他不敢出声。第二次经过的时候,他故意弄出了点儿响动。母亲一抬头,没等她发火,田斌就哭着说:"圆珠笔丢了。"

"我当时挺害怕的,捉摸不透我妈的心思,不知道她会不会打我。但那次她没打我,反而安慰我。把我也吓到了……女人心,海底针,哈哈哈……"

初中毕业,父亲希望他去学车。他不知天高地厚想当演员,却不知道门道在哪儿,就先去了广东打工。他工作之余一直查资料,面试了一家影视公司当演员。后来意识到,没有经验无法养活自己,不如从长计议,先学个技艺傍身,就去学了一年电脑。最后也没当成演员。

现在他的父母住在陕西农村,父亲是一名普通的建筑工地工人,母亲在家照看弟弟的孩子。他住在西安郊区每个月一千元钱的出租屋里,一室一厅,已经住了七年,孩子九岁。过着再普通不过的生活。在那小小的出租屋里,工作、拥抱、生火、吵架、大笑、睡觉、难过……

"有时候孩子会看我做的视频,看完就事论事,问我你咋不多给那个卖绿豆糕的老奶奶一点儿钱呢?我就说人家老奶奶不是缺钱,是退休了没有事情做。遇到比较可怜的人咱们就多给点儿钱。"善良是可以遗传的,孩子的关注点不在视频里的温度,而在那个人。

看他拍的视频,我看一次哭一次。

第一次看到田斌的摄影作品是在《乡村大舞台》的五一特别节目中。一段街拍雨中环卫工人的视频,把我感动哭了,我一遍遍地反复看。环卫工人的话太戳心窝子了,那种真实感让人心痛!羽绒服外穿着黄色环卫工人服装的阿姨,意外地拿着田斌打印出来装裱好的照片,用方言说着:"我把这照片拿回去,给我孩子看,留个纪念。以后我死了,娃还能看这照片……"一边说一边用手擦着相框上的雨水,眼泪顺着满是皱纹的眼角流了下来,"感觉自己没有本事,感觉自己没有用,有时候气得流眼泪,这张照片,我一定要留着,留到老,留到我啥时候看不见了就不看了……"

他配的文案是:生活有太多无奈和无能为力,在此刻她终于把心里的委屈都释放出来了。

我问自己,为什么会哭?

"感觉自己没有本事",这句话不知道有多少父母对子女说过。这句话很沉重,还夹杂着愧疚。我父亲曾经对我说过,在少不更事的时

候,我甚至会真的觉得父亲没有本事。曾经家庭条件不好,我会为了买一辆新自行车和父亲赌气,拼命地用脚蹬旧自行车,蹬到报废,自己走路去上学。天底下有多少父母自嘲"没有本事",他们只是本分地生活着,为了子女拼尽全力。父母很平凡,什么都给不了我们,却什么都给了我们。后来,我渐渐感受到,给人力量的不是金钱,而是父母爱的期待。父母或许不能给予我们物质上的富足,但在生活的方方面面,都附着一份爱,物质的贫乏不会妨碍我们拥有感受幸福的能力。

正因为这个视频,我选择认识田斌。

在决定写他之前，我问自己："我为什么要写他？他的身上有什么是值得告诉世界的？"

我应该怎么理解他的职业？街拍师？用镜头记录生活？用情感温暖你我？

他是一个记录者，记录着身边的江湖。他是现代版司马迁。

2008年，田斌十九岁，开始参加工作。第一个月工资六百元，老板骂他就像骂自己的儿子一样严厉。每次他提出涨工资，老板就敷衍他："你挣那么多钱干吗？现在把钱挣了以后就挣不了钱了。"可是不涨工资怎么生活，一个月房租三百元，还得吃饭，还得买件衣服，更不敢轻易生病，这显然就是当儿子养。虽然做了两年的"月光族"，但做人的道理倒是学会不少，不要迟到，做事有始有终，最重要的是，他接触了"摄影"这个行业。之后换工作、结婚、生子，他按部就班地走在普通人的生活轨道上。

2020年11月他开始做自己的短视频账号，粉丝从零长到一百五十万，他只用了三个月时间。

11月18日早上，他早早起床，检查相机包里的东西：相框、打印机、相纸、电池。他看了看时间九点了，该出门了。心里却有点儿忐忑不安，双脚始终无法迈出家门。他坐在桌前，拿出一张纸，一筹莫展，眉头紧锁地写下了十个问题，塞在了相机包里。然后起身，走到门口觉得那些问题写得太可笑，于是又回到桌前，重新写采访的问题：你工作了多长时间？为什么会选择这份工作？家里人支持你吗？你有什么梦想吗？写完就坐在那儿发呆，想象着他们各种各样的回答……问题好正式，不行！改！划掉！你干什么的？干了多久？……

那张已被改乱的罗列采访问题的纸，再次被他塞进相机包。临出门前内心还是有些慌乱，于是打通了几个从事摄影朋友的电话：你有事儿吗？陪我去拍照？没有提前约的朋友都无法抽身，只好作罢。硬着头皮自己去，这时已是中午十二点。他开车十几千米来到了儿童公园。

这个时节已是深秋，凋敝的公园因为有了暖阳才显得不那么冷清。很多人在这里插着兜遛弯晒太阳。晒晒皮囊，也晒晒那颗用力生活的心。

他在这里送出了自己的第一张照片，一对八十多岁的回族老夫妻在公园晒太阳的照片。老爷爷花白的胡子有一拃长，老奶奶裹着黑色纱巾，满脸皱纹，深情注视着老爷爷。那种美好，很让人羡慕。这对老夫妻看到照片后很是惊讶，他们没想到这么快就能打印出来，并从兜里拿出钱来给他。他拒绝了。这个行为引来了周围人的围观，都在赞叹照片拍得好的时候，一个外地女人提出了想让他给她和生病的孩子拍一张照片，他们是从外地来西安看病的……

2020年11月19日早上八点十二分，他用拍摄那对老夫妻的视频发了自己的第一条抖音并配文："所谓白头到老的爱情不是爱到老，而是陪到老！"

我问他："是怎么想到这种拍照形式的？"

他的回答很是现实："我想和人套近乎，现在人们已经被套路怕了，很多人不敢接受拍照，怕后面会收很高的费用。我把照片直接打印出来，并且装裱进相框里，看着很有仪式感，而且全程不收费，会容易取得别人的信任。"

然而，家里人并不能理解田斌："你拍这个，怎么生活？能买米还是能换面？你先找个工作，下班时间再去拍！别给我丢人！拍照能算什么工作！"而他坚持不上班，在他的观念里，老给自己留退路，根本干不好这个事情，所以必须把自己的后路切断，孤注一掷。他的目标是抖音年底涨到一百万粉丝。"给我三个月时间！"这是他对家人承诺的期限。

2020年11月29日，他发了自己的第十三条抖音，这条视频爆了，第二天达到八百多万播放量。那个晚上他一直抱着手机，上厕所也一直看着，甚至不知道自己是什么时候睡着的。第二天，他更有信心地走出了家门……

2021年2月24日，他的粉丝从六十万直接冲到了一百万。那一晚，对于他们这个家庭来说，是极其有重要意义的一个晚上，因为他在三个多月没有收入的情况下，终于有广告可以接了。第一条广告八千元，"很久没有挣钱了……"这是他接到广告后说的第一句话。

他的家庭生活其实并不富裕。可当他遇到困难的人时，总会伸出援助之手。

有一次他拍摄一位残疾人在马路上绣十字绣，没有手脚，只有腿，他心生怜悯，心想"直接给他钱，万一他不要怎么办，也得照顾一下他的面子，虽然身体残疾，但身残志坚"。于是他到一个小卖部，买了一瓶水，在扫码支付的时候多转了一百元，让店家给他一百元现金。他将这一百元现金偷偷藏在了相框后面送给了这个残疾人。临走，告诉他，相框背后有惊喜……

这个社会还是要靠自己努力，小时候总想着和谁一起实现梦想，越长大越明白，很多路是需要自己走的。在没有成功之前，别人会把你当笑话。只有做出来，别人才会围绕着你转。曾经对他指手画脚不看好的老板，也开始"请教"他视频的拍摄技巧。

"感谢那些不被看好的日子！"

"我小时候做过一个梦，梦见我拿着一个卡片机，在我们家的河边拍照，边走边拍照，这个梦我一直记着。后来，长大了，就干了这一行，还挺幸福的！小时候，我们村子每年有社火的表演，会有很多记者来拍照，我就特别羡慕。可能那一刻在心里种下了一颗种子。人家小时候梦想当医生、科学家，我觉得当一个摄影师就特别酷。我经常在拍视频的时候，问他们：你有什么梦想吗？很多人说没有梦想，不会没有的，可能是梦想被生活给磨灭了。"

我有什么梦想吗？

我母亲是湖南邵阳洞口县人，家里有一个姐姐，三个弟弟。她为了供弟弟们读书，早早辍学承担起家庭的重担。她的一生很辛苦，我的文字根本刻画不出她的不幸，远嫁到山东德州夏津县一个农村里，饱受婆婆和外界的各种刁难。直到我读初中，才知道姥姥、姥爷长什么样子。因为路途遥远，养活我和妹妹，家里没有太多钱，母亲每隔三四年才能回湖南一次。

记得在我临近中考那几天，姥姥突然去世，母亲为了照顾我没有回家见姥姥最后一面，我考完试回到家站在院子里听到房间传来母亲的哭声，我知道她是因为不能回去看母亲最后一眼而啜泣，那个画面我会记一辈子。从那时起,我有了自己的梦想:长大了做一名主持人,可以让母亲每天在电视上看到我。让她知道我生活得好好的!但是,母亲直到现在都不知道我为什么想当主持人。她甚至不太清楚我的工作到底是做什么的,只会问我:"宝贝,吃饭了吗?"叮嘱我:"早点儿休息,别熬夜。"我特别想握着妈妈的手说一声:妈妈,辛苦啦!

就在于月仙老师离世的悲伤气氛还在延续,另一则痛心的事发生了。

于老师离世的第五天,主持人王为念买好了送于月仙老师的机票,却在登机前收到噩耗,他妈妈脑干出血。经过一天的抢救,不幸去世。王老师六十二岁了,在一周的时间内,痛苦叠加。

在我的印象中,王老师是一个活力满满的形象。经历过两次失败婚姻,至今仍孑然一身。在我们的节目录制现场,六十岁的他可以和二十几岁的男嘉宾比拼俯卧撑。一口气一百多个,毫不费力。母亲的突然离世,令王老师悲痛心碎。想想 2012 年做心脏手术守在病床旁的那个人,如今溘然长逝,临走还在念叨着他的个人问题。

母亲,是一本永远读不完的书。

死亡,是我们每个人生下来走向的终点。

我们都会老去,从呱呱坠地到步履蹒跚,从咿呀学语到口齿不清。

我们感受了这个世界的白天和黑夜,品尝了人生的酸甜苦辣涩。

虽然终点是消失,但我们都还在用力地活着、努力地笑、认真地哭。

时间,在我们每个人的身体里穿过。我们应该好好观察,好好感受。

身边总有人在传递着温暖。

田斌的短视频越拍越好了。众生相，在他的视频中体现得淋漓尽致。

有个女孩白天卖衣服，晚上跑代驾，就为了赚钱给父母不看好的男朋友把房子首付款付了。

有个单亲妈妈，商场里卖鞋子，一个人养活三个孩子。挣钱不是女人的责任但绝对是尊严。

还有一个连一双拖鞋都舍不得买、晚饭就凑合吃一个馒头，干油漆工赚钱供孩子读书的母亲。

还有下雨天卖红薯，不给孩子增加负担、赡养年迈的公公婆婆、自己混口饭吃的老婆婆。

还有凌晨一点，陪爸爸一起摆地摊卖炒面的十岁小朋友，就为了暑假给爸爸帮忙。

他也不是什么都拍，也不是什么要求都答应。

"相机一直在手里拿着，从来不关机。昨天，我和朋友出去拍片子，看到一个老爷子，形象特别好，头发很白，朋友问咱们能拍他吗？我看见那个老人跪着讨钱，就拒绝朋友的建议，因为他四肢健全，随便干点儿什么都可以养活自己，非要靠'要饭'这种方式生存，实在不理解，也不值得我们宣传。"

"我不喜欢道德绑架，我可以善良，但是你不要利用我的善良。我经常收到类似这样的私信：'我跟父母好几年没有拍照，你能到我家

给我拍张全家福吗？你如果能来，我父母会很开心。'我不太明白，你想孝顺父母，难道就靠一张照片吗？平日里的陪伴和关心难道不比全家福更重要？我无法替你去尽这个孝心。你可以付费，找本地的摄影师，自己尽孝。对方说要花钱，觉得贵。我开车几百千米过去，不也要花钱吗？用善良道德绑架就不太好了。"

不过，温暖是相互的，粉丝们带给他更多的也都是感动和鼓励：

"你的一个视频让我彻底崩溃了，撕心裂肺地哭了好久，情绪一下上头，哭得不受控制，现在都还没平复心情。我是一个刚毕业的创业女生，前期的艰难、辛苦、不被理解、没人支持，让我压抑，今天我把忍了太久太久的情绪都宣泄出来了，感谢你的视频让我哭出来了，也让我轻松了很多，每个人的路都很艰苦，不只我一个，大家都一样，谁也没有认输，都在拼命奋斗，所以我也会更加努力地去面对前面的一切困难。感谢！"

"感觉你的照片，很有故事，昨天我跟女朋友分手了。我们在一起五百六十二天，今天喝了好多酒，刚刚看抖音看你拍的照片，突然发现我们在一起时，竟然没有多拍一些合照，遗憾和悲伤涌上心头。借你这里说一些废话，深感你拍的照片都好有故事，生活不易，加油！"

"说实话不怕你笑，去年慌不择路走错路，关了十一个月刚出来。很迷茫，似乎找不到方向。用两个多小时看完你所有的视频，有苦也有乐，满满的正能量。我好像知道接下来该怎么做了，真心谢谢你！希望你一直拍下去，越做越好！"

写给自己的一封信

阿斌：

你好！

现在终于做了自己想做的工作了，我真替你高兴。我知道你现在的工作遇到了困难，一方面是已经拍过很多题材，要努力创新；另一方面因为疫情，找素材比以前更难了。但你要坚持，因为你现在做的工作很有意义。

你还记得吗？你拍的深夜女代驾，她在寒冷的夜晚接到你的礼物，是那么开心和激动。因为你的照片和视频她得到了公司的奖励，让她的工作更有意义和动力。还有雨中的清洁工，她接到你的照片后激动得哭了，她是弱势群体，没有人肯定她的工作，她觉得她自己没本事才做了这份工作，是你让她意识到存在的意义和工作的伟大。你要坚持下去，卖气球的小女孩，她在看着你，她的眼神是那么干净，笑容是那么单纯，她吃着你买的糖葫芦，是那么幸福。还有回民街九十多岁的老奶奶，一辈子没有拍过几张照片，或许你给她拍的是她人生中最后一张照片了，她拿着照片给街坊邻居炫耀的笑容是那么灿烂……

多少粉丝给你发私信说，花了两个多小时一次性看完了你所有的视频，他们在你的视频里找到了人生的方向和意义。让他们受伤的心灵得到了慰藉。你还记得你的梦想吗，你不是要做"现代版司马迁"吗？那就用你的镜头记录下我们这个时代的每个普通老百姓的生活，让他成为这个时代的历史影像。当你老了再看这些照片和视频，你的人生也有说不完的故事并充满意义！

　　加油！

阿斌

2021 年 9 月 14 日

改写国内飞行手册的战机飞行员、被写进高考模拟试题的摄影师、以一毫米之差结束中国队多年不敌韩国队的男子射箭冠军、因为情怀开书店的作家……书中的这些人物都有新闻性。我们在读懂这些故事的时候,也感受到了这个时代的变化。时间不语,却回答了所有问题。

新华社高级记者　刘洪

平静的叙事、坦诚的文字,光凯的这部成长、走心之作传递出向上的力量。每个人都应活成太阳,自己照亮自己。如果结果不如你所愿,就在尘埃落定前奋力一搏。我们又不是什么真命天子,受点儿苦算什么。

南开大学新闻与传播学院院长、
原科技日报社总编辑　刘亚东

认识光凯多年,他总是像光一样点亮身边人激励着大家挑战未来。这是一本充满精神力量的书,希望你读完后,也有同感也能绽放光芒,然后和光凯一起去点亮更多的人。

破镜重圆公司和挽回学院创始人　丁冬杰

第三辑

◆

素心向暖，让人生烟火滚烫

每一次遇见，都是一种成长。
心中有爱，生命才会散发别样的芬芳！

一毫米

  世界冠军也会遭遇"潜规则",在无形的"潜规则"下,只有靠自己努力争取和强大的实力,才能破圈。别人说你不行的时候,就亮出实力给他瞧瞧。当你没有话语权的时候,就先忍着,岁月会将你的努力沉淀并回馈以数倍的美好。别轻信"只有世俗地活着才有不俗的未来",既然生而为人,那就好好活一次!

——李光凯

  军人、射箭运动员、教练员、国际级运动健将,二等功两次、三等功一次、获得第十七届仁川亚运会团体冠军,第一届世界军事体育射箭锦标赛个人冠军、团体冠军,第六届世界军人运动会团体、混合团体亚军,第七届世界军人运动会团体冠军、个人季军……这些是我的标签,但不足以定义我的人生。

——戚凯尧

  《解放军报》报道称:直到戚凯尧在2014年仁川亚运会上横空出世,勇夺男子射箭团体、个人、混团三项冠军,中国男子射箭队才逐渐进入人们的视野。特别是在亚运会男子团体的半决赛上,面对由奥运冠军吴真嬿率领的东道主韩国队,戚凯尧顶住压力,射出的十环比对手距离圆心近了一毫米。正是凭借这一毫米的微弱优势，中国队5∶4战胜对手晋级决赛并最终获得金牌，同时也结束了中国队在男子射箭项目上多年不敌韩国队的历史。

2014年，他仅二十一岁，创造了历史！

戚凯尧和我是老乡，都是山东人。他是烟台，我是德州。

但我妹妹在烟台读的大学，毕业后在北京工作，烟台买的房。可能是烟台的海风和那些网红打卡地留给她太多美好的回忆。

凯尧的家距离海边走路也就二十分钟，可惜我妹已经有了男朋友，要不然可以介绍他们两个认识一下。一个1993年，一个1995年，相差两岁。

我和凯尧有一个共同点，长相完全不符合大众眼中山东人魁梧高大的形象。

我每次去高校演讲，自我介绍时都会开玩笑说自己是M号的山东人。

戚凯尧比我健壮，五官棱角分明，坚毅的眼神中透露着些许清秀。他十四岁接触射箭，至今已经十三年。真可谓十年磨一"箭"！

当时他正读初一，自习课上烟台市射箭队教练来学校挑学生。教练看到他的眼神觉得这孩子可以。敢直视他而且目光坚定，有点儿愣头青，说不准性格上也跟其他孩子不一样，能成事儿！

于是就给他留下了联系方式并询问了家庭信息，电话号码写在他的练习册封面上，他盯着那一串数字，像是完成了一项交易。射箭？跟玩弹弓打鸟应该是同一个道理，不就是拉弦、瞄准、射，简单！

放学回家后，他很庄重地把练习册递给爸妈，比递成绩单还有仪式感。

"有人看上我了！"爸妈听了一惊，"臭小子，你说啥？""让我去练体育，射箭！我把咱家的信息也告诉人家了。"爸妈瞅了他一眼又瞅瞅联系方式有些紧张，以为他遇到了坏人。

周末，爸爸带他就去学校看了看，看着那些比他大不了几岁的男孩女孩在认真地训练，时不时传来发射箭支和中靶的"砰砰"声，凯尧觉得很新鲜。对于射箭，他内心不排斥、不抵触。一整天他都像着了迷似的待在那儿，看看这个，瞅瞅那个。

临走时，教练对他说："回到家之后，跟父母说，如果父母愿意，就试试看。"

结果父母还真没有反对，毕竟是一项没有直接身体对抗的体育项目，就当是一个兴趣特长班，反正只是周末训练。

当时，队里所有的精力都投在省运会上。器材比较紧张，专业射箭要带一个皮革的护指，提高发射一致性的同时也可起到保护手指的作用。由于所有资源都给了主力队员，护指需要自己做，戚凯尧不会，就拜托师姐做一个。师姐忙忘了，他就只能徒手拉弓，每次训练完手都肿得像火腿肠似的。肿了就先不练了，一周后恢复了接着练接着肿。

午饭吃食堂，预算十几元钱。他身高一米六，体重九十斤，瘦得就像只猴子。这种情况持续到 2007 年 7 月。每周就是："教练，我来了。""教练，我走了。"

冬天烟台的雪很大，从车站到场地有一千米的路要走，没办法他只

能踩着没过脚面的雪一路到靶场，到了鞋也湿透了，脚也冻坏了。这么周而复始，只是为了完成每周一站两小时的拉弓训练，奇怪的是他当时一点儿也没觉得辛苦，没有觉得枯燥，也没有觉得无聊，反而觉得理所当然，就像上下班工作一样。

　　7月，他开始全日制专业训练。教练比较严格，脾气也比较大。动不动就要发火，打得还是蛮狠的，用竹竿打屁股和后背。

"打得有多疼？我一直以为教练不会直接体罚学生。"我好奇地问他。

"相当疼，一米八的竹竿，抡一百八十度打在身上。第一竿打屁股上感觉还行；第二竿就有点儿忍不住了，咬咬牙，忽感屁股很烫；第三竿教练的火力值达到最高，高度、速度、节奏完美融合，这一竿打下去，腿就要软了，感觉要跪在地上。"

"为什么要打人？"

"因为在训练中迟到或者连续犯了几次低级错误，不长记性。我有一个队友，上课调皮，在教学楼里扔鞭炮，相当嚣张，回来就被打了。"

他也被教练体罚过。因为第一次忘记绑护弓绳，第二次是绑了但是绑松了，导致发射瞬间弓飞出去，掉在地上，这样很容易造成弓片弯曲、损毁。

"猴子，下午不用训练了，田径场五十圈。"教练的话言犹在耳。

"你为什么不跟教练解释是护弓绳松了掉了？"我问。

"如果我是教练，我看中的不是你绑没绑，而是弓掉在地上了。就像比赛大家只看重结果，没人看你是否调整修正瞄点！"虽然体罚的方式不对，但教练也在用这种最简单粗暴的方式教育他要严谨地认真对待每一件事。

全日制训练，学业就彻底荒废了，射箭在早些年又是一个不太被关注的体育项目。

爸爸想的是他可以练得好一点儿，却从来没在他面前说过一定要怎么样。妈妈也跟他说，好好练，你若出去比赛，可以去大城市开阔眼界。父母并没有给他多大的压力,比赛平常心,健健康康的就好。

他的父母虽然只是普通的工薪阶层,但为人善良,待人真诚,夫妻恩爱,为了家庭共同努力、相互扶持。对他更是无微不至地照顾,生长在平凡而又充满爱的家庭,是他人生初期最大的幸运。现在来看,他算是不知不觉中达成了父母的期望,练得越来越好,在不少国家和城市也都留下了足迹。

不过,全日制训练一个月,戚凯尧就回家去了。

去训练场地,他忘记带钥匙,准备翻窗户进去,结果胳膊摔骨折了。

他也心大,打着石膏继续玩电子游戏,所以恢复得比较慢,用了三个月。

少年不知愁滋味。那时的他还只是个十四岁的孩子,没想过自己要怎样、能怎样,就是每天乐呵呵的,差不多就行。不用拼,也不用搏。

2008年1月,这只"猴子"正式归队开始训练。

2009年6月,去国家队训练,参加广州亚运会的选拔集训赛。

2010年8月,十七岁的他参加省运动会。

哪有什么是一帆风顺的。2010年9月的一天,天气闷热。

当时的山东队男队主教练单独把他留在场地对他说:"凯尧,队里准备把你交流到成都军区射箭队,如果成都军区的教练要你的话。在此之前你先跟八一队训练。"(原成都军区射箭队为原总政治部组建,有正式编制。但是刚组建,场地还在修缮,需借用其他队的场地一起训练。八一射箭队为原总参谋部组建,当时已无正式编制,名称为八一射箭队,但实际交由山东队协助训练。)

听到这，对于一个自尊心很强的十七岁少年来说，是一份屈辱。

当时所有人都不清楚成都军区射箭队是什么样，什么待遇，会不会像八一射箭队那样没有正式的编制，面前的人生道路是一片虚无，充满了未知、迷茫。他没有问教练为什么，只是在问自己凭什么？凭什么自己不能进入山东队？

在此之前他的所有努力都是以进入山东队为目标，并且他拥有进入山东队的能力，省运会六个项目，他拿了四个第一。技术动作合理、成绩靠前，当他满怀信心能够进入山东队的时候却被告知，如果别人要你，你可以去，如果别人不要你的话就只能留在二线队伍。

面对被选择，他只能坚忍，因为他无路可走。

他的十八岁马上到来，于他意味着什么？

成长是被迫的。他要离家闯荡了，从山东到四川。离开的日子一天天临近，家里的气氛也变得越来越微妙。爸爸还是如往常一样木讷，妈妈还是大嗓门儿一遍遍唠叨："干活儿干不好，学习学不好，到了那儿要照顾好自己！"妈妈说的话似乎比往常柔和了些，生怕会戳伤他。坐在客厅的他看着卧室，妈妈在那默默收拾着行李，什么都往里塞，生怕会忘掉什么。看着这一背影，他舍不得离开，却又想快点儿离开。他不耐烦地冲进卧室："行啦！不要什么都塞，我可以去那再买！可以啦！快出去！出去吧！"咣，卧室门被关上。

恍惚间，他在父母身边已经快十八年了。临走那一天，他竟有些不知所措，想抱抱他们的时候，却又被自己压制了回去。他眼神在他们身上停留了许久，脑袋空空的他似乎在等爸妈说："快走吧，别误车。"

十八岁,就这么堂而皇之地来到了。

他被"抛弃"在了一个新的环境,他要自己去成长、去感悟。

也许,十八岁以后的他会很好,但又有谁说得准呢?

当戚凯尧来到成都后,队伍的一切都让他重新燃起希望,老班长开车到机场迎接他们,队长与政委在门口欢迎他们,这让他觉得可以在这个集体中继续散发光芒,此刻他心中也回荡着一个声音"你是山东队不要的队员",以此来勉励自己!

从山东到四川,气候环境、生活方式、饮食习惯完全不一样。对于北方人来说成都的冬天着实难熬,因为环境潮湿,房间内也没有暖气,在外训练因为动作幅度比较大,不能穿太厚的衣服,回到阴暗的房间发现比户外还要阴冷。睡觉都是穿着衣服盖着被子加一件大衣,尽管如此半夜也依旧会被冻醒。那时伙食也有点儿差,三餐十二元的标准。吃饭排队,门一开,直接被人群推搡着进去抢清水煮白菜。馒头,表皮发黄,干裂,有点儿发霉。他可以在外面吃,但是考虑替家里省钱和卫生状况,他选择每周去一次成都市区,买一些花生酱,回来就着馒头吃。这样的饮食让他们几乎没什么营养摄入。好在教练心疼他们,每周在自己家给他们做顿火锅,大家一起准备、一起收拾,其乐融融。

"你是山东队不要的队员!"这个声音强迫他学会适应一切,调整一切。当你不能改变环境的时候,就要去适应环境。

2012年第一场全国性比赛,他拿到了个人淘汰赛第二名。后来,他时常会想:如果当时真的进入了山东队,那现在的生活是什么样子?我还在从事这项事业吗?答案很明确,我不会有比现在更好的成绩,我

不会再继续从事这项事业。我很庆幸山东队没有选择我!

属于自己队伍的射箭训练基地已经修缮好了,生活饮食也有了很大改善。现在的他完全适应了那儿的环境和饮食习惯。其实,他当初跟我讲的原话是:"环境比较恶劣""吃得很差!特别差的那种!"我能体会那种心情。

戚凯尧带着"山东队不要的"标签,代表中国人民解放军八一南昌射箭队,在世界军人的赛场上绽放荣耀和希望。当然,这个过程也是非常曲折的。

第十七届亚运会

2012年十九岁的他开始进入国家队、2013—2014年以选拔赛第一名的成绩进入亚运会阵容。这是他第一次参加国际性综合赛事，他很认真、很努力地想要完成好。

他可能并不是讨教练喜欢的类型，并没有做任何违反规定的事情，但总能感受到周围教练组对他的质疑。无论是平时的训练还是比赛的参加阵容都对他很不利。（射箭比赛分为个人淘汰赛、团体淘汰赛、混合团体淘汰赛。亚运会每个队伍可以有四人参赛，但个人淘汰赛只可以两人参加，团体赛三人参加，排名赛过后本参赛队排名靠前的两人参加淘汰赛，团体淘汰赛则是录取排名靠前的三人成绩之和匹配对手，教练员有权力更换人员。）

平时的团体训练中通常是四人轮流练习，赛前也并没有做出决定究竟谁来参加最终的团体淘汰赛，但他的团体练习次数总是少于队友，亚运会前的最后一站世界杯比赛中他排在前三名，教练员却以第四名在个人淘汰赛中比他多胜一场为由来替代他的位置参加团体淘汰赛。对于一名刚进入国家队并即将参加亚运会的运动员来说，每一次在赛场上的机会都将是一场有效的历练。

对于这种事情，他更多的是无奈和默默承受，也无处诉说。作为运动员尤其是一个年轻的运动员正处于事业上升期，这种事情对他的内心打击很大。队友们也清楚教练确实做得不太合适，但他们也没有能力去改变什么。

我很喜欢他说的一句话："不要想这个社会不公平，因为你不是受益者。"这句话说得很现实，也很直接。面对这次亚运会，他学会了四个字：从容接受！

同样，在参加亚运会的过程中他成绩排名第二位，拥有参加个人以及团体淘汰赛的资格，但教练员却临时决定要他在训练场上与排名第四位的队友PK来决定谁参加团体赛，而第一位与第三位直接参加个人以及团体淘汰赛。最终他获得了参加团体淘汰赛的资格，而不允许参加个人淘汰赛的原因则是"你不适合"！我不知道职场和训练场的那些规则，但我知道"吃得苦中苦，方为人上人"！

无论如何，他至少为自己争取到了一次参加团体赛的机会，所以他更投入、更疯狂地日夜专注练习。用他自己的话说："为了打得更好、射得更准，我可以牺牲一切！"专注，就是在黑暗里，你的内心依然有光！

在前四局比赛中，中国队和韩国队各赢两局，在决箭中，双方成绩又都是二十八环。最终因为他的十环比韩国队的十环距离靶心近了一毫米，战胜了奥运会个人冠军吴真嬚带领的东道主韩国队，中国队终结了在射箭项目上十多年不敌韩国队的尴尬历史。就是戚凯尧的这一箭，成了决定比赛结果的关键一箭。通过这场比赛，也让更多的人记住了戚凯尧这个名字。（当出现决箭时，个人淘汰赛中如果两位选手都射出十环，此时则需进行第二轮决箭，第二轮的胜者将依据第二轮决箭中哪位选手的箭距离靶心更近而产生。团体淘汰赛决箭中，累积环数相同的情况下，箭与靶心距离近者胜。）

2015年，二十二岁的他被授予国际级运动健将称号，网络上关于他的报道铺天盖地，他成为一个时代的符号。

后来他反思自己当初为什么会受到教练的质疑时，说了一句话："如果锻炼一个能做大事的人，必定要让他吃苦受累，百不称心，才能养成坚忍的性格。就好比香料，捣得愈碎，磨得愈细，香得愈浓烈！我可能就是教练眼中的香料吧？"

如果你在职场中，遇到你认为的不公，你会怎么做？

在绝对的硬实力面前，运气和阴谋都是不重要的。这段经历也成了戚凯尧人生的第二个转折点，任何人都没有做错，都是为了国家荣誉最大化，他可能承受了一些委屈，但也给了他感悟人生的一次契机，面对挫折，认真审视自己、不放弃自己，即使受到不公对待，只要方向是正确的，一心向前，终会成为受益者。

没有谁的人生是一路坦荡的，高光闪灭之后，回归正常还好，最怕再次跌入低谷！那时破碎的心将很难黏合。

2016年下半年至2018年上半年是他到目前为止职业生涯最低谷的一段时间，他开始不满足自己现有的成绩，于是独自一人寻找突破，不断地调整各个技术环节。由于缺少理论支撑，盲目地自我实践导致效果不佳，竞技水平急速下滑，他的教练在国家队带领女子组，没有时间和精力顾及他，也没有人能提供帮助。

"他不行了"的声音也不断地传入耳朵。

落选第十八届亚运会后，他在没有教练的情况下独自一人训练、带队参赛，可谓当局者迷，旁观者清，他很难找到影响自己竞技水平的原因，周围人也没有办法帮他。

在苦恼了一段时间后，他告诉自己这样下去是不行的，找不到原因的他很痛苦，所以他把精力放在了健身、看书上。白天不懈地尝试各种方式来解决问题，射箭需要静心凝神，不能在训练场上发泄影响队友。

晚上就到健身房"自虐式"锻炼，为痛苦找一个发泄口，练到筋疲力尽的他躺在地上大口喘着粗气，片刻麻痹于他就是享受。通过感受肌肉锻炼过后带来的酸痛，身体轮廓渐渐明显，这是他那段时间唯一能够直观地看到自身成长的地方。睡觉前他会再翻两页书，看什么不重要，要的就是夜深人静那一刻的平静。

就在裂变的关键时期，他遇到了他的师爷杨昌勋，也就是中国唯一一位奥运射箭冠军张娟娟的教练。师爷并没有准确地教他什么，也没有要求他做些什么改变，就是陪他一起喝喝茶，聊聊天，讲了讲他的过往人生，谈到射箭方面也只是戚凯尧提出问题，师爷通过讲述以往相似的案例让他自行体会，最后扔下两本关于射箭理论知识的书籍让他自行研究。这很符合戚凯尧傲慢的性格，他一贯的态度就是"别人讲千遍，不如自己真认可"。戚凯尧就在师爷这玄而又玄的指导中找到了自我改变的答案。

2018年他在伊朗参加第一届世界军体射箭锦标赛中获得男子个人、男子团体双料冠军。2019年武汉的第七届世界军人运动会中他获得团体冠军及个人季军。而这些都与他健身和看书的习惯密切相关。在那段低谷时期，白天在内心的煎熬中思考，晚上不断冲击身体极限的痛苦，不知不觉中使他在身心的承受能力上得到了很大程度的增强，每逢赛事包里都会放一本书贾平凹先生的《自在独行》，睡不着的时候就会翻开读几章，内心就很平静。他尤其喜欢书里那句"从容是真，宽释是福；有敬无畏，乐以忘忧"。

武汉军运会的比赛历历在目。

比赛，你最后永远是要赢身边所有的人，要么把你的队友干掉，要么把别人干掉！

最紧张的是个人铜牌决赛，因为是本土作战，又是1∶1个人淘汰赛，现场所有的焦点都在他身上。他很兴奋，比赛场地就是他们拿冠军的那个场地。

他反复告诉自己：无论怎么样，今天不能输，因为他昨天赢了。

十点的比赛，他早上五点就起床了。呆坐着一直在想象该怎么上场，比赛流程是怎样的，就这样一遍遍在脑子里做着预演。对手来自巴西，参加过里约奥运会，国际赛事成绩也不错。

这场比赛我看得也是手心出汗，尤其是对方上来就射出两个十环的时候，我在想，如果我是戚凯尧，我的心态得多么强大。他自己倒觉得这个是无法避免的，主要还是看个人发挥情况，只要对手没有射出满环，就有赢的希望。

心态最好的一次比赛应该是十六分之一决赛，和俄罗斯选手对决，前两局都是对方领先。第三局打平。他后面连赢两局，最后一箭定胜负。那个时候，什么是最重要的？是自信的气势。最后决箭，十环。他赢了！

心态最纠结的一场是四分之一决赛，对手是他的队友，两人前三局一直是平环，各积三分，最后两人各赢一组进行决箭，决箭第一场两人各中十环！按规则开始决箭第二场。很纠结，四分之一决赛，赢了就能站在决赛场上有机会争夺金牌，但队友是个水平不错很有天赋的小孩，从近几年的赛事发挥状态以及比赛进行到目前的竞技状态来看，他更有希望去冲击那枚金牌,是否该让出这次机会⋯⋯

  他很幸运遇到了现在的教练——吴逢波,不但对他有知遇之恩,更在关键时刻对他充满信任,在他纠结地看向场外的教练时,教练对他报以坚定的眼神,奖牌的意义只有他们两个明白!十环!他战胜了队友,站到了决赛场地。

  事后他们聊天:"可能换作是队友去打,队伍更有希望再添一枚金牌。""没错,但我更希望机会把握在自己的手中,输赢我们都认!"

  他的故事让我想起了很多人,眼角常含笑的羽毛球世界冠军龚伟杰、未来希望躺在床上喝旺仔牛奶的国家速滑队运动员李岩哲、距离梦想只剩一步的世界跳水冠军何超⋯⋯让过去过去,让未来到来,每一个运动员都要面临离别和被遗忘。

  戚凯尧,一个简单的人,人生没有太大的波澜。射箭对他来说,不是爱好,就是工作,得心应手的工作。他可以做运动员,也可以转变做教练。

  很多人热爱射箭,对射箭的练习从未停止,成绩却始终平庸。

  他很幸运。最大的幸运是他努力了,得到了,收获了。

  不仅收获了荣誉,也收获了一批"小迷妹"对他的告白。

  "喜欢你对比赛的专注,虽然看起来很高冷,但我知道你背负的责任,它是一种无形的压力。当你们比赛时,每射出一次我们的心就跟着颤一次,看完比赛手心都有很多汗。在运动员中,你是一位大哥哥,你得稳,即使很难,但你依然做到了,真的超级棒!未来,加油!你在,我们在!"

"尧哥，看你射箭简直是种享受，超厉害的！偷偷跟你说，射箭的时候，你眼睛里有星星。祝所求皆如愿，所行皆坦途，多喜乐，长安宁。"

"哥哥太棒啦！美食第一，比赛第二，嘿嘿，武汉的美食真的太多喽！邀请你去品尝热干面、小龙虾、大闸蟹、武昌鱼、烧卖、荷叶包糯米鸡、豆皮、糯米包油条、腊肠……真的很美味！"

回顾他的一路，莫名被教练选中学习射箭，在十七岁时，又莫名差点儿被一脚踹进二线训练团队。面对教练的不看好，以一毫米的优势，终结十多年不胜韩国的历史，用实力证明了自己。高光之后又进入两年的低谷，寻求裂变的过程，触底反弹的他再一次证明了自己。曾被遗弃、一次次不被看好的世界冠军，并没有自我放弃，想想就觉得人生真是不可思议！是金子总会发光的！

2021年，戚凯尧二十八岁了。6月10日晚他发了一条朋友圈"绕过山河错落，才发现你是人间烟火"，配图是两本结婚证，他的结婚对象是：孟凡旭。

戚凯尧

现在我的人生又开启了新的转变，结婚了，爱人是山东队的队员，也是国家队队员，日本东京奥运会中国射箭参赛席位获得者之一，全运会唯一女子团体、混合团体双料冠军，比我小四岁，算是我的学妹，很早就认识了，但一直不是恋人关系。第一眼看到她就觉得小姑娘很乖、很漂亮，遇到她就像是遇到了北方春天的阳光，每次想到她，我内心都充满了阳光与温暖。也不知她对我施了什么魔法，很奇怪，冥冥之中感觉我们很合得来，以后有可能会在一起。

2020年3月30日晚上十点我发消息问她："愿意做我女朋友吗？真的，会以结婚为目的，愿意和我去尝试吗？希望你能认真想好了，我认真想过了，我一直在认真地想。所以，你要认真地想清楚，不用急着回复我，几天、几个月都行。"她回了一个"囧"的表情包。

我俩没什么轰轰烈烈的爱情故事，就是一句"命中注定"最为贴切。没有遇到她之前，我觉得爱情应该是轰轰烈烈、海枯石烂的，但当她进入了我的生活后，我才发现，原来一切都是幻象，这才是我现实生命中该遇到的爱情。不是为爱而爱，而是一切都是刚刚好，一切都称心如意。

我们在济南安了家，虽然还是两地分居，但对未来充满了期待，即使存在压力，但两个人还是傻呵呵地"有敬无畏，乐以忘忧"，挺好。

孟凡旭

爱情是烟花长巷中不期而遇的美好，爱情没有捷径，唯有真心才能长久，我和戚凯尧是真的互换了真心。他是真的很爱我，即使我是小胖脸，腰上有肉，怪脾气，总跟他发火，他还是会过来牢牢地牵住我的手走很长的路。2020年是他留住了想要跑的我。2021年也是他在我想松手的时候紧紧拉住了我的手。我拥有的是世界上最好的男孩子！我一定要好好爱他！我很确定这个男孩子会宠我一辈子。

人生没有预见，只有遇见。

转身，又是一个新世界。

笨小孩

我们的成长，或许就是从懂得亏欠开始的。

我们终于明白，一切的美好并不是理所应当的。

面对这个无常的世界，我们要学会敬畏、感恩。

小时候，我们词不达意。长大后，我们言不由衷。

心里的亏欠，促使我们变得强大，也能够更加温柔地对待这个世界。

——李光凯

他睡眼惺忪地起来，坐在餐桌前，水饺已经摆好，他有气无力地拿起筷子，刚准备吃，"你六年没回家过年，每年我们都会把你的水饺盛出来，放在你吃饭的这个位置，再放一双筷子，就当你在家吃了。"妈妈看着他说。

"今年你好不容易能回来，咱好好吃一顿团圆饭。"

听到这，他鼻子酸酸的，把筷子停在那儿，有点儿不知所措。

他终于理解，妈妈为什么一早冲他发火了。

——张　明

我想当班长，因为可以揍人

2013年6月9日

一个背影，一辆汽车。

一个十五岁的少年,脸上写满了稚气,提着一个行李上了车,片刻后,车子启动了,他坐在窗边,脸贴着窗户,他妈妈冲着他喊:"去了一定要好好听话,多干活儿少说话,有事就给家里打电话……"

车子走远了,后面喊了什么他听不清了,只听见噼里啪啦的鞭炮声,在为他送行。

就这样,七年的消防生涯开始了。

他从少年变成了一个大人的模样,时间是一个熔炉,他在里面磨炼,出过一千三百多次警,救活了三十多人。全身上下,有二十二处伤,十几次死里逃生,四次进ICU(重症加强护理病房)。

七年的时间好像和消防谈了一场恋爱,恋爱中的他呆头呆脑、横冲直撞、无所畏惧,见证并经历生死。

他记得,去消防队报到后,放下行李就被指挥去干活儿。他不知道穿了大了几号的迷彩服,裤脚不得不挽起来好几层,怎么看都显尴尬。因为力气小,所以干活儿慢。看着别人完成任务,坐着聊天哈哈大笑,他像是一个异类,孤独地在那儿拿着铁锹铲土,没有人主动和他说话。

"开饭啦!"厨师班长喊着。

"走走走吃饭啦,那个小孩,你叫什么来着?快点儿来吃饭啦。"

吃完饭,接着干活儿。那时,他只是一个大家不记得名字的小孩。

他有点儿轻微的自闭症,不太会说话,年纪小干活儿也不太利索。大家开始拿他开玩笑:"小孩,你知道黑瞎子他娘怎么死的吗?"

他想都没想脱口而出:"笨死的!"

大家听了哄堂大笑:"黑瞎子是笨死的,黑瞎子他娘是被他气死

的。"他听了也在那儿嘿嘿傻笑,就像电视剧里的许三多一样,说一句话得罪两个人,干啥啥不对。笨得出奇,还不自知。那时,他觉得自己在中队里就是个笑话。

"我是找关系进去的!"我很感激他这么信任我,对我没有任何隐瞒,原本该读书的年纪,他选择做了一名消防员,"找关系"这三个字对于他来讲分量好像很重,其实就是父亲拖朋友简单地了解了一下现状,正好缺人,他才得到这个机会,但是,"找关系"对于那些敏感的人来讲,或许就会衍生出愤怒和不屑,故意为难他。

他一个人要洗整个中队十七个人的床单。脸上还不能表露情绪,去到他们房间,看到有人躺在床上,他要客客气气地说:"你让一下,给你洗床单。"然后把床单怯怯地抽走、洗干净。可是,有些人根本不搭理他,躺在那儿一动不动,他只能等对方起来再拿去洗。

那个时候,他有一个梦想,就是当班长。

为什么呢?因为可以揍人,虽然这个理由很拧巴,但的确是一个十五岁少年当年最真实的想法。

念念不忘,必有回响。两年后,他居然做到了,真的当上了班长。十八岁的消防员不少,但是十八岁的消防班长可不多。成人礼在班长这个称呼下显得格外有意义。

男人间的情义总是在危难关头尽显,尽管平时调笑打闹,没个正形。小小的年纪还不知道什么是危险的他总是在火场里横冲直撞,每次出完警回到中队,中队的战友们总是一脸严肃,且带着批评的语气"怼"他:为什么这么猛?这么没脑子?有一点儿危险就要慎重前行,跟你说了多少次了,你还是这样,笨死了你!

面对队员"怼"他这个班长,他不觉得难过,反而感觉到暖,因为那种"怼"很急切、很在乎。他觉得自己被认可了,那个"不知道叫什么名字的笨小孩"长大了。每个人都是肉体凡胎,表达关心的方式有很多种,更何况是爷们儿之间。摘马蜂窝,去家里帮忙抓蛇,公园里抓咬人的疯狗,爬树救猫,居民楼里开锁,这些活儿他都干过。有时最多一天出五六次警,其中有一些和人的"生命"有关。

要哭上车去哭，别丢人

立秋之后的某一天，天气逐渐转凉。

准备吃午饭的消防队接到报警电话，有一个老大爷掉进村里一口将近二十米深的机井里，下半身浸泡在冰凉的井水里，很危急。他们到达现场后，发现那口井直径只有三十厘米，他们的第一个方案是派人下井救人。

队长让他下去，因为他瘦小。他曾经下井救过人，而且救上来了，相对有经验。最主要是他自己也想下去，周围围了二十多个村民，他很想展现自己。

绑绳子，腰部、腿部、脚打绳结，倒立下去一点儿，他就觉得有点儿勒，有点儿害怕，因为只能看到老大爷的一张脸。一张刚喝完酒、满脸酒气唯我独尊的脸。再往下，更勒，更疼，特别疼。如果说生孩子是十级的痛苦，他觉得自己已经达到了。

"大爷的状态怎么样？"我问。

"他的状态和正常人没啥区别。还能开玩笑。我下去的时候，已经想好了一套说辞：没事，坚持坚持，我一定可以把你救上去！"

两个人都很乐观，可是一切并不像他预想的那么容易。

倒立下井，越往下氧气越稀薄，他的大脑开始充血，感觉要爆炸了，一种眼睛能流出血的恐惧占据了他。他使出浑身力气去拉大爷，脸变得越来越红，面部的肌肉也因为想要使出全力，开始抽搐，之后，他的两条胳膊开始发抖，手上的筋也绷得越来越粗。

上边的人拉着他，他拉着系在大爷身上的绳子，可是卡得太死，绳子始终无法一直牢牢地固定在大爷的身上，这样拉，完全拉不动，两三分钟过去了，他的头疼得厉害，几乎昏厥，对讲机里的"叫声"不绝于耳。

"快点儿把我救上去！你行吗？不行再换个人来！"掺杂着酒气的话就往他脑袋里刺。

"你要相信我，我一定能把你救上去！"说话的瞬间，他的眼泪都快出来了。

大爷被机井卡得死死的，他浑身的蛮劲儿无法施展，最后，无可奈何，只得放弃。

"不行，你就早说啊！别瞎逞能！派个毛头小子下来……"大爷开始抱怨。

上去之后，他一屁股瘫在地上，感觉自己要一命呜呼了，脑袋嗡嗡响。除了他，又找了很多人，但没有人再能下井，不得已，消防队喊来了挖掘机。

又过去了半个小时。天色昏暗了下来，围观的村民也是一波换一波，有的人抽着烟，凑热闹往井口瞅。他们嘻嘻哈哈的，看起来并不那么悲伤，似乎在等待"八卦"结果。唯独这个老大爷的儿媳妇一脸愁闷的表情。

不知不觉，挖掘机挖了十米，不能再挖了，否则就会影响周边房子的地基。

一切停止！僵持在那儿，没有人能拿出更好的主意。看热闹的村民则七嘴八舌地议论着，像看笑话似的。

人性，会在最脆弱的时候尽显：有时候还打着"善良""仁慈"的名义。

井水很凉，不知道那个老大爷还能坚持多久，他开玩笑的情绪没有了，声音越来越弱，越来越没有回应，每隔五分钟的对话，使人变得越来越揪心。

队长不放心让他再一次下去，他却坚持，即使脚踝已被勒得像刮痧般渗透着血丝，他仍旧愿意为了救人，再一次下去。使命这个词，好写，难做。这一次，他带着听诊器下去了，他喊大爷，没有回应，以为他睡着了，再听心脏和脖子的跳动，一点儿脉搏都没有了，他的身体凉了，他走了。

从上午十点多救到现在，他无计可施。

再次上来，他坐在一个小土堆上，半仰着头，不说话。胳膊肘被井壁摩擦得流着血，一滴，又一滴，顺着胳膊滴在土堆上。所有人都疲惫的时候，人心也就凉了。

开挖掘机的师傅开始抱怨："人还救吗？都已经没气了。我们都是义务帮忙。"师傅第一个提出了放弃，现场所有的人都表示赞同，包括大爷的儿媳妇和老伴儿。周围的村民也嚷嚷着："别救了吧。早就没气了吧？这种人有这个下场是他的命啊！"在嚷嚷中，消防员不得不用一种非常残忍的方式把大爷从井里弄上来。人一上来，他就哇哇哭了出来，坐在泥泞的土里越哭越厉害。

"没出息，要哭上车去哭，别在这儿丢人！"队长骂他。

他不管，抑制不住地难过，坐在地上哭得停不下来。

大爷的老伴儿这时走过来，安慰他："别哭了，别哭了，小伙子。"

"为什么会哭得这么难过？"我问。

"我不知道。感觉好好的一个人，就这么没了。是我没救上来，一想到大爷可能是被我'杀死的'，我就浑身打哆嗦。"

这是第一个"从他手上"失去的生命，他哭了整整十五分钟。他在自责！如果当初再使点儿劲儿，人是不是就可以救上来，他曾夸下海口说一定可以救上来，结果却事与愿违。那时的他，其实也只是一个孩子，用带着亏欠的眼泪送别了那位老人。

此后的他变得更加自律，带领新兵训练更加严格，他要让他们练就强健的体魄。

那些新兵给他的备注是葫芦娃，因为每次训练完，他都带着他们唱《葫芦娃》。

"我知道他们不喜欢唱《葫芦娃》，但是唱完，心情能从训练的累中脱离出来，转换成对我的恨，有恨的地方就有力量，有力量体能就会强，所以我带过的兵无论从哪一点都比别人强，除了不尊重班长。"

在新兵面前，他不苟言笑，还经常用训练"折磨"他们，折磨掉他们身上的惰性。

有一天晚上九点，他让新兵叠被子，说完就出去了，去别的班聊了一会儿天后，原路返回，刚走到门口，就听到新兵叽叽喳喳地说着："班长傻吧，现在叠完一会儿睡觉又要拆了，不白叠了吗？"

他进去后很淡定地说："这么晚了你们先去洗漱吧，洗漱完咱们去三楼会议室叠被子，谁的被子叠出形状来，谁再回来睡觉。"说完，他就去洗漱了，洗完再去会议室等新兵，一会儿，他们一个个低着头、抱着被子上来了，他就不厌其烦地，一遍遍看着他们叠，步骤错了就告诉他们，当然语气不会很好，他相信磨兵总能磨出好兵来的。凌晨两点，所有人都叠好了，他才跟着一块儿回去睡觉。

早上五点半，他准时醒来吹哨集合出操，"121、121、1234"，新的一天开始了。

那时候，他相信，只要"你比他们早点儿起，他们就不会赖床，你比他们多跑一步，他们就还能再坚持一点儿，你的优点会在他们身上放大，当然缺点也会，只不过缺点就像没洗的内裤，总是要藏着掖着，等把这个内裤洗干净才会拿出来晾上"。

就这样日复一日，一个月后他们也能出警了，都期待着怎么抢先上车。

这时的他早已经摆脱"葫芦娃"的称呼，取而代之的是张班长。

笨小孩，又长大了！

晚上他给队员讲了一些火场的纪律，平时不爱说话的一个队员找他说："想出去买点儿东西。"他说："你去吧。"

队员拿上钱就走了出去，小卖部距离消防队有五百米左右，但他还是尤为担心，趴在窗台上看向街道，看着他走过路灯照耀下的马路。他形容自己的心都提到嗓子眼儿了，就怕这个比他大四岁的新兵出点儿意外。

身影越来越远，他打开抽屉拿出了望远镜，用望远镜看队员的行踪，感觉这不是在担心，像是追踪，生怕队员离开自己的视线。还好，他平安归队。

望远镜下的关心,生活中的操心,他是个让人又爱又恨的角色。

"班长,为什么我们班的活儿比别的班多这么多?"

"分给你了你就干呗,哪儿有这么多话?能不能干完?"

"能是能,但就是太紧张了啊!"

"那就干,我这不也干着呢嘛。"

对于领导安排的工作,他来者不拒。

"别的班随便一个人过得都比我爽,别的班长也都骂我傻。"

这是他对自我的评价,只要能干完,活儿再多也不怕,许三多附身。

2018年他带领团队参与省消防大比武,获得团体第一,个人综合第十名的成绩。他自己还获得全市"十佳消防员"和"突出贡献奖"等荣誉称号,还被共青团中央宣传部评为"中国青年好网民"。

岁月从不辜负努力的"笨小孩"。

第二次进重症监护室

时间一转眼就到了8月,深夜睡得正熟,警报声响了,某仓库爆炸,引发了大火。他噌地一下子就起来了,喊着:"出警了,出警了……"

所有人迅速集合,有一个人醒得慢,只能"裸奔"下去穿战斗服。

车子还没停稳,消防队员就已经火急火燎地跳下了车,各司其职地开展工作,争分夺秒,分秒必争。"你出一支水枪,你铺设干线,你供水,你准备第二条干线。"

报警的人说:"里面没有什么,就是些木头和肥料。"

一开水就把嚣张的火势给压下去了。大约三十平方米的仓库,他估计一个小时就可以解决战斗。五分钟过去了,现场味道越来越浓,刺鼻,几乎都快不能呼吸了。黑烟也变成了绿色,所有人开始觉得不对劲儿,不是说只是木头和肥料吗?

在旁边的队长暴怒了,质问报警的老板里面堆放的到底是什么物质?在队长的逼问下,老板才承认里面放的不是普通的肥料,它的成分含有硫化钙,这种物质对眼睛、呼吸系统、皮肤会有损伤。该死的!队长不得不喊了增援,并给每个人发了空气呼吸器,而他分到的呼吸器面罩却漏了气,当时情况紧急,他也没管那么多,强忍着刺鼻的味道在那儿坚守着。实在受不了,就跑到上风口,呼吸几口新鲜的空气。

几分钟后,他准备再回火场,刚要站起来就感觉头晕目眩,没走两步,就咣当一声一头栽倒在地上,不省人事。

"依稀记得我躺在了救护车的担架上,再醒过来已是在医院的重症加强护理病房里了,他们给我说:可把他们吓坏了,医生说这东西吸入过多会死亡,他们也不知道我什么情况。啥设备都给我用,幸好才晕过去几个小时。这是我第二次进重症监护室。第一次是擦玻璃时,从三楼掉了下去。"

这一次,他似乎没有那么紧张了。还叮嘱队长不要告诉家里人,不想让他们担心。当天晚上他就出院归队了,然而他的爸妈早就知道了,也怕他有压力就装作不知道,知道他醒来没事,就放心了。

我很难想象一对父母在得知自己的儿子被送进重症监护室又无能为力的那一刻时的感受。那时的一分一秒,对于他们来讲,应该是如坐针毡吧,这就是普通百姓口中"天大的事情"。我猜,他的父母在得知他醒来后,应该会喜极而泣吧。父母的爱不仅要表达,还要隐藏!

今天早上的饭叫团圆饭

2019年的春节,他是在家过的,之前的六年,他没有这般的幸运,所以这次回家前,他特别激动,农历腊月二十九,他才给家里打电话说:"我今年回家过年!"他不敢早打这个电话,因为怕再有变故,让家人空欢喜一场。

"笨小孩"要回家啦!

早上八点,他边收拾行李,边给妈妈打电话。

"喂,妈妈……"

"明明怎么了?"

"我今天回家。"

"今天回来?在家过年吗?"

妈妈的声调变高,听筒里也传出叽叽喳喳的声音。

"明明回家过年?"这是爸爸的声音。

"俺哥哥是回来过年吗?"弟弟也凑了过来。

"对,我收拾东西,这就回去了,今年能在家过年了。"

"耶!今年有人陪我玩了。"弟弟在那头大叫。

"几点到家?约好车了吗?东西多吗?在家待几天?"

张明刚要回答,就传来了爸爸的声音:"今年怎么能回家过年了?没事吧?领导都同意吗?要是有事不用回来,要是留值班的,你留那里就行,别人都结婚了,拖家带口的,让他们先回家。"

"没事,领导同意了。"

挂了电话,他就拉着行李往门外走,刚走到路边,单位电话就来了,"政委找你开会,你快点儿回来!"

这个会对于一个马上想飞奔回家的人来说有点儿长。不知不觉,过去了六七个小时,直到下午四点多,会议才结束。终于能回家过年了,他给妈妈发了微信:"我上车了。"

车在路上行驶着,他看向窗外,努力地回忆着过年的情景。

六年没有回家过年,积攒的情感和想念终于在今年可以释放。

距离家还有一二百米的时候,他看到一个身影站在桥头。此时天蒙蒙黑,桥头枯柳树下好像是爸爸的身影,那个说"有事不用回来"的爸爸。

车停到桥头,他迫不及待地下了车。

"回来了,东西多不?"爸爸开车门说道。弟弟看到他回来了,连忙给妈妈报信,然后一块儿打开后备厢拿东西,嘻嘻哈哈地回到房间,妈妈立马去做饭。有鱼有虾,妈妈坐下就问他怎么这么晚才回来?给你打电话也打不通,他掏出手机看,没有啊!又掏出另一个手机,发现五个未接电话。

"你打完电话,你爸爸就趴在窗台上等你回来,看你一直没动静,吃完午饭他就在路边等你。"

"爸爸妈妈一人一个小时轮着,在路边等你……"弟弟插话道。

爸爸瞪了弟弟一眼。他心里一酸,零下好几摄氏度啊!

"你打完电话,你妈就去集上买你喜欢吃的菜了,快点儿吃,快点儿吃吧。"碗里已经被夹满了菜。

第二天，他一觉睡到十点钟，开始贴福字，放鞭炮，吃饺子。

下午陪弟弟疯玩，久违的陪伴，让弟弟玩得格外欢。

弟弟五岁的时候，他就进消防队了，平时每年也回不了几次家，所以总共就没怎么陪伴过他，他都怀疑弟弟可能都不记得自己还有个哥哥。

大年初一早上六点钟，鸡都还没叫，他就听到了起床的号令。"起床了，起床吃饭了……"妈妈一遍一遍地喊他起床。他趴在被窝里翻来覆去，就是不想起，不耐烦地说："不吃了，你们吃吧，我不吃了。"听了这话，妈妈瞬间火大，说："快点儿起！今天早上的饭叫团圆饭，不吃不行！吃完再睡！"他被逼无奈，只能睡眼惺忪地起来，坐在餐桌前，水饺已经摆好，他有气无力地拿起筷子，刚准备吃，妈妈的唠叨就来了，"你六年没回家过年，每年我们都会把你的水饺盛出来，放在你吃饭的这个位置，再放一双筷子，就当你在家吃了。"妈妈看着他说。

"今年你好不容易能回来，咱好好吃一顿团圆饭。"

他听到这，鼻子酸酸的，筷子停在那儿有点儿不知所措。

他终于理解为什么妈妈一早发火了。

六年没在家过年，不知亏欠家人多少的陪伴。他每年过年都在出警，来不及伤感，也来不及想家，而他爸妈过年的时候，比平时又添了一份担心。

大年初二，一个电话又把他拉回了单位，走的时候，桥头枯柳树下，三个身影看着他离去慢慢地融入远方，直至变成一个斑点儿，再消失在视线里。他们就那么望着，也不知在那里站了多久才回去。

宁愿被炸死,也不放下水枪

战友情、兄弟情、父母情,他都体会了,还有一种就是爱情。

消防队站岗,有一个女孩总会来找他聊天,每次聊天都会聊到凌晨一两点钟。

一星期之后,他们正式交往了。什么是喜欢?见到她就会笑出来,就是喜欢。

他拿出手机里的照片给我看。

"你看,这是她养的猫,这是我养的狗。这是她献血的照片,这是我献血的照片。"

"你再看这一张,她长这个样子。"一个萌萌的女孩,娃娃脸,长得很可爱。

2018年,山东某化工厂爆炸,引发了大火。

三个消防中队,一百多号人迅速赶往现场,进行救援。

每一秒的延误,都可能带来更加严重的后果。

往前一米就是熊熊烈火,眼见很多管道连接着大罐子。如果罐子爆炸,毫不夸张地说,方圆三千米会夷为平地。

他穿着厚厚的战斗服,严密的防护面罩,在高温的炙烤下,他全神贯注地灭火,水枪支线不知道被哪个实习生连接在了水炮上。

"砰"的一声,队长在对讲机里大喊:"撤退!全部撤退!"

所有人呼啦一下往外跑。和以往的救火不一样,别人都跑了,他却跑不了。

"我关不了水枪!我关不了水枪!"他扯着嗓子大喊着,嘈杂和混乱的现场没有人听到。因为他的水枪连着水炮，关不了。它的压力很大，硬关会爆掉或者打上来，曾经一个水枪砸死过三个戴安全帽的人，所以他只能跪在地上，摁着水枪，等待支援。渐渐地，他双眼红肿，视线变得模糊。

"如果突然爆炸，我宁愿被炸死，也不会把水枪放下。爆炸我不一定会死，但如果跑百分之百会死。"一片混乱的现场，一个二十岁的小伙子，跪在地上，眼前是张牙舞爪的熊熊烈火，他显得是那么渺小，那么孤立无助。三五分钟之后，来了三个队员，把他给替换下来。从一个阵地下来，又去往另一个阵地，体力不支的他感觉到了危险。

"爸妈，我回不去了，我要变成英雄了，不用想我了。"他第一个掏出手机录下了这句遗言。"媳妇，好好照看孩子，真爆炸了，你要记得改嫁，"他内心感到了绝望，"老婆，我爱你！"其他的两个队员也都笑眯眯、很轻松、开玩笑似的说了自己的遗言。

"为什么是笑眯眯地说。其实，我们内心都很害怕，只是想避开那种气氛！当你身处其中的时候，你才能体会到，临终时的内心是个什么状态。"

这段视频就这么被保留了下来，再次看的时候，他完全听不清自己说的是什么，只能感受到那份心跳。他说："如果不幸真的降临，我觉得自己的这一辈子也值了，毕竟曾经救了那么多人，可能没人知道我是谁，但无所谓了。哈哈……"

2021年夏天，河南暴发了罕见的洪水，网络报道铺天盖地，牵动所有人的心。张明和几个小伙伴三言两语，便达成了一致：送物资。有人联系车，有人查询路线，有人联系超市。他把工作十年来全部的存款六万元全部捐了出来。十五米长的大货车，塞满了水和面，路过的外卖小哥得知他们是送往河南后，主动帮忙。

"我们帮不上什么忙，就出点儿力气，也算我们捐了。"

晚上七点，天还有些光亮，他们驶向北京五环，因为车身拉上了赈灾物资的横幅，等红绿灯的时候，并排公交车上的人打开窗户，向他们竖起了大拇指，并大喊："河南，加油！"

深夜的高速路上，一辆又一辆挂着支援河南横幅的车飞驰着，路上遇到的司机时不时对着他们按着"嘀嘀"的喇叭，他们也回复着"嘀嘀"，那种来自陌生人的"招呼"让人心里暖暖的。

第二天早上九点钟，他们到达了目的地河南新乡，看着成片的房屋在水里浸泡，心里很不是滋味。

装卸完物资后，他又主动留下来支援河南！有时，我们会觉得"伟大"距离我们很遥远。殊不知，做好自己就是一项伟大的事业。每个人的好加在一起就是奇迹。

一个伟大的人，不一定是一个完美的人，也会有七情六欲的折磨和烦恼。

恋爱后的半年，他变得越来越有些神经质，两个人总是争吵。

有一晚，女孩给他发消息："我不想活了，我要离开这个世界！"

然后，他再怎么打电话，女孩也不接。他半夜打车一小时，跑到她家，咣咣砸门，最后，走到卧室一看，她睡着了。真是让人哭笑不得。

"现在我还喜欢她。我也感觉她特别喜欢我。我觉得我们是真爱!我每个月给她一千元钱,这是我觉得对她亏欠弥补的方式。后来,我意识到我们做的很多事情只是感动了自己,对方并没有感受到。最关键的是我的工作不能给她安全感!"

感情中,他还是一个笨小孩,还在交着学费上着一堂堂课……

事业上,他是一个逆行者,总在帮别人往外跑,自己却往里冲。

青春立下报国志,从此战场是故乡。

"全国的消防员肯定有比我牛的,但肯定没有我这么经历丰富的。你只比别人优秀一点儿,所有人都会往下拽你。如果你比别人优秀很多,所有人都会捧着你!"

一次偶然的机会,他看到中国农业电影电视中心招聘,在简历中,他写下了这么一句话:一切待遇从简,特别能加班,特别能加班,特别能加班!

然后,现在他是我的同事……

职业不分贵贱,我们都在不同的岗位上扮演着铆钉的角色。有些很光鲜亮丽,有些是脏了吧唧,还有些是签了保密协议。

不管什么职业,我们都是这个世界的一颗"星",都在发光发热。

那些人的爱情

所谓爱情，其实每个人的理解都不一样：相濡以沫、两小无猜、举案齐眉……关于爱情的故事都不是千篇一律的，但最深和最重的爱，一定是和时日一起成长。我们无法定义哪一种爱情最为心动，但心动不是答案，心定才是。

——李光凯

我是一名背包客。2014 年 9 月开始旅行，走过了六十五个国家，去过十五次日本，二十次韩国。十天中九天住民宿、青年旅社，又或是当地人家里，一天住酒店用来洗衣服。旅途很奇妙，身在异国他乡有些人从陌生人变女友再变前任，有些人从驴友变知己再变合作伙伴。每一场旅行都是一次未知的修行，还好，我找到了属于自己的幸福：我的故事成了很多人的眼界。

——常小矿

我和常小矿是 2015 年 12 月 28 日认识的。

2018 年 5 月 31 日，我给他发微信："什么时候让我采访你啊？"

他回答："给我半年时间准备下。"

那个时候，我的第一本书还没有发布。

2018年10月29日,我给他发微信:"什么时候约采访?"

他回了一个字:"啊!"

2019年10月29日,我给他发微信:"我可以采访你了吗?"

他回答:"不可以,等我结婚。"

我问:"为什么?"

"有个美好的结尾不好吗?旅途的终点是爱情。"他说。

我也没想到,时隔一年,我会在同一天问他同样的问题。

2019年10月31日,我们约好做一个"十分钟快问快答",结果一聊就聊到阳台窗户上有了我的影子。我看了看,笑了笑。

他在菲律宾马尼拉买的海边小公寓租出去了。

炸鸡店也已经在柬埔寨开张了,店面有两层,楼上楼下各四十平方米。

今年,他突然跟我说:想结婚了,找一个人一起旅行,老了一起回忆。然后,等蜜月旅行结束后,一起再开个咖啡花艺店。

他不曾有什么远大的抱负,想着过好自己的小日子就好。

我把他的故事分享给我的两个好朋友。

一个说:"这样的人活得蛮精彩的,我挺想要这样的生活,不像我,在北京这样的城市,感觉被困住了一样。"

一个说:"要是我有这么多时间,我是不会去闲逛的,多赚点儿钱比什么不好。"他轻叹一口气,又说,"其实,钱什么都不是,是我们不知道自己要什么生活。"

他生于1988年,处女座,和我是同龄人,过得却比我潇洒。

一米八的个头,偏瘦,给人一种营养不良的感觉,眼睛虽小目光却炯炯有神,看起来很有精神。

大学毕业后,他做过物流公司文员、码头安全员,还在国有企业当过科员。这三份工作,总感觉与他的世界观有些格格不入,所以他选择契机请假旅行。

第一次真正意义的独自旅行,是在一个初秋,他去了德国、波兰、拉脱维亚、爱沙尼亚、法国,一走就是二十六天。我听了觉得太不可思议了!

从那时起,他有了买香水的喜好。高田贤三风之恋,是他买的第一款香水。

"风之恋自由奔放,就像拂面而过的清风般无拘无束。"

第一次旅行最大的快乐,就是什么也不懂,且行且体验。

第一次旅行结束,他觉得自己的人生打开了另一扇大门,这个世界很有意思。

第二次是去越南,旅途不尽美好,在胡志明市,他被飞车党抢了手机。

回国后,他就辞职了。

"世界那么大,我想去看看。趁着年轻去旅行,让时间走慢点儿。"

他选择了旅行这种不同的方式去成长,他觉得未来有很多种可能。

一个平时烟酒茶不沾的宅男,要独自去面对一片陌生的世界,会有哪些不可能呢?

韩国男人

在法兰克福的青年旅舍六人间里,睡在他上铺的是长着一对小眼睛的健壮韩国人金烊俊,腼腆的宅男总是期待对方先打招呼,所以,的确是烊俊先说了声"嗨"。金烊俊看到他觉得很有眼缘,如遇故人,于是,带他一起喝咖啡,聊人生。

在法兰克福的欧洲中央银行总部前,金烊俊说他想成为"rich man"。

第二天临别时,这位韩国大哥给他留了一个小纸条:"天鹅堡如此梦幻,沿着'浪漫之路'一路向南。时光一去不复返,你要好好珍惜年轻时光。如果你去韩国,记得来找我。"

2015年，他去了韩国，但并不是奔着金烊俊去的，仅仅是因为旅行。

第一次在韩国的旅行中，他认识了一个人，名字叫：金永祉。相识的过程蛮有趣的。因为转机机票便宜，他选择在济州岛停留，住在东门市场边的"yellow guest house"，四人间，他在屋里，刚起身准备出门，两个韩国人便推门而入，三双眼睛视线交叉，其中一个韩国人问："你是中国人吗？"

他说："是。"

"我以前在中国的上海工作过。"

他听后客气地点点头表示回应。

"我朋友金永祉钓了一条大鱼，他想邀请你一起消夜，尝尝韩国刺身吧！"

那条鱼的名字叫真鲷，为名贵食用鱼。除供食用外，肉及鳔可作药用。而在日本，鲷鱼还代表高贵、优雅和祥和，是日本节庆不可或缺的鱼种。

眼前这位身穿白色卫衣、牛仔裤、小白鞋的，留着蘑菇头，脖子上挂着无线蓝牙耳机，笑起来一排亮白牙齿的就是金永祉。很高大，很韩系，很友善，很温柔。

"你觉得他和你谁好看？"我打断他。

"我觉得他没有我好看。他不是想象中典型欧巴的形象，而是一个可爱大哥哥的形象。"临走的时候，金永祉也是那样的话："你如果去首尔的话，可以顺便来仁川找我。"

韩国人是真的很热情，他听了也是真的很走心，记住了他们说的每句话,所以,才有了第二次的相见。这一次,他的感受很不一样。首尔之行后,他去了仁川,金永祉为了款待他,带他去吃韩式烤肉。

"我点了猪颈和五花肉,有免费的毛肚刺身你试试。嗯,再点一份韩牛刺身,一定要试试韩国牛。"韩国人离不开的两样东西,就是烧酒和咖啡,而吃饭时烧酒是必备的,他们用小杯子喝,一口喝完,再倒下一小杯,而后辈同前辈饮酒时,要略朝左侧身饮酒,此外,他们还有互相斟酒的习惯。旅行至此,他曾经唯中餐主义的信念动摇了,现在,他立志要吃遍全球的美食。

看着对面的韩国人,壮壮的,眼睛小小的,戴着一顶棒球帽,不停地给他夹菜,他发现,原来朋友是不分国界、种族、年龄、语言的,所有的朋友都是一样的,知心即可。

一顿烤肉吃得很痛快,烧酒点燃并加速了两人之间的友情。

临走买单,他主动想把自己的那部分结清,可金永祉的一个动作吓到他了,他迅速把那个小票塞进了嘴里,吞下去了。前后不超三秒,然后笑嘻嘻地看着他。

"他为什么要吃收据?"我感觉有点儿不可思议。

"他就想请客,觉得我是客人。"听完后,我独自在电话的这头发愣。

周末的青年旅馆很贵。金永祉不想他浪费钱,就电话给自己妹妹,让妹妹住到闺蜜家去,自己今晚要和这位来自中国的新朋友在妹妹的公寓借住一晚。

临时的决定常有不妥,比如那晚洗完澡,金永祉发现没带换洗的裤子。于是，他穿上了妹妹的圣诞节红裤子，滑稽、搞笑又有趣。

"你也知道喝醉酒的人可能会乱跳舞的，金永祉就是那样，不穿上衣，只穿着圣诞裤，跳了一个小时。韩国人唱到高兴处，会到处亲人。"

第二天，金永祉送他去车站，带他吃了早餐：韩式醒酒汤。之后，他拿了票，上了大巴。因为提前了五分钟上车，金永祉就伫立在车边，一直呆萌地看着车窗里的常小矿，直到大巴驶出车站，从视线中消失，方才离开。

金永祉，在他眼中，是个憨憨的好人。

而他，对这个世界，更加充满了好奇。

离别，是为了下次更好地相见。当然，也可能不再见。

整个 2016 年，他们没有相见，因为常小矿在南亚、西亚和欧洲旅行，而金永祉身在韩国，他几乎每个月都会发信息，问朋友你到哪了？什么时候再来韩国？

2017 年春，他们第三次见面，金永祉还是老样子，脖子上戴着无线蓝牙运动耳机，笑起来露出一排亮白的牙齿。不过，现在的金永祉不像以前那样和父母生活在一起，他已经租了房，和女朋友住在一所旧公寓里，所以，这次他便受到金永祉的邀请，去他的公寓里住。

"他的女朋友没有意见吗？"我问。

"没有。只听见他在电话里对女朋友说：'今天我有一个朋友回来住，我们感情很好。你先回自己家。'我还和他女朋友视频，她长得很漂亮。永祉说主要是化妆，我反问那你还那么爱她？永祉回答，爱的是气味和温度。在韩国，女人不化妆那就是珍稀动物。"

金永祉的公寓大概二十平方米，布局简单，养着一条可爱的小狗，很温馨。

常小矿说："金永祉告诉我，在 2018 年的时候，他和女朋友已经谈了七年的恋爱。他们不打算结婚，也不准备生孩子。他们觉得自己可能达不到中产水平。既然两个人都不打算要小孩，那么婚姻就只是合同，只要相爱就可以这样同居一辈子。婚姻是义务，没有买房生子烦恼的爱情就没有保质期。那只可爱的小狗就是他们的孩子，他们一家三口快快乐乐过好他们的小日子。"

我默不作声，没有发表任何观点，他继续说。

"我们遇见的时候金永祉是二十九岁，他二十三岁时在仁川机场工作，一次同事聚会，他在醉酒的状态下，拥抱强吻了一位女同事。于是，第二天两个人就开始谈恋爱。在恋爱中成长的男人永远像个孩子，尤其是在他妈妈面前。在仁川的第一晚，我们两个都喝多了，第二天早晨听到门铃响，永祉迷迷糊糊打开门，原来是他妈妈送来他最爱吃的草莓，他难为情地在妈妈面前抓头，像极了一个只有六岁智商的孩子。他妈只要看到有卖草莓的，都会买给他。因为他妈妈知道儿子有一个和别人很不同的地方，最喜欢的下酒菜就是草莓。永祉还说：'我妈让我多吃草莓少喝酒'。"

在永祉家的午餐，金永祉说要给他展示最美味的小菜。把泡菜专用冰箱里的辣白菜、辣萝卜、辣蒜苗、海苔、小香肠拿出来堆在他的面前，一副这就是我所有家产的姿态。此外，还贴心地给他点了外卖，有炸酱面和鱼香肉丝，在金永祉看来，这是中国人最爱吃的，可是，金永祉不知道，这次是常小矿第一次吃炸酱面，看来金永祉对中国人的饮食有些误解。

韩国人的周末晚上怎么过？第一餐烤肉，第二餐生鱼片，第三餐在 KTV，第四餐去酒吧。酒吧回来的路上金永祉指着仁川一处新开发区路边的房子说："就这房子还要三亿韩元一套，我一个月薪水三百万韩元。"说话的语气酸酸的、怪怪的。

我们算一笔账，如果他一个月三百万韩元全部存起来，需要不到九年时间才能攒够那套房。这和中国国内相比，我们也都心知肚明。

"那他平时省一省呢，少喝点儿少吃点儿？"我问。

"他觉得工作这么辛苦，压力这么大，如果再没有咖啡和酒精，人生就没有意义。"

在韩国，有一些年轻人，不愿意以牺牲生活的品质为代价去追求那些房子、车子。活在当下，享受人生是他们中很多人的信条。所以，韩国年轻人都用信用卡，满足当下的快感。

你会为了买房降低自己的生活品质吗？这个问题很现实，我随机问了我的几个朋友，他们的回答是：

"应该不会。"

"不会。"

"房子不会，车还是得需要一辆，出行方便。"

还有一个朋友回答：“没到那个程度，没有资格想这件事。”

我在问自己，我会做什么选择？当我一个人的时候，我会偏向选择追求生活的品质。当我要组建家庭的时候，我的另一半能否接受租房

呢?储蓄的稳定能让人生活得安心,而修养的高低让我们对不同的物质会有不同认知。

"他是什么学历?"脱口而出的我觉得是不是因为学历低导致的待遇低。

"仁川大学毕业,但是在韩国很多名牌大学生毕业后都在卖炸鸡。他从一个建筑工地开推土机的升为一个小监理,自认为是属于韩国的中下层，却活得很热情和真实。韩国经济研究院的一项民调表示，有70.9%的受访者对2019年韩国经济前景持悲观态度，持乐观态度的受访者仅占11.4%。"

晚上睡觉，那只狗被金永祉当作女儿，睡在他们中间。

金永祉睡觉打鼾，所以他不得不戴着耳塞入睡。

这个画面感觉好有爱。

安静了，都睡吧。

第四次见面是在2018年夏天，金永祉租车带他去济州岛自驾，环岛打卡。

"很多时候稍微复杂的沟通我们都需要借助字典，但是似乎心有灵犀，很多事讲几个单词也能相互理解。"

"他为什么对你好？"我问。

"他可能没有外国朋友。对外面的世界又很好奇，你从远方来就是我们的朋友。我会给他讲中国的文化，会讲我遇到的人和事。他喜欢看《三国演义》和《水浒传》，也许把我当张飞了呢？"

"他为什么对你这么好？"

"他觉得我是外国人，不存在辈分。第一次青年旅社见面是在一个房间，他看我很亲切，我看他很亲切，我们就是朋友了呗。"

"那为什么会这么好呢？"

"你选择什么样的生活，就会有什么样的机缘，也许就是特别的缘分。从那之后，我还认识了很多韩国人，他们很多人不想结婚。我之前的女朋友也不想要小孩，但我的人生理想之一就是和一个孩子共同成长。我应该会结婚,生一个可爱的孩子。"

我反复琢磨那句"你选择什么样的生活,就会有什么样的机缘"。

生活是什么?内心的一种折射。机缘是什么?渴望的一种折射。

那个笑起来眼睛眯成一条缝,走到哪儿都戴着一个无线蓝牙耳机的哥们儿成了他最好的朋友之一。腼腆、憨厚、老实、实在是他新给予的评价。

突然有一天半夜,常小矿给我发来了一张金永祉的照片。

我看完之后回复的第一个词是:阳光。

之后,他又发来第二张,我回复:真的是越来越像个领导了,胖了很多。

从阳光 boy(男孩)变成油腻大叔,仅用了四年的时间。

后来,得知金永祉的"女儿"在某一天的早上跑丢了。

而他们十三年的恋爱也终究没逃过寸时间的考验,以分手告终。

但是,金永祉每次和他讲话前的语气,都还是一样的。

很多的东西都变了,很多东西也都没变。

一年至少要说三十次"I miss you"

2016 年春天,他去了伊朗,遇到了很多金永祉这样的朋友。

德黑兰的巴士站,他买了一张票,准备去伊朗的另一座城市伊斯法罕。

一个穿着黑灰破旧外套、格子衬衫,满脸胡子,留着短发的伊朗大叔径直走到他面前,不讲话,瞪着眼睛,吓了他一跳。

"应该再弄个仪仗队,列队给你奏乐。哈哈……"

"我可担待不起,他们是真的很热情。"

他和赛义德打完招呼,几个人就一同来到了萨迪克家,见到了萨迪克裹着头巾的太太和子女。他的家里没有什么家具,但有很多漂亮的地毯,那是他们家里最好的东西。

之后,他们一起吃饭,一起住,像家人一样。

赛义德品红茶的方式和别人不一样,大多数人是把方糖放在红茶里喝,他却是先把方糖含在嘴里,然后喝红茶,他说:"我喜欢先甜后苦。"

打开电视,有很多的频道。"这是中国的吗?"萨迪克问。

"这不是,这是韩剧。"萨迪克分不清韩国人和中国人,感觉长得都一样。

吃饭时,萨迪克问:"你想吃烤鸡还是烤羊?"其实,他们每天吃的都一样,就只有这两种菜,但每次问的时候,都特别能感受到仪式感。

他又尝试煮番茄蛋汤,同甘多曼的村民分享,"开始大家很有期待,但是事实证明他们喜欢加奶的浓浓的番茄蛋汤,或者说是类似我们的羹一样的奶味烹饪。"

就这样,他在那里住了三天。

白天参观一些老房子,爬雪山,骑摩托车兜风,喝红茶,听老故事,很有趣。

赛义德是村里的英语老师,临走时,他送给常小矿一本英文书,并在首页写下了一句话:

In the name of god,I wish you have a happy life.

    Saeed.Eskandari　1394 年 12 月 5 日（波斯历）

这话翻译过来，就是以神之名，我祝福你拥有幸福的生活。

离别之际就是想念之始。

在语言水平极其有限的情况下，他们用非常简单的词语表达着丰富的情感。

至今和他保持联系的萨迪克，一年至少要和他说三十次"I miss you"，萨迪克不会用别的话语表达，就这么简单的一句就能囊括所有的人情冷暖。

常小矿在自己的日记里写道：

  三十岁的旅行，第十六站是伊朗。我一开始觉得这个小胡子男人蛮坏的，突然走到我面前把手机竖起来，问我能和他说话吗。我很奇怪，他们为什么会这么热情，还邀请我去他们家里做客。那个村庄可能只有千百人，他们非说是个小城市，原因是有几家作坊。

  之后，是午餐时间，我们的午餐有大馕和藏红花饭，餐后的饮料是红茶，加入方糖，生活蛮有情调的。再介绍下一同吃饭的萨迪克的家人，萨迪克有个女儿，名叫哈迪斯，她后来陪我去爬过雪山，是个冰雪聪明的小姑娘，在还是小女孩的时候，她在家是可以不戴头巾同我相处的。所以，我是少有看过然后用手机给他看一段文字："你好,你是哪里人?我们可以说话吗?"

很直接的开场白,他大喘一口气:"可以啊。"然后和大叔的对话就开始了。

"我叫萨迪克,准备坐车去甘多曼。"

"你好,我来自中国,准备去伊斯法罕。"

"我知道中国,我的锁具就是中国货,我每个月都来德黑兰进货。"

波斯文和中文在手机上的互相翻译,构成了他们这次简短的聊天。

"我要去伊斯法罕了,要走了不能和你聊了。"

"我可以留一个你的联系方式吗?如果有机会,很希望你能来我家做客。"

就这样,他把在伊朗的临时电话留给了这位大叔。

在他临走时,大叔给了他一颗糖,一副很好吃的表情。

这颗糖,应该不是哄小孩,而是一种示好。

这段小插曲很快就被城市的五颜六色所冲淡。

这座伊朗的第一大古都,有中东佛罗伦萨之称,游人如织,好不热闹。伊玛目广场、三十三孔桥、聚礼清真寺、阿里卡普宫,都是必须打卡之地。

相机和眼睛不停地"咔嚓",有一种"狼吞虎咽"的感觉。

他翻看地图,发现之前碰到的萨迪克说的小镇甘多曼旁边有一座雪山。

作为背包客发烧友,肯定是希望去一些没有人去过的地方作为特殊纪念。可是距离这个偏僻的地方还有五六十千米,估计很多本地人也不知道在哪儿。

就在他思考、犹豫到底去不去的时候,电话响了。

一口蹩脚的英文出现在了电话里,是萨迪克的叔叔赛义德打来的,问他在哪儿?想邀请他过去玩。这通电话促使他做了一个决定。

"我想去看看,但是我不知道怎么走。"

"我的侄子萨迪克可以来接你,你在大巴站等他。"

半响,一辆好老的标志车出现了,换了件皮夹克衣服的萨迪克从副驾下来,司机是同村的阿里贾马里。

"你好!"

"嗨,我带了英语字典来跟你聊天。"萨迪克说话还是瞪着眼睛。

一辆已经开了三十五年的古董车,载着他和萨迪克。一路上,萨迪克翻着厚厚的英文字典和他聊天。

沿途是荒漠和雪山,车开了足足有一个半小时,感觉好远。

到了村上以后,他们先到萨迪克的叔叔赛义德的家,赛义德是一个信仰伊斯兰教什叶派的信徒,也就是那个给他用蹩脚英文打电话的人。为了迎接他,赛义德让太太和女儿准备了很多的水果,还有番茄炖牛肉,他说:"这个小山村,只有一个日本人和一个德国人来过,你是第三个外国人。真的很欢迎你能来。"说得非常诚恳,还喊来十几个村里的人给他拍照。

"那个场面感觉很有仪式感啊!"

"感觉是在接见外国领导人,让我有点儿受宠若惊。"

"施施说她和男朋友是从高中开始谈的恋爱,谈了十几年了,没想到这次生病,他把她送进医院去化疗,还没等她出院,那个男生就和别的女生订婚了。她感觉自己被出卖、被背叛,当初说好的不离不弃,立下的海誓山盟就像个屁一样。回到家以后,她接受不了现实,沉闷抑郁。"

他问施施现在最放不下谁,施施说是她爸爸。

"我把自己关在房间的那些日子,爸爸一个大男人居然好多次流泪了。"

"施施没有去找那个男生吗?"我问。

"没有。我也劝施施去挽回下,施施说她是公主,公主不能回去找他。"

他们一起吃东西,一起拍照。七天的结伴旅行马上就接近尾声了。

临别的时候,他和施施有一段对话。

"你知道吗?在长途旅行中,很容易遇到爱情的?"

"但愿如此吧。"

"你要保重,好好活着!"

"好的。"

而后,施施去了伊朗,住在了他女朋友阿兰家里,和阿兰成了好朋友。

而他依次去了缅甸、泰国、马来西亚。

一个深夜,他收到一条消息,是阿兰发的:我想见你,我妈也想见你!

于是,第二天,阿兰和她妈妈飞到了马来西亚吉隆坡,再次见到阿兰时,是在吉隆坡机场,她摘下了头巾,露出了一周前染的棕色头发,问:"有没有法国女人的感觉?"她的妈妈还是裹着头巾,那毕竟是传统家庭的道德。

三个人在一起玩了一个星期,他们去了吉隆坡、槟城、兰卡威。两人互相吸引,在兰卡威一起游泳、沙滩晒太阳、喝啤酒,他们做着情侣该做的事情,说着情侣该说的话,浪漫甜蜜,甚至有些齁甜。阿兰背着她的小鹰六十八升背包,说要陪他一起走天涯。他们一起看日出、日落。阿兰甚至不顾生理期的束缚,踩着水舞蹈,宛如蝴蝶翩翩起舞。他们一起荡秋千,一上一下,放肆地欢笑,好像是在做梦。

这梦,会醒吗?

他也提醒自己:"别因寂寞爱错人,这叫西方式的爱情吗?"

"你确定那是爱情吗?"我问。

"那是爱情。因为她肆无忌惮,我也不考虑后果。"

我沉吟片刻,他接着说:"可是,你知道吗?在马来西亚的前五天一切顺其自然,很美好。在餐厅吃饭,她妈妈问我:'你们要不要结婚?'我突然傻掉了,我没有回答,感觉电影要结束了。我真的要和她在一起吗?真的要步入婚姻的殿堂吗?后来的两天,我开始想这个问题,我发现我们并不适合在一起。我和她更像是学生时代的恋情,不管不顾、肆无忌惮,什么都没有考虑。我们是顺其自然的爱情,对吗?我觉得是。我喜欢跟她在一起,喜欢彼此对视的感觉,这就是爱情。可是,我们不能长久地在一起,谈恋爱很好,谈到婚姻的时候,就会遇到很多现实的阻碍。而且，她才十八岁，我二十八岁。"他回忆的语气中还有丝丝的纠结。

我可能有些出神。

"你在听吗？"他问。

"我在听。"

"她们走的前一晚，她抱着我痛哭，说我觉得你会离开我。我就是个孩子，你就不能谦让着我，照顾我吗？她觉得是年龄差带来的未来的不确定性。我斩钉截铁地说：'我们没有分手，只是暂时地分开。'但我内心里已经不那么想了。"

第二天，阿兰和她妈妈回了伊朗。

在飞行中，常小矿给阿兰发了消息说分手，并删除了她所有的联系方式。

她还没来得及回复，就已经被常小矿"抛弃"了。

"你给她发的消息是？"

"内容大意是我们遇到是缘分，但是走多远不仅仅要靠缘分。我们有着不同的文化背景，也有不同的信仰。我们在一起很快乐，但我的未来充满太多的不确定性，彼此生活在各自的地方应该是最好的选择。"

"你觉得这么做，对吗？"

"我那段时间也在想，我忘恩负义吗？我跟施施说的那个渣男有区别吗？但是，怎么办呢？我觉得她还是个孩子，我们只是青春期懵懂的恋爱。"

"你不想知道她怎么回复的吗？"

"我自己也不成熟。我也不想知道她的回复。"

一周之后,施施给他发来一张照片:阿兰割腕自杀被送去医院。

收到照片的他脑袋一片空白,不知道怎么表达和回复。

施施骂他眼瞎,这么漂亮的女孩子,怎么就丢了呢。

两个人,一个人在旅途中收获又失去爱情,一个因失去爱情而旅行。然而,故事的结局都是一样的。有些情感注定只是南柯一梦,相见之后,经历过离别的肠断苦楚,然后,安静地归于时间的深处。

2018年,阿兰来中国读书,误把他的家乡"镇江"当作"浙江",于是,在浙江选了一个学校就读,一个人坐着火车来镇江看他。两年不见,她像个大人了。

长大的人,不像曾经那么直白了,有些话不说出口,就已心领神会。

白天,他带阿兰去喝咖啡,还带她体验了人生中的第一次KTV唱歌。

晚上,他安排阿兰睡在书房,半夜,她却偷偷地溜到了他的卧室,睡在他的旁边,各睡各的。

再次临别的那晚,他们彼此最后的对话是:

"我要去参加朋友的婚礼。"

中间停顿了几秒,阿兰说:"那,我去扬州吧。"

后来,他们就没有了后来……

2018年,常小矿在韩国认识了现在的女朋友乔琳,台中人,未来的老婆。

他们准备在 2020 年结婚，生个小孩，过好自己的小日子！

这两个人，在海外见过三次，乔琳来大陆四次，他去台中一次。总共见过八次面。见面的时间加起来不超过两个月。2020 年 1 月，小矿突然想结婚了，于是两个人约好 1 月 23 日在厦门见面，三四月份结婚。可是，新冠肺炎疫情的暴发打乱了他们的规划。一直到 7 月，小矿不想等了，就给乔琳打电话："要么跟我结婚，要么拜拜！"

"你这是怎么想的？"我问。

"我当时豁出去了。我也没想过她会不会拒绝，如果拒绝了就再说。"

2020 年 9 月 26 日，乔琳拎着一个行李箱就来到了大陆，在上海隔离十四天。

隔离结束的第二天，他们就在镇江领证了。

没有婚礼，没有蜜月，甚至一开始没有得到父母的允许。

"她是 1993 年，我是 1988 年。出去旅行得到了什么？我觉得这个结局蛮好的。希望疫情早一点儿结束，等我们稳定了带着宝宝一起参加我们的婚礼。结婚之后，我们才有了磨合期，现在磨合得蛮好的，结婚之后也是可以谈恋爱的。"

我惊讶于他的选择，也佩服乔琳的勇气。

现在他们住在台中乔琳家的老房子里，弄着花店。还养了一只小狗。

两人一狗，三餐四季的美好世界。

阿兰：

"你为什么要毁灭所有的东西？"

分手两年后，看到你在社交软件给我发的消息，我没有回复你。

为什么没有回复，是因为我的内心还有些愧疚。

我们在伊朗见过两次面，在网络上聊天一个月，然后你带着母亲来马来西亚找我。得知你来找我的消息，我内心很开心又有些害怕，等待都感觉很幸福。

你长得很漂亮，你的神态里有单纯的味道，对我很关心，每天问我吃了什么，也分享你的生活，关注我的想法。我也想迫不及待地想见到你。我内心又有一点儿害怕，我也不晓得为什么。我在想，我们是不是可以创造一个童话？

对不起！我们在马来西亚的最后一天，你抱着我哭着说："感觉我们不能在一起。"我说："不会的，我们只是暂时分开。"对不起，我欺骗了你。我嘴上说着不会，其实我的内心已知道我们不可能在一起。只是，我不太敢去面对，我不敢承受当下，我不敢去注视你的眼睛，你的真挚、你的单纯，我不晓得该怎么做。

对不起！虽然我们没有发生实质性的关系，但我也不是一个负责任的人。责任是面对，我不敢。看到你割腕自杀的照片，我没有一个男人样，甚至一句关心的话都没有。我好怕，我怕我不管说什么，对于你来讲都是伤害。不如，就这样，断得决绝，你才会更快地忘记我。我知道，你后来去土耳其疗伤。我在，默默注视着你……

如果你问我："我们那是爱情吗？"

我可以非常笃定地告诉你：我当时觉得那就是爱情，是那种深深地喜欢、淡淡的爱。我也会想我们将来会怎么样。可是，当你母亲提出谈婚论嫁的时候，我有点儿蒙了，从恋爱到婚姻，我没有想过这么快，我没有准备好，我脑袋里还没有想这么多，我选择了逃避。

我知道，我是你的初恋。

想到这里，让我的愧疚更深了一层。真正愧疚的不是我们的关系最终没有结果，而是在这份感情里面，你还很投入，我却已经一只脚迈了出来。

阿兰，你虽然是我的过去式。但你是我生命中很好的回忆，我是幸运的！你教会了我去面对和承担。无论最后我们生疏成什么样子，当初对你的喜欢都是真的。希望你不后悔认识我，也是真的快乐过。

最后，我想和你分享一首我特别喜欢的歌，王菲的《如愿》，愿你找到一个双向奔赴的人。"你是岁月长河，星火燃烧的天空，我是仰望者就把你唱成歌。你是我之所来，也是我心之所归，世间所有路都将与你相逢，而我将爱你所爱的人间……"

南山南

月亮还是那一轮月亮，停留在遥远的星空中。

他的往事竟如此传奇，现在的他说起少年之事，仿佛未曾身经一样。内心深处的道道伤痕磨出一层厚茧，已淬炼出他坚不可摧的心志。因为懂了他，才懂了他的歌。都说他的声音有故事，其实，他才是那个有故事的人。

——李光凯

"我想唱到六七十岁，想唱到老，想让更多的人知道我，也想赚更多的钱。但市场给不给你机会？我们拿某短视频平台举例，去年再火的歌曲，今年你也听不到了。它们的生命力很短暂，都是按天来计算。我对待生活很认真，对待音乐也很认真。至于这些音乐能带给我什么，我掌控不了！"

——张　磊

我很喜欢一首歌，那首歌的名字叫《虎口脱险》。

"把烟熄灭了吧，对身体会好一点儿，虽然这样很难度过想你的夜……"

这是我会唱的最深情的一首歌。

"说过不会掉下的泪水，现在沸腾着我的双眼……"

朋友聚会唱歌，我只会唱他的版本，他的名字叫张磊。

我从未想过和他有交集，也未曾想过会因为工作成为朋友。

我还记得给他发的第一条消息：虽然第一次见面，但你在我心里已经是老朋友了。

二十一岁，一个叛逆、懵懂的年纪，张磊从东北去了新疆。

我很疑惑，正常的人都会选择北上广闯荡，为什么还会有人选择新疆？

他说他喜欢武侠小说，喜欢金庸、古龙笔下的西域、塞北，特别想去看看。

2002年世界杯结束后，正好有机会去新疆旅行，他就和母亲花八十一个小时坐绿皮火车去往乌鲁木齐。囊中羞涩的他买了两张通票（通票的意思是可以在中途任何一个城市进行换乘）。

他们选择了在北京西站换乘。换票的时候，售票员说后半段只有站票，要站好几天。这可不行，他火急火燎地跑到退票窗口，在距离火车始发只有十五分钟的时候，遇到票贩子退票。他很幸运地从票贩子手里买到了硬座车票，那时硬座和卧铺是连着的，白天他就溜达着去卧铺找地方睡觉，晚上再回到硬座。

那一路可谓是终生难忘，"咣当咣当"的火车声似乎成为他的助眠曲。泡面的味道裹挟着脚臭味充斥着车厢，熏得人头晕。

头发长到肩的他看起来也不是好惹的，所以卧铺车厢的人也是睁一只眼闭一只眼，反正空着也是空着。他就这么占着"便宜"。

火车出了甘肃，窗外就是戈壁滩，他觉得很震撼，就像砂石组成的大海。没过多久，又觉得很绝望，因为天都黑了，火车还没有开出戈壁滩，太荒凉了。人的心情会影响着对视觉美好的判断。戈壁滩虽荒凉，却有种沉默的力量。它像一个粗野的汉子，野蛮中透露着些许不恰当的温柔。

到了新疆，他发现和想象中不一样。

7月的新疆，天空中悬挂着后羿射日留下的一颗大火球，云彩在哪儿呢？是被太阳烧化消失了吗？为什么看不到任何的飞鸟？是怕被太阳灼伤飞翔的翅膀吗？这里的空气是奔跑很久了吗？为什么倚靠在人的身回到家的他像在演出一场哑剧。参演的就他一个人，在那个狭小的平房里，熟练又笨拙地演着一切。煮的面出锅了，吸溜尝了一口，味道有点儿淡，加点儿辣椒油，还是不太好吃，再加点儿辣椒油，还是难吃，也只能凑合着大口使劲儿咽下去。碗筷似乎被面条已经洗干净了。听着他的陈述，我脑中出现了一个画面，他，点着了一根烟，背对着我们，看不到表情，有些沉默。只看见被他猛嘬一口吐出的烟，烟圈在空中缓慢地飘浮……

"为什么不跟你爸妈说呢？"我不解。

"说啥？没钱吗？你自己决定留在那儿，就得靠自己了。而且也没有到那种活不下去的地步，只是艰苦一点儿而已。"

生活已经过成这样了，还不艰苦吗？他到底经历了什么？让他如此看轻苦难。

性格软弱的他又是怎么强颜欢笑成为一个服装销售员的？

我点了一杯冰美式，放在了磊哥面前。

我们彼此沉默了一会儿，我左手托着下巴看着电脑屏幕。

"服装店的工作，底薪四百五十元，卖到一万五千元，就可以拿提成。卖够一万五千元，就可以拿百分之二的提成；卖到两万元，拿百分之三的提成。老板是很精明的，他知道你大概能卖到多少钱，所以所有员工的工资水平都在一千元左右。你年纪小，肯定没有这个概念，2002年你应该还小吧？"

"是的，2002年的时候，我才十四岁。"

此时的他已经在服装店里靠卖服装养活自己了。

在那段没有被父母"管教"的日子里，他应该是"无忧无虑"的吧。他不会有特别想念的人吗？他很少主动给家里人打电话，为什么？工作上的不愉快不需要一个发泄口吗？埋在心底，多么压抑。

"我不需要发泄，接受就行。"面对一连串的追问，他淡淡地说。

接受？接受一切吗？

他特别自豪的一点就是，自从卖服装，每个月都是销售冠军。为什么？他说他的生活压力太大了，他想多赚点儿钱，就要比别人努力。店里的其他同事想卖东西的时候，才会主动迎上去招呼客人，不想卖的时候就坐着聊天。

"我现在想想是生活所迫。当然，你可以不那么努力，不努力你赚的钱就少，你下个月的生活质量就会变差。从那时起，我再没有跟父母要过一分钱！"

"哑剧"一天天在上演着。背井离乡的人从故乡启程，来到新疆这片热土。房间里增添了一些物件，生活的音符有了变调。月亮还是那一轮月亮，停留在遥远的星空中。劳累一天的他枕着月亮就睡着了。房间里的一切在月亮的照拂下凸显出了线条和轮廓。月光在他身上摇摇晃晃，那是风吹动了窗帘。这个寂静的世界因为有了风显得不那么寂静。

半年之后，他选择了辞职。因为有家店的店长离职，需要选新店长。他毛遂自荐，因为店长可以赚更多钱，底薪八百元，提成根据店员的销售业绩来拿。结果老板安排了一个自家亲戚去当店长，他有点儿生气，直接就不干了。

无聊生活中总得给自己找点儿新鲜感。攒了一点儿钱后，他跑到琴上出了这么多汗？这就是他心心念念的新疆吗？

在他的概念里，觉得新疆人应该骑马，跟内蒙古一样，去了之后才发现和其他省会城市差不多。大街上，你可以看到不同民族的人，他认真观察着他们的五官、肤色、穿着、表情、动作。

慢慢地，他的心境发生了变化，不一样的语言、不一样的文字、不一样的宗教信仰，让他对脚下的这片土地充满了好奇。这个好奇感强大到捆绑住了他的双腿，他决定留下来。

一次旅行，就能让这个人果断留下来。

多么不可思议的一个决定，我听起来甚至觉得有些荒唐。

他是在故意逃避什么吗？一个二十一岁的孩子要在第一次来到的陌生地定居？这不合常理。

"六个新疆一个中国，新疆除了没有海，其他的都有，我想要了解新疆。在新疆，生活压力也不大。新疆人能歌善舞，在那儿做音乐，会很开心。"这是他说出来的留在新疆的理由。

新疆有什么？

我知道新疆有魔鬼城、喀纳斯湖、天山、五彩滩、帕米尔高原、罗布泊，这是我能脱口而出的地方。我还记得第一次去阿勒泰福海拍日落、拍星空的感受，我们去的那个喀斯特地貌景区暂未开放，所以在偌大、原始的地貌景区，我们十几个人在疯狂啃食着看到的一切，透过微凉的风，多想站在一个小小的山头呐喊，甚至疯狂地嘶吼！我们似乎是这个世界的配角，配合着这个世界，成为一抹颜色。

"你妈怎么会愿意陪你一起去新疆？"我问。

"这个我应该怎么跟你说呢。我是单亲家庭长大的,我的性格很软弱。我妈后来又组建了一个家庭,那个叔叔当时在新疆帮别人建厂子,工期很短,半个月。就是这么一个契机,我和我妈去新疆转了转。叔叔忙完之后,他们就回牡丹江了,我没回去留在了新疆!"

不对!我猜他应该是在逃避?软弱的他和口中的那位"叔叔"关系好吗?

乌鲁木齐和哈尔滨、北京相比,是一个特别容易被遗忘的地方。那个地方很安静,对于一个二十一岁性格软弱的孩子而言,我甚至觉得有些残忍。在距离家乡两千四百多千米的外地打拼。这不像求学,会有地方住宿,会有同龄人,也能解决吃饭问题。

留在新疆的第一个问题,就是住哪儿?他找了一所自建平房,每个月一百八十元钱,软弱的他不敢讨价还价,交完三个月房租,再买一些锅碗瓢盆后,身上只剩六七十元钱。生活的残酷不会因为你年龄小而手下留情。

"我找了两天的工作,最后决定在一个服装店里卖衣服。因为那是门槛最低,最容易找的工作了。月中找到工作,月末才能发工资。我只能靠身上的六七十元钱支撑那半个月的生活。没钱坐公交,就走路上下班,每天十几千米,鞋底也被我走烂了,到现在脚底上还有那个时候磨的茧。"

生活拮据的他每天中午只吃三元钱的素抓饭。这里有种挂面,五元钱一大把,里面有十小把,他每晚吃一小把。菜店里的青菜五角钱一捆,每次煮面他只舍得放两棵……

行买了一把二手电箱吉他。七百元钱,相当于半个月工资。休息的日子就去新华书店抄谱子,一抄就是一整天,抄完回家练。

"我跟你说的这些都没有修饰过,都是实话,当时很刻苦。"

那时的他,只有六十公斤重,头发及肩,满脸的青春痘。现在听起来感觉是唱摇滚的范儿。他练习的第一个曲子是《流浪歌手的情人》。

"人们传说中的苍凉的远方,你和你的爱情在四季传唱……"

2004年第二代身份证更换。

第一代身份证是聚酯薄膜密封,不像现在的质量这么好。他需要回趟东北,中间在北京落脚。晚上表哥带他出去见识了下三里屯的"夜景"。在三里屯酒吧外面,"那些人唱得太烂了……这都可以登台!"语气中带着鄙夷,他回东北换证,换完立马回了新疆。

"唱成那个样子都能有工作",他觉得他也可以,于是背着吉他就去酒吧找工作。他记得很清楚,那个酒吧的名字叫"芥末坊",就这样,他成了一名酒吧驻唱歌手。一场四十分钟,四十元钱。还可以跑场子,但凡他去应聘,酒吧都要他。于是他干脆把白天的班给辞了,专职在酒吧驻唱,一晚上可以赚一两百元。他以"歌手"这个标签,一直唱到2015年,这年他三十四岁。

十年,就是这样一个节奏。

那个软弱的小男孩,用了十年的时间,成长为一个大人了。

月亮还是那轮月亮,停留在遥远的星空中,照着故乡和远方。

十年间,他只回过一次家。

曾经的远方变成了家,家变成了远方。

2008年,他人生中非常重要的人登台了,就是他的老婆"豆腐姐"。

2011年,他们结婚了。结婚之后他开了一个打火机店,白天看店,晚上酒吧驻唱。

那时有人把他唱歌的视频发到网上。后来,就被《中国好声音第一季》的导演组看到了,喊他去上海试音。试音后给予的评价是,民谣太小众,太温暖。那个时候需要大嗓门,所以第一季就没有给他机会登台。

后面每年《中国好声音》的导演都会去新疆选学员,他似乎成了"接头人",每年陪导演去选学员。到了第四季的时候,豆腐姐问他:"你为啥不问问别人,你能不能去?"他觉得和导演组已经认识三四年了,别人要是觉得你行,早就让你去了。豆腐姐鼓励他:"问一句咋了,你又不会缺点儿啥!"他不想问,豆腐姐就在耳边一遍遍磨他。然后,他就问了选学员的导演:"导演,我可以吗?"

《中国好声音》导演是区域负责制,你是哪个导演的学员,其他导演就不会再"撬"人。第四季的导演就帮他问了第一季那位导演,那位导演的意思是自己没有考虑他。于是,他就被第四季的导演接手了。几天后,他被要求去上海试音。

那时的工作很紧张,他坐早上的航班飞到上海,下午试音,第二天一早又飞回乌鲁木齐。回到乌鲁木齐后,导演组那边一直杳无音信。

"你问问别人行不行。"

"我这咋问,如果行,别人早就告诉我了,没说肯定是没戏!"

"如果不行的话,别人就跟你直接说了,对吧?没说就还有可能!"

豆腐姐就又在他耳边反复唠叨。他心理负担特别重,实在被问烦了,就拿起电话问了一个分管的导演。导演说你别着急,如果行的话,会第一时间通知的。后来,没过两天,就收到去上海比赛的消息。这一切,他说起来感觉挺可笑的。

"这两个关键的地方,都是豆腐姐给力。"

"你说对了!都是她鼓励我去做的。如果不是她让我去问,就没有后来,所以我老婆是我生命中最重要的人。曾经我觉得我的风格不适合这档节目,其实不是的。之前负责我的导演,他觉得不合适,但是别人没有觉得不合适。生活中就是有那么荒诞的剧情!这件事证明了一个道理:做事,你要主动一点儿,甚至脸皮厚一点儿,如果我当时还是那么死要面子,就没有后来的我。我可能还在乌鲁木齐,每天晚上去酒吧唱歌,白天看店。"

张磊在《中国好声音第四季》登台的第一首歌是《南山南》,导演组对此特别有争议。总导演不太愿意让这首歌上台,在台上短短的两三分钟必须让观众记住,大音量是最好的选择,娓娓道来的效果可能没那么"炸"。

"你想让这首歌上台我也没有问题,但是我觉得不合适。如果说没有导师转身,就等于白白浪费了一个机会,你懂我的意思吗?"总导演对选角导演说。

"我觉得这首歌挺好的。"

"你说说看,好在哪儿?"

"你不觉得这首歌的每一句歌词,都可以用来当 QQ 签名吗?"

"这是你们的决定,转与不转,后果你们来承担就好了。"

一番争议后,张磊背着吉他带着这首《南山南》登台了。

录制那一天是下午,一共录了八个人,只有他一个人有导师转身。

豆腐姐在第二现场,激动地哭了!

"穷极一生,做不完一场梦。他不再和谁谈论相逢的孤岛,因为心里早她秀丽长发的男子。萨迪克还有个儿子，名叫穆罕默德，名字比水里的微生物还泛滥，在中东地区，这个名字比中国的李姓还多。

除了萨迪克家，我还拜访了萨迪克的父亲和哥哥，好像他的所有亲戚都生活在甘多曼，萨迪克的父亲依靠来自阿富汗的软性毒品缓解病痛，每天最大的快乐是喝红茶。萨迪克的哥哥刚建好了新房子，很热情地向我展示他新装修的房子。遗憾的是，2019年萨迪克告诉我他的哥哥因病去世了。

平心而论，早一点儿出去玩，去一些小地方，虽然不能打卡，但留下的故事很值得回味！他们对我们好奇，好奇我经历过的人和事，我的故事就是他们的眼界。

阿兰和他的爱情

感动的余温还在，他漫步在世界第二大广场——伊斯法罕皇家广场的街头。

一个五十岁的大叔从他对面走来，停下脚步，直接问他：“你是中国人吗？”

他默认地点了下头。

“我在中国学过少林武术，你是来伊朗旅游的吗？”

他还是点点头。

“你觉得伊朗有趣吗？”

“还挺有趣的。”

“要不要去我家里坐一坐？”

“可以啊。”面对邀请，他已经来者不拒了。

坐着伊朗本地的黑车，他们就到了这位大叔家。晚上，大叔带着他来到当地的汉语班。这次汉语班的探望，也成为他心里的一道疤痕。班里有八九个学生，其中有一个女生，名叫阿兰，十七岁，裹着头巾，看起来很高冷，但他却对这个女孩有一种似曾相识的感觉。

青春就是乍见之欢，一种力量把他们两个吸引在了一起。

汉语班下课后，便是晚间的比萨时间，他们一起在广场散步，一起在赫居古桥看桥洞里的月亮，愉悦的相处，使周遭的气氛也显得那般的温情似水、含情脉脉。

临走前的一晚，他们确定了恋爱关系。

阿兰发了一条朋友圈：“爱情就是，我只要爱，其他的我不在乎！”

一切才刚刚开始。两个人分开后，抑制不住的感情只能在键盘上流淌。常小矿成了阿兰的初恋，而常小矿终于在旅途中有个人可以牵挂与被牵挂。

旅行的步伐没有停止，之后，他来到了印度。

在科钦的海边，他散着步，不经意的一个抬头，视线恰巧碰到了一个女孩，那女孩说：“你也是……”

他点点头，两个人就认识了。

这个女孩叫施施，很不幸，是一个患癌后被男友抛弃的失恋女孩。之后，两个人就结伴旅游，一起参加印度的洒红节，脸上被泼上五颜六色的颜料。

已荒无人烟,他的心里再装不下一个家,做一个只对自己说谎的哑巴……"

他和豆腐姐是 2008 年认识的,恋爱三年后结了婚。结婚的时候住在一个租的房子里。豆腐姐的家人虽然没说什么,但心里肯定是不愿意的,一个外地人,又没有正式工作。收入倒是可以,在那个年代,一个月一万元钱的收入相当可观。豆腐姐不喜欢上班,觉得工作不开心,他就让豆腐姐在家。

"她就是不喜欢工作,而且她一直照顾家里。我们有个打火机店,上午她看店,下午我看店。等到快下班的时候,她就把饭做好了,我吃完饭休息一下就去驻唱。"

"听起来画面很美好,但是女人不工作,又没有孩子,会不会缺乏安全感?"

"你说的这些我还没有想过,一个女人没有赚钱的能力,我觉得可能在北上广这样的大城市是个问题,但是在乌鲁木齐不是一个问题。只要她开心就行,而且她明确表达了不愿意上班,那就不上班。我多想办法赚点儿钱就好了!"

听着这些话让人心生感动,不由得想起周星驰的那句:我养你啊!

可是,他现在来了北京。一个充满诱惑和挑战的城市。

十年的驻唱经历,每个人都会对这种生活节奏产生厌烦感,他也不例外。

2014 年的时候,他有将近半年没有上班。常年熬夜,凌晨一两点下班回到家,基本上到天亮才能睡着。他没有假期,不仅在酒吧唱歌,

还去餐厅唱歌，导致很难和家人一起吃晚饭。尤其是逢年过节，他们家人想在一起吃顿饭的唯一办法，就是去他驻唱的餐厅吃饭。这样他们才能短暂地坐在一张桌子上，吃一个团圆饭。

每天的工作如机械般运转着，他内心的疲惫达到了极致。晚上十一点登台，他十点五十九分进门。唱完四首歌十一点二十分，一分钟后，他已经夺门而出。曾经台上那种被自己打动的感觉越发稀少，他甚至觉得在透支自己的生命！

休息半年后的他重新捡拾起驻唱的工作，劳务费也从最开始的四十元钱，慢慢涨到六十、一百二、一百五，也不用跑那么多场子了。他评价自己的人生没有按部就班，而是野蛮生长，风把他吹到哪里，就在哪里扎根。

我发现他早早地步入社会，身上却没有那种油腻感、浮躁感。对于自己，他觉得很幸福。夫妻之间互相理解，回到家有一口热饭。我发现他的微博和朋友圈发的最多的就是豆腐姐做的饭菜，文案都是"谢谢豆腐姐""辛苦豆腐姐"。

曾经的"哑剧"已经一去不复返。

他的生活因为豆腐姐的加入，变得有了奔头。

月亮还是那一轮月亮，停留在遥远的星空，照着他们的打火机店。

那一句"谢谢豆腐姐"，是相敬如宾，也是一种对婚姻的尊重和珍惜。

从《中国好声音第四季》结束到现在事业的发展，显然没有他想象中好，甚至有些失望。不过，有得就有失，他认为节目本身给他的东西已经够多的了，没有这个节目，就没有后来的他，生活里可能还有更多的奔波。

他很知足，平稳的心态让他能静下来看透事件的本质。

对于这个行业，存在太多的不确定性，他对自己也没有特别高的期许，一定要达到一个怎样的高度。他就想把能唱的歌唱好，假如这首歌能火，就可以享受这首歌带来的红利。如果三年或五年没有什么动静，他也可能就不干这行了。

"我想唱到六七十岁，想唱到老，想让更多的人知道我，也想赚更多的钱。但市场给不给你机会？我们拿某短视频平台举例，去年很火的歌曲，今年你可能一次也听不到了。它们的生命力很短暂，都是按天来计算的。我对待生活很认真，对待音乐也很认真。至于这些音乐能带给我什么，我掌控不了。"

因为新冠肺炎疫情，2020 年他被困在成都一年，没有工作，还要还房贷。通过在某视频平台做直播攒了些钱，就来北京租了房子。他认为，论生活质量成都比北京好一百倍，但是工作氛围实在太慵懒，在北京的工作机会也多，于是他就来了。

在新疆的那些年，或许只是修炼自己的一段日子。

那段日子里，他遇到了生命中最珍贵的人和爱情。

我是一个媒体工作者，对音乐圈的了解少之又少，听他讲完，我有点儿震惊。

我去网上了解了一下现状，有一篇文章写道：近三成音乐人从未获得收入，多数人无力维权，有七成的音乐人必须要从事兼职工作，不兼职没有办法维持生计。

在北京有很多音乐人，真正过得好的人寥寥无几，房租很贵，吃喝拉撒也很贵，日常还要应酬。除非你本身基础很好，家里能补贴，否则靠做这一行赚到钱的人真的是凤毛麟角，大部分人就处于一个温饱状态。

我们后续的聊天，越来越现实，也越来越理性。

在碰撞中讨论着歌手这个行业的现状以及对待人性的态度。

掏心窝子的话，夹杂着些许的情绪，甩在了我的电脑上。

他觉得自己说得有些消沉，然而能看清消沉的人才是那个可以铆足劲儿拼命干的人。

"音乐对于现在的你来讲是什么？"

"音乐现在对我最大的意义是生存、谋生的一个手段。我不想说那种特别冠冕堂皇的话,我觉得就是工作这么简单,有时候越简单的东西越难做好。不过,在录歌的时候,也会被感动或激励,这些都是音乐额外带给我的。"

"也许有一天这个行业不需要你了,你怎么办?"

"这都是有可能的,以前我不想这些,最近来北京之后就想了很多,遇到好多前辈,有些人会给你讲得很明白。他说,现在市场变化太快了,如果真的喜欢,做就行了,但是他们给你另外一个理论,就是你别拿它当个事儿干,比如说你现在喜欢唱歌你就好好唱歌,额外的时间就干点儿别的,充实你的生活。"

"豆腐姐会把你当一个艺人吗?"

"我不是一个艺人,我就是一个歌手,国外分得比较细,什么star(明星)就是star,singer(歌手)就是singer,artist(演员)就是artist,我们都混在一起了。你明明就是以歌手身份出道,录节目了就变成艺人了,然后就变成明星了,最后你写歌就变成艺术家了,一直在叠加身份,好像越丰满越好。不是这样的。我就想当一个好歌手,除了唱歌之外,不希望你们关注我别的方面。这是心里话。"

"现在的粉丝可能会更关注你的事业?"

"我觉得自己歌唱得还行,然后网友就说了,你光歌唱得好不行,你得会写。然后逼着你写歌。写得好坏先不说,反正我也在写。还有人说,你年纪也不大,你可以试试演戏!你为啥不上综艺节目啊?你好严肃,你为什么不能开朗一点儿,搞笑一点儿呢?每个人都会对你有要求,我觉得我们这个职业是一个很平面的东西,但现在大家需要你变得立体,要看到你的侧面后面,我觉得不应该这样。通过唱歌能给我一个好的生活,对我来说就是最好的归宿,如果不能我也没办法。"

"你对未来的规划和期许是怎样的?"

"现在的生活相对轻松,但是我妈和丈母娘年纪大了。这种现在相对轻松的生活,最多还能过十年。十年以后这两个人搞不好都不太灵光了,我还得照顾她们,我们一直不太想要孩子,觉得还是先过好自己的人生。人生很短,我的想法可能很狭隘甚至自私,先把自己能享受到的享受一点儿,可能再过五年我就得去伺候我妈,伺候我丈母娘了。那个时候,我可能会很狼狈。趁着还年轻,还能左右自己的生活,我要做一些自己能做的事情。我最大的愿望,就是能开着房车环中国旅行。"

"签约期满之后呢?"

"等到我约满了做个独立音乐人,就没有人可以左右我了,我是大陆地区第一个在鸟巢拿选秀节目冠军的人!如果有一天大家不愿意听我唱,那就尘归尘、土归土。不唱歌,我还不活了?不可能,车到山前必有路。"

"你觉得自己的缺点是什么?"

"我的酒量很差。我在北京结识了很多行业内能帮助我的朋友,他们对我印象都不错,但是我不喝酒,他们就会跟我疏离。因为你想想,他们都喝得醉醺醺,把心里话都说了,我很清醒地看着他们,他们就难受,对吧?别人觉得你不喝酒,有些话你不说,就是有城府。我只是酒精过敏很严重,啤酒最多能喝一瓶,白酒我可能连一两都喝不了。那咋喝？凉菜没上齐，你就喝醉了。"

我听完陷入了沉思。

他很真诚，很佛系，对自己有很清晰的认知。

"我不知道你接触到其他的艺人歌手，他们跟你聊天的时候会不会像我这种状态，但这是最真实的我。我也祝你工作顺利，也希望你有一天，你不想干现在的工作了，能去做你想做的事儿。"

我，想做的事情是什么？

故事，未完待续……

> 远方的妈妈，
> 你可知道我对你的思念。
> 回想这么多年，
> 一个人在外边，
> 冷暖都放在我心间。
> 爱是一根长长的线，
> 我们各自拿着一边。
> 妈妈，你好吗？
> 不要对我有太多的牵挂。
> 妈妈，你好吗？
> 过去的事情都放下吧！

这是他的原创歌曲《妈妈》中的一段歌词。

听到这首歌的时候，我有很多不解。

磊哥，是不是还有事瞒着我？为什么我从始至终都没有听他提及他的爸爸。

这次，张磊道出了那不为人知的少年之事。

"我和我的生父现在没有任何关系。他是影视剧里的酒鬼，极度自私的那种人。我们二十几年没有来往了。他只爱他自己，喜欢喝酒、赌博、家暴，打我，打我妈！我小时候比较懦弱，不敢反抗。他打我，我就忍着，我也打不过他。他喝醉了看我不顺眼，就收拾一顿，有一次从后背一脚把我给踢晕了。在我十二岁的时候，农历腊月二十八，万家灯火团圆的日子，锅里的饺子刚出锅，他把我和妈妈从家里撵走，毫无情面，非要和我妈离婚，非要把我们从家里撵出去，觉得我们耽误他潇洒！爷爷奶奶不要我这个孙子，我妈就哭着把我送到小舅那里，自己回单位上晚班。那时很多人都要回家过年，她就和别人换班。姥姥是妈妈的噩梦，她也不能回娘家。从此，我们娘俩相依为命，再也没有回过那个家。我虽然挺不理解生父的，但事实就是这样。我对他没有任何态度，世间就不应该有这么一个人！"

十六岁，他就开始了独自一个人生活。

我终于有点儿明白，二十一岁他做的那个选择。

面对母亲重新组建的家庭，他的态度是只要她幸福就行。

此后，他的母亲和叔叔住在厂子里，他自己就一个人生活，自己照顾自己。

月亮还是那轮月亮，停留在遥远的星空中。

那个努力照顾自己的身影，原来从小就习惯了一个人。

周末的时候，母亲会偶尔过来看看他，缺啥买啥。没有其他亲人的照顾，他学会了承受和接纳一切，不需要发泄，接受就行。

后来，叔叔被骗去广州传销组织，他母亲又独自一人生活快十年了……

一个女人的一生，要经历怎样的颠沛流离才配拥有安稳的幸福。

那句"妈妈，你好吗？过去的事情都放下吧"是发自内心的安抚。

后来，他得知生父赌博，把家里的房子赌输了，去养鸡场给人家干活儿，住在临时搭的小房子里。再后来，谁也不知道他怎么样了。

"原生家庭不好，自己有了家庭就要好好维护和经营。今年，我爸应该六十七岁了。我不会主动联系他，如果他联系我，我该给他养老养老！"

战斗机飞行员

　　他没有给我讲什么感人的故事。作为儿子、丈夫、父亲，这些话题他都故意避之少谈，他也没有刻意给我讲从军飞行中的责任担当和生命守护，而是跟我聊起了养生、情感、社会教育、哲学等话题，时不时给我发些他空中飞行时拍的照片。就是这些朴素话题，让我开始自我解剖，也开始了解真正的他。

——李光凯

　　骞哥，很奇怪。

　　第一次见面竟跟我讲朝韩"三八线"的由来。我非常努力地边听边回忆中学历史，可还是跟不上他的思路，但又不想打断他，因为他讲得饶有兴致，所以我只能回到家自己搜索相关信息。

　　他跟我提到了一个朋友，平均每三个月用铅笔默画一次故宫地图，画得很细致，细致到每个房间的窗户。画完之后他还要讲哪个宫殿是皇帝住的、哪些宫殿是妃子住的，从正史到野史，讲得不亦乐乎。

　　我感觉他的朋友都会特异功能，听得我一愣一愣的。

　　他虽然不会画故宫地图，但是能很快画出最爱的十几种型号的飞机驾驶舱。想到驾驶舱里那么多密密麻麻的按键，他能一个不落地全画下来实在可怕至极，而且他还讲到某个电门还可以做更好的、更人性化的处理改进。不知道是不是所有的飞行员都能熟练掌握这项"特异功能",这些是不是必修课?如果不是必修课,那得是多么热爱这份职业,热爱到刻在脑子里,融进血液里。

说到热爱,他还有一个同事不得不提,爱读书如命,在京郊某处有个四百五十平方米的房子,装满了按序列归类的各类藏书两万余册,俨然是一个小型的图书馆。骞哥的妹妹是中国人民大学历史系博士,在写博士论文找资料的时候,他的这位朋友慷慨援助道:"你告诉我想了解哪一年到哪一年的世界历史事件,我告诉你到底发生了什么。"我觉得他这个朋友特别幸运,能找到自己毕生痴迷的一件事情。

"读史使人明智,读诗使人灵秀,数学使人周密,科学使人深刻,伦理学使人庄重,逻辑修辞使人善辩,凡有所学,皆成性格。"骞哥的这些朋友都很独特,物以类聚,人以群分,骞哥的身上肯定也有不同于常人的地方。

第一次和骞哥吃饭,四十分钟的录音内容听得最清楚的是我们碗筷的碰撞声,我多次由衷地发出了感叹:"骞哥,我感觉你比我还潮流。""骞哥,有你在的地方肯定不会冷场,你很会活跃气氛。""骞哥,我发现每次见到你都是元气满满。""骞哥,听你讲完,我吃饭都带劲儿了。""骞哥,你懂得好多……"

吃饭间隙,服务员将打包好的菠萝包往桌子上一扔,骞哥一个眼神递过去,顺嘴就说了一句:"别把菠萝包摔疼了。"听后,我忍俊不禁,夸他有趣。他说:"人要对得起这个平凡的世界,活出不平凡的味道。"

可能由于工作原因,他语速特别快,而且信息量很大。从护肤美食

到社交礼仪,从禅茶文艺再到微生物……他仿佛在各个领域里都有独到的见解。

他喜欢的社交场合不超过四个人,在他的认知里,这样的谈天说地不会有高质量,更不能撒欢尽兴。这让我想起"邓巴数字",即由英国牛津大学人类学家罗宾·邓巴提出:人类智力将允许人类拥有稳定社交网络人数是一百四十八人。再看看我的微信好友人数三千八百六十七个人,该做些动作了。

当然,我最好奇的还是他当飞行员的经历。

"那年招飞的时候,我去省体检中心体检,仅仅隔一条马路,左边是民航招飞处,右边是军航的。当时看到满墙各种型号的战机图片和晒得黝黑的飞行员图片时,我心潮澎湃。尤其是飞行员戴着头盔进机舱时回头那一瞬间坚毅的目光,让我觉得这才是男人该有的样子,所以毫不犹疑就选择了这个职业。"

那一刻,他坚信飞行员这个职业就是他最好的选择,他相信自己能招飞成功,哪怕只录取一个人,那个人也一定是他。

原生家庭对一个孩子的影响有多大?

如果不当飞行员,他现在或许是一名持着教鞭教学的老师。骞哥父亲是教语文的,希望他初中结束读个中专或者师范学院,将来子承父业。而他不想当老师,觉得那不是他想要的人生。自己的命运自己做主,他只想抓住机遇,扼住命运的咽喉。

不听话、不顺从、不配合,是他对待父亲的态度。

命运仿佛早已在他的身上安排好了一切。

招收飞行员他瞒着父母报了名,老师、同学都压根不看好这件事。

谁承想,他竟然成了那个小县城里第一个飞行员。

"我们那里信息闭塞,虽然每年都招飞,但年年都招不上,几十年来我是第一个。"

我准备和他捋一捋空军招飞到底是怎样严格的过程,捋来捋去我也没弄明白,就知道过五关斩六将很不容易。

从航大毕业了,身高一米八的骞哥飞战斗机,头盔总是不经意间触碰到座舱玻璃顶罩。本身他是一块飞轰运直(轰炸机、运输机、直升机三种机种的简称）的好材料，出于综合条件考虑，他最后还是放弃了高空高速的战斗机，选择了更"冷酷"的低空利剑武装直升机。

讲到对他影响最大的家人，他提到了外公。外公虽然已经八十八岁的高龄，每天仍坚持看书，就连晚上停电了，也要点着蜡烛阅读。骞哥认为，要成为一个精英式的人，先天因素会有一定影响，但后天的教育培养更为重要。

从他外公话题转到他的爱人，他给爱人在手机里的备注是"福晋"。

他说喜欢陪"福晋"逛街，这是我从小到大遇到的第一个这么说的男人。

我的反应是虚伪，怎么可能会有男人喜欢陪女人逛街，除非这个男人不正常。

他不仅喜欢陪"福晋"逛街，还鼓励购物，为她的美丽投资。

我的反应是这个人的家底应该很厚实，不阻止爱人购物就不错了，还鼓励。

他作为一个飞行员，还特别关注各种的时尚杂志，了解各种奢侈品的新款。

我的反应是这一对是不是得经常参加各种各样的名媛聚会，比拼一下时尚？

他的微信朋友圈很多内容是仅自己可看和做了标题补充的。比如"男士参加酒会这样穿鞋，分分钟帅出天际""人生最好的投资：选对妻子""审美才是一个人的核心竞争力"……

在听他解释以后，我觉得他的境界很高，是我狭隘了。

他看各种杂志是为了丰富自己。在公司里,他的穿衣打扮永远看起来是最舒服的。当别人问"你是不是很有钱?"的时候,他会微笑着说:"我只是很会穿。"

他评价自己的"福晋"对于美的投资,已经超过百分之八十的女人,剩下的那百分之二十的女人,生来就是被奢侈品包围的。换句话说,生来就是"奢侈品"。

他还跟我举了个例子,口袋里只剩一百元钱,喝完咖啡就没有了,他不怕,他觉得通过喝咖啡接触的人的价值比这一百元钱要值钱。家庭观念很重的他选择先成家后立业。在一穷二白的时候结婚,婚姻给他建立一个小小的港湾,也堵住他可以后退的路,让他不用再漫无目标地去乱撞。

"我和'福晋'是在飞机上认识的,她去济南视察,我去三亚。我们一开始不知道彼此的身份。她是航空公司的管理层,了解我之后,她说改变了对军人的一些刻板印象,觉得我很幽默,素质还可以,英语过了六级,比她强。"

听到英语两个字,让我想起一个有趣的事情:肖东坡老师虽是全国金话筒奖主持人,也曾被安排过相亲。初次和女孩见面,他发现女孩相貌平平、岁数不小,不太主动。事后给红娘打电话:非常谢谢您为我介绍对象,但这个女孩确实没什么个性和特点啊……几天后,肖老师出差飞机晚点,无聊中他给女孩发了一个"哈喽",然后两个人就聊了起来。肖老师现在回忆,当初被打动的有两点:一是女孩学的是财务专业,正好他需要一个理财型贤内助;二是在报班学习英语,他一听甚是欢喜，还是一个上进的人。于是，他们有了第二次见面。这一次女孩精心打扮了一番，上完英语课后来机场接他，一副高贵优雅、温柔贤淑的样子。他很震惊：这是当初刚见面就要放弃的女孩吗？

　　看来，英语对于新时代的年轻人找对象是一个标准，就像骞哥一样。

　　回到正题，现在骞哥他们聊天经常说的一句话是："你落地了吗？"

　　是啊，飞机落地了，人心也就落地了。

　　话题再从爱人移到他七岁的儿子。

　　他称呼儿子为"小爷们儿"，在他们家有一个特殊的文化传统。在"小爷们儿"三岁时，他要带领用餐的人一起说一段类似祈祷的话："感恩天地滋养万物，感恩国家的培养护佑……愿天下无灾难、世间无饥寒。谢谢大家咯！"

　　看着画面中个头还没有餐桌高的孩子用稚嫩的声音带领大家朗读，我有种触电的感觉。我很难想象，"天下""世间"这些词语从一个三岁的孩子口中说出来。骞哥似乎不太愿意聊这些，快速岔开了话题。

　　教育孩子，他有自己的一套理论：身教重于言传。

　　"听话归意识，其他归潜意识，而决定人类命运的不是意识而是潜意识。潜意识在从小到大的成长中已经打下了烙印。你继承了家中的财富，社会资源向你纷纷抛来橄榄枝；你继承了家里的贫穷，老人的病体拖垮了你的青春；你感染了家庭暴力，就会成为暴躁的社会人……透过举止看家庭，就这么简单。"

　　他一边讲着他的"哲理"，我一边翻阅着他的朋友圈，看到这么一

条:"一个家族培养一个'贵族',要经过三代人。这三代人的特点还不能一样。有一代人有富足的经济根基,有一代人有强大的文化修养,还有一代人有非凡的视野和格局。家族里面有这种氛围,才能培养出既富有又有修养的绅士。"

我这才知道,他是把儿子在往绅士方向培养。

原来,他是一个有大计划的人。

"我如今三十岁,事业小有成就,但我骨子里一直比较自卑。

"工作性质让我有时不得不面对很多陌生人去表达,但当我一个人的时候,我会特别排斥见人,比较孤僻,也不会主动表达。

"小时候家里条件不好，我的童年就是下地干农活儿。我会浇水、打药、除草、锄地、摘棉花、收玉米。也因为家庭贫困，我初中时骑着自行车卖玉米赚取学费。早饭往往是掰碎的馒头用开水泡一下，高一时为了省钱每顿饭只喝一碗粥充饥。我不责怪父母，他们已经尽力给予我一切。

"所以，工作后的我在理财方面非常保守。我没有胆量和勇气投资，即使风险较低。我也想着安稳地把存款存成定期，这应该就是原生态家庭环境对我价值观的影响。

"在感情方面，我和母亲比较亲，父亲喝醉酒一言不合就会暴躁砸东西、动手打人，我曾劝母亲离婚，还偷偷地撕毁了他们的结婚照。我不知道母亲为什么不选择离开。我肯定，那不是因为爱。一个女孩子，远嫁到山东的一个农村。那个时候，我讨厌那个家，讨厌一个喝醉酒的男人只会通过打女人来发泄。也从那时起，我人生有了讨厌的两种人：一种是喝醉酒耍酒疯的人，一种是迟到不守时的人。我很庆幸，自己在成长过程中没有被当时的不堪遭遇压倒。我清晰地记得小学四年级的时候，我在作业本上写了一句话：'我要做一个有志气的人！'

"感谢命运些许的眷顾，我摆脱了小时候的贫困，我通过学习和旅游让精神世界富足，给自己内心注射了一剂自信的猛药。我知道还有更加奢华的人生之路，还有更加奢靡的生活方式，我不敢去想象。对于现在的我，有一个词比较合适，那就是'拱'，一点儿一点儿拱着向前进，不敢冒进，也不奢望。父母的关系也随着孩子有了出息而变得越来越'融洽'，这份融洽中还是伴有争吵，但母亲现在似乎可以'治'父亲了，父亲变得越来越听话，母亲变得越来越包容。曾经，我最怕父亲发火，现在父亲特别怕我发火。'不能再喝了！不能再抽了！别说了！……'"

有趣、有梗、有料、有才

骞哥说："人永远要朝着金字塔的塔尖去活，往上走的时候，竞争对手越来越少，含金量越来越高。越过高山，跨过河流……你会发现，我站在另外一个山头冲你招手，前方还有更高的山。"

骞哥的理论一套一套的，他还经常在每周五的飞行小组读书会上来一段能引发共鸣的"酸话"："你眼里有春秋，胜过我见过的山川河流，但愿殊途同归时，你能与我讲讲来时的路。"这是告诫新毕业的年轻飞行员，对于飞行若爱便真爱，流水不争先，争的是滔滔不绝，人生不苟且，未来才可期。把飞行当成一种信仰和艺术，因为信仰最直观的表达就是艺术，而艺术最高的境界就是信仰。

每次有飞行任务的时候，他都会像一个虔诚的信徒一样，用头磕一下机头的雷达罩，心中默念一声：我来了，你久等了！

"国庆七十周年阅兵，我是空中受阅突击梯队的领队长机。第一个飞过天安门，也是央视出镜时间最长的飞行员。网上全是我的视频和照片。但从落地那刻起，享受短暂的鲜花和掌声后，一切就已过去，荣誉都是过去式。如何把成绩保持得更好，才是我应该着眼的地方。我的心态挺好，单位有好多个女飞行员，其中三个在我们组，年龄比我小一轮。她们很幽默，很有个性，会在飞行中，突然拿出一支口红，说要涂口红，说必须配得上骞哥的酷。你如果是个姑娘，看到飞行中的我，你

一定会爱死我,哈哈哈……"

骞哥非常喜欢玩乐高,觉得能给他单一枯燥的军旅人生起到调和剂的作用。他尤其迷恋像陀飞轮一样的差速机械科技类乐高,甚至经常会绘制一些航空器的立体剖面透明结构图,然后用乐高积木做出来,并刻意做了全英文标注。我调侃他,单反毁一生,乐高能毁三代。他哈哈大笑,说:"为自己的人生如此负责任地投资,如果立刻需要回报,那是一种急功近利的表现。这玩意儿能使我在高强度的飞行之余,既提高了空间记忆力和画面思维,又可磨炼做事的耐心和学习的心性。"

他认为,市面上常规的眼镜不能真正满足和有效地保护飞行员的眼睛,因此和几个飞行爱好者一起创立了自己的飞行功能眼镜品牌,希望能帮助到真正热爱飞行的同仁。

骞哥虽然在京郊外有庄园和别墅,却把家安在了三亚。他还喜欢研究建筑,尤其是黛瓦灰墙高宅深井的徽派建筑,退役之后的愿望就是希望能给"福晋"亲自设计建造一套四水归堂的徽式院子。

骞哥感兴趣的东西,他一定会深度研究。比如他喜欢喝茶和收藏一些茶壶,还给喜欢的茶器都加了一些个性化的前缀,他收藏的茶壶更是各有佳名。如"包举宇内沉香袭""并吞八荒金佛手""汲养天地福鼎白"等。

骞哥,有趣、有梗、有料、有才。

2013 年 8 月份,骞哥所在的单位进行体制改革。

那天他像往常一样训练,天气格外炎热,前一天刚下过雨,空气湿度很大。

五十米的超低空飞行高度,对直升机飞行员来说,却是一个习以为常的高度。

"天气炎热飞机出现功率不够""接近满油""超低空高难科目载荷大""飞行过低容易挂碰地面障碍物"等关键词语是我从骞哥飞快的语速中捕捉到的。

"耳机里突然出现急促的嘀嘀嘀告警声。副驾驶员紧张得险些撒开驾驶杆,整个机身开始剧烈摇晃并急速下沉。我快速扫了一眼仪表,右

"发动机的转速下降,温度压力传感数据指示瞬间飘红,当时我的第一想法就是在几秒内必须快速迫降,否则后果不堪设想……"我敲键盘的速度尽量越来越快,但还是记不完整他说的话。

"我们当时距离机场有二十多千米,最合理的方法是迫降在熟悉的空域河滩上。因为根据规定,除了飞行表演和单发飞行训练外,不允许带故障飞行。"我脑子里的画面已经是美国大片里飞机迫降滑行,开始撞地着火,然后……

"所以,你们安全迫降了?"

"没有。我当时执意要把飞机飞回去,虽然明知道违纪。"当时他的左座副驾驶是他现在的领导。

"骞哥,我们这样是严重违纪的!迫降的话咱什么责任也没有。"警报声拉紧了副驾驶员心里的弦。

"我知道!"

"那还明知故犯?"

"我是机长听我的,出了任何问题我来负责!"说着右手握紧了驾驶杆,左手熟练地关掉了发动机的燃油泵和防火开关,保持单发飞行,警告面板上瞬间又多亮了几个告警灯。

"你负不了这个责任!"

"我有信心把它飞回去,我研究过单发的功率曲线数据,我快速过了一遍大脑,这个条件下肯定没有问题!"

"大哥,你可别自作聪明,这不是闹着玩!"副驾驶的双眼在他的一意孤行中充满怒火。他沉默不语,盯着眼前的发动机参数仪表和姿态仪表，继续超低空直奔机场飞行。那一刻，他的耳朵里好像听不到警报声。

飞行员本应都是理科专业，骞哥是空军招的第一批文科生，他应该有些感性的个人英雄主义情怀，凭借着一点儿自认为对飞行的特殊理解，执着地完成一些不可能的挑战。他似乎在向人证明可以弥补部分才华的缺失。他又是那么清醒和理智，对自己的内在和短板了如指掌。他并非真的是无视副驾驶员的相劝，用他人和自己的生命去完成未知的挑战，而是他对自己的技术有明确的认知和自信。

常人看来这不是一种高尚的艺术行为，而是一种无法预估的投资家冒险。

最后，他把飞机开回去了。

然而，他命运的转折点也来了。

领导评价说："这不是战时，安全意识和法纪观念淡薄，个人英雄主义太强，不能做无谓的牺牲，不能拿捏好个人的情感，个人情绪把控不到位。万一发生严重的飞行事故，家属要遭受很大的波折。还有，漠视战友的生命。"

不过身边也有诸如"在这里，不鼓励这种行为！""你真勇敢！""你小子胆子真够大！""你填补了飞行手册数据的一个空白！"等各种声音。

一开始他还跟领导较劲儿，如果打仗，这是国家财产，他一定要飞回去。作为一支作战部队的飞行员，即使平时模拟训练了很多次，但这是一次真正意义上的没有丝毫准备的带故障飞行。他自认为在两个地方填补了空白，在不同的温度、大气环境下，飞行的数据有了突破，改写了国内同机型的飞行手册。

但是，这是飞行铁律部队，纪律就是红线。他被停飞八到十个月，重新学习飞行条令法规。什么是法规？骞哥说，在飞行员眼里，这是众多飞行员前辈拿鲜血和生命换来的底线，触碰不得。很长一段时间，他被要求重新磨砺自己刚烈的性格。

人要有光，光而不耀，与光同尘，是柔本身，修正自己，以柔克刚。

"那会儿孩子刚出生没多久，我给'福晋'打电话，说今晚的纪念日约会取消，我要写报告。讲了事情的始末后，电话那边安静了许久，就在我诧异的时候，突然出现了嗷嗷大哭的声音。她骂我缺心眼儿，脑子被驴踢了，有没有考虑过安全和家人。从未骂过人的她吼了我十多分钟，突然就挂断电话。我也沉默了，飞的时候压根没想那么多，更没想过自己是有老婆孩子的人。"

听到这里，我忽然想到了他曾跟我说过一句话："20世纪60年代全中国没有多少人能吃到苹果，但是飞行员可以。苹果虽然好吃，可飞行员的老婆难当，要比常人多承担好几分的担忧和惊吓。"我很理解"福晋"的行为了。

他跟我分享了他的师兄川航机长刘传健接受采访时说的一句话，"我起飞的时候没想过死，我降落的时候没想过活着，每次飞行能平安回来的就是好飞行员。"

我打开自己的航旅纵横，有记录的飞行次数达到三百一十次，飞行时间超过七百八二十小时五十五分钟，相当于三十二天，飞行里程四十四万五千九百六十千米。骞哥每年有三百天把生命交给了蓝天。每次飞机在空中剧烈颠簸的时候,我内心就会有些惶恐,而骞哥却说:"我不怕死,我只是怕不是死在战场上。"

有一次飞攀枝花,飞机下降过程中遭遇低空风切变,我的心脏瞬间提到了嗓子眼儿,失重状态异常明显,我本能地抓住了坐我左边人的胳膊,而不是座椅把手。

听了我的分享,骞哥很淡定地跟我讲他的飞行经历。我对飞行员多了一些打心底的崇拜,不管是军航还是民航,每次他们飞行,应该都承担了很多常人不能体会的生理和心理压力。

"离地三尺无小事",这是飞行员前辈的共识。有些人开了一辈子车,没有一次剐蹭,我们就认为他是好司机。不过经历一些小"事故"后,你的内心得以强大,心智得以成长,可能会比一辈子没有剐蹭更难得。一个人在谷底的时候,说明他在积蓄力量准备反弹。掉在坑里,能爬出来的才叫成长。

停飞第三个月的时候,他去了三亚潜水。一开始,他反复问自己:"我到底做错了什么?我不该这么做吗?我为国家挽回损失,为飞行弥补了原有的数据记录缺陷!"到后来,他的想法变成:"上级没有追究我的重大责任已经不错了,而且我应该尊重并珍惜生命。"于是他反复申请复飞,重返蓝天的请求被反复拒绝,直到反思期满,整整十个月后。

2019年9月30日他在朋友圈发文:一腔热血,两膀雄肌,三生信念,四面铸魂,抛却五颜六色的缤纷,正值新中国七十华诞,聚八方精神,许九鼎之诺,誓以十分力量做中华铁卫,接受祖国检阅,我准备好了。

10月1日上午,他作为突击梯队长机,"队形准确、衔接紧密、米秒不差、安全无误"地飞过天安门上空。

不过,谁也不知道,在接受检阅重返蓝天之前,他错过了出国深造交流的机会,度过了多少个艰辛的地面准备和空中苦练的日日夜夜。用他的话来讲,国庆七十周年阅兵,是个人军旅成长的一次高规格的里程碑献礼。这是标准最高、历史最好、视觉最棒的一次飞行,错过的一切机会加在一起都不及这份厚礼珍贵,人生的每一步经历,都不会浪费。

十年磨一剑,他迎来了国庆阅兵的绽放。那一天,也正好是他的生日!

十年,可是个不小的数字。我们仰望星空,我们俯首凝思。在这十年里,我们可以从少年变成青年,从青年变成中年,从中年变成老年。能否坚持下来有所建树,是一个考验。很多人的想法朝令夕改,沉不下心来学习和工作,是很难取得成就的。而骞哥就是那种能不忘初心,并不断付出努力的少数人。

骞哥的很多话都值得我们细细琢磨,如"现在的时代不是没有大家,而是被阻挡在风花雪月的路上了""地球一旦停止转动会爆发火山海啸、身体筋脉不通、血液不循环内脏器官就会受损""一些人不是生来就牛,是因为他们的坚持,把努力看成循环的过程,到达终点的时候,又是一个起点""每个人应深信,今天是残酷的,明天更残酷,后天是美好的,但是很多人却倒在了明天的晚上""跟未来相比,今天的一切成绩都不值一提""不要怕苦，就怕在苦的时候找不到方向""真正的高手都是意识洪流"……

他还有很多职业独白："这么些年，我才刚刚学会走路，当下已经时不我待，这个领域的后起之秀越来越多，我想开始奔跑去寻找新的使命。飞行从来都不是我的职业，而是我深入骨髓的身体的一部分，是一种高规格的思想行为，是一种技术的火箭式飞跃，是我生活周而复始、循环往复的一部分，从接触到它的那天起，就从来没有厌恶过，即使我被人戏谑成为飞行而生的匠意巨人、天马僧人。因为我的爱好和深耕在督促我成长，这是一种很好的自我提升的办法和捷径。从毕业至今，我'贪玩'了十几年，是该'浪子'回头了。接下来我将要出国工作一段时间，担任驻外联合国的观察员并参加维和飞行行动，这是对我的一次新考验。"

骞哥是不忘初心之人，不人云亦云，也许不合群，但能坚持自我。他经常用余秋雨的《悬念未落》来启迪告诫自己：身居闹市而自辟宁静，固守自我而品尝尘嚣，无异众生而回归一己，保守高贵而融入人潮。人活着不是为所有人，是为懂我们的人。

现在的骞哥完全看不出将近四十岁，走路轻快、哼着小曲，自拍合影的时候，一开始是他拿着手机，拍完之后不满意，重拍。这一次他站在我身后，说显脸小，美颜相机下的他满脸胶原蛋白。

我看到照片说出的第一句话："骞哥，你的精神状态比我还好！"

他哈哈大笑，道："锦衣怒马少年时，且歌且行且从容。光凯，有些东西，根本不配占据你的情绪，因为人生就是一场体验，请你尽兴。"

对了，千万不要和飞行员比自拍，从他被面镜遮住的那双眼睛里，折射的真实世界是你无法想象的。他朋友圈里那些惊艳的照片，是你根本拍不出的画面！再想想他工作的场景，一个不问归期的手势，一个奔赴山海的转身，铁翼飞旋使命在肩，身前是任凭黑暗汹涌的危急，身后是万物自在生长的洒脱。

聊到这时，骞哥的爱人来了电话，他最后叮嘱七岁的儿子少喝碳酸饮料后挂断了电话，笑呵呵地告诉我千万别和女人吵架，那相当于和老虎打架，你能打赢吗？最后谈到写作，他说不用着重笔墨刻画他，就当写身边的一个朋友，工作和生活如何结合，他有情怀，也有发自内心的笑与泪。说着说着，他又哼唱了起来："剑煮酒无味，饮一杯为谁，你为我送行，你为我送别。胭脂香味，能爱不能给……"

"服务员买单！"我喊了一嗓子，愉快地结束了对骞哥的访谈。

> 让我们记住一个寻常日子的理由,有时只是因为,我们曾为这一天付出过特别的努力和诚恳!光凯工作之余努力坚持深耕,文字也逐渐褪去青涩变得深刻。希望书中的故事可以带给这个社会更多的温暖和力量!
>
> 中央民族歌舞团副团长、一级演员 腾格尔

> 时代的变迁中,留下每个人的背影和足迹。二十年的医学生涯中,我以目光为窥镜,既看到了"人的病",也学会了看"病的人",在不同人的目光中,探寻生命的真谛。让我们随书中的人物一起,向光而行。
>
> 知名眼科专家、教授、博导 陶勇

第四辑

◆

当下的你,便是最好的你

在时间的大钟上,只有两个字"现在"。
只要向光而行,现在的你就是最好的你。

―――――

Hungry 和修修

　　机会是最没耐心的客人，它只敲一次门。所以不要等到什么事都想好了、准备好了再去做。有时候，我们需要一边做，一边准备。机会考验一个人的胆识和决心，哪怕会输，也要上路！

　　当发生悲剧的时候，身边总会有一些人告诉你，不要沮丧，时间会治愈你的难过、分解你的伤痛。其实，这不是真的。悲伤和痛是永恒不变、丝毫未减的，只是我们不能一生背负前行，所以必须找一个麻袋装起它们，扔到什么地方去。

——李光凯

　　所有喜欢的人并不一定在一起，生活不是影视作品，没有毫无保留的爱，生活也没有那么美好，我的观点就是快乐至上。我喜欢比较成熟的、能帮助我开阔眼界的人。然而这种人很多不愿意去恋爱，她们很自我，也不是不愿意对你付出，只是不希望打破她原本的生活。

——Jacob

　　第一次见 Jacob，是在北京合生汇购物中心的日料店。
　　他带来了他的好朋友，因为疫情原因，整个店里只有我们三个人。
　　我把自己的果盘递给了他的朋友，他把他的果盘给了我。

感觉他和朋友之间的关系很让人"放心",或者说舒服。

"你看那碗汤里有一个怪物,你用汤勺一搅动,可以变出一个大怪物,然后你把他喝了。"我笑而不语,心想他真会自娱自乐。

樱花风味的水蜜桃饮料摆在他的旁边,时不时听他传出"好可爱,太好玩了,哈哈"的声音,还带着广东腔。他在刷手机,估计已经忘记了坐在对面的我。

吃完饭,见他穿得有点儿少,我就把大衣脱下递给他穿上。还送给他一本我写的书——《后来,我们交换了青春》,希望他早日找到可以一起交换青春的人。

它们是我的家人啊

他左右胳膊上的文身很明显,是两只猫。

"我不想文家人的名字。"

"为什么是猫?"我问。

"因为它忠心耿耿,只知道问我要吃的。"

他真的很喜欢一边看手机,一边发出惊叹或疑问的语气词:"天哪!""什么?"

我就在旁边安静地听着他用漫不经心、看破红尘般的语气讲故事。

"家里有两只猫,一只养了一年半,一只养了两年,它们两个都喜欢帅哥,所以回到家就会往我身上蹭。其中一只是我的'死党'养的,她离开北京后留给了我。所以两只手臂一左一右对称一点儿。"

"两只猫叫什么名字？"

"一只叫 Hungry，一只叫修修。修修是公的，它们两个的关系真是如胶似漆。"

"很皮吧？"我来了兴趣。

"皮的时候天不怕地不怕，破坏家具，喝我水杯里的水，修修最近还迷上了撕我们家的墙纸。"

"你会揍它们吗？"

"会揍，拎着脖颈子，按在地上打屁股。不管用，同一件事，起码要打三遍，才会有效果。我和舍友还发明了新的惩罚方式，用毯子把猫裹起来，像婴儿一样，它自己慢慢出溜。有一次我出差回家发现卧室里一团糟，还好客厅不乱。我很知足，抱起猫躺在床上，想亲亲奖励一下它们，突然感觉头下面有黏黏的东西，用手一摸，猫屎。不止一处，它们还在床上撒尿。那天晚上，我狠狠揍了它们。"

"既然这么心累，那就把它们送人呗？"

"你有病吧？"

我瞬间哑口无言，愣住了。

他接着说："你和家人相处不累吗？你谈恋爱不累吗？我为什么养猫？是因为想有一份关系完全依赖我。我对猫的感情，就像蜡笔小新他妈对蜡笔小新一样。"可能因为我没养过宠物，所以问的问题有些冒犯，导致他的情绪有些激动。随即我转移话题问道："为什么要文在手臂上啊？"

"文在其他地方也看不见。"他低头苦笑一下，"因为我很孤独啊，有家不是家。不离不弃的，只有它们。对它们两个而言，我就是爸爸的角色。"

家庭带给你的是什么

那一瞬间，我被触动了，虽然他一直在看手机，一副没有正式和我聊天的样子，但我感觉到他很悲伤。我没有说话，停顿了一会儿，他开始了自拍。

"你看我这件衣服像不像送外卖的？"

"不像。"我说，他穿了一件蓝色的奢侈品牌短袖。

他的朋友发来了语音，他没有避讳我，语音回复了一句："我分手了！"

那句话说得很轻巧，很淡定，似乎什么事都没有发生，没有任何影响的样子。所以，我也假装什么都没有听见。

"如果有人比你还爱拍照，你怎么看？"

"他拍他的，关我什么事！"他无所谓地耸了耸肩。

是的，他是一名时尚摄影师，目前签约于演员章子怡的传媒公司。

Jacob 出生于广东的一座小城，在他出生之后，父母就离婚了。

"爸妈为什么分开？"

"因为我爸爸老出轨，我妈刚生完我，我爸直接把人带回家，我妈就和他吵架离婚。我爸就拿着菜刀要砍人，我妈就在房间点着床单放火，怀里抱着我。然后爷爷奶奶把我接走，爸妈就离婚了。"

"谁告诉你的这段事情？"

"这一段听我奶奶说的。奶奶对妈妈的成见很深，说她抛夫弃子。

大人只是从他们自己的角度来说故事,很多故事都是加工编造的。"

"你从小和爷爷奶奶一起生活?"

"嗯。现在两个人天天说,自己可能活不到我结婚的那一天。我是不会结婚的,我一个人自由自在挺好的!"

他从小被爷爷奶奶养大,上学的学费是拿爷爷的退休金,有时拿过年的红包交。

普及九年义务教育之后,他的储钱罐开始满了起来,内心的负担小了一些。

父亲因为破产逃债,直到他读初中才回来,但学杂费照样交不起。因为父亲抽烟的钱、早饭钱、家里的水电费都是从他的储钱罐里拿。

学校换新校服,他把储钱罐摔了,拿着一堆零钱去银行换整钱,可还是不够。

他多么希望能有一个超级英雄,可以解决掉他所有的烦恼,给他内心的安定。

否极泰来,父亲中间好了一段时间,赚了一些钱。带他出去旅游,那是他人生中唯一一次和爸爸出去玩。

好景不长。同父异母的妹妹出生后,父亲又破产了。

破产、卖房子、搬新家,可新家地址都没人告诉过他。

中秋节了,父亲给他五十元钱去买烧烤。

他家看不到月亮,于是一家人跑到天台打地铺吃烧烤。父亲站在天台边上抽着烟,一言不发。三年后的某一个春节,他过年回家,父亲才告诉他:"那天晚上,差点儿跳下去。"想想还在襁褓里可爱的女儿,生活还是要继续……他不能一个人就这么"轻松"地走了，留下他妻子独自抚养这个孩子。

"那个阿姨（后妈）对你好吗？"

"比我妈对我好。我妈是道德绑架，我妈是不会爱人的，她可能觉得世界上只有她自己能照顾好自己。所以她更愿意控制身边的人，把意愿强加在别人身上。让大家都求着她，这样就不会有人辜负她。在上大学之前，我们根本没有在一起生活过。"

"那你爸对你呢？"

"我爸不会带孩子，不会赚钱。他会把压力发泄在我身上。遇到烦心事，就骂我、揍我，甚至掐着我的脖子抵到床上。我跟他之间，没有父子感情，他也完全没有想过维护这段感情。他就是觉得他是老子，我是儿子。我什么都得听他的，让他出力的时候，他什么忙都帮不上。"

在他的记忆里，父亲说什么都很大声，好像音量决定权威一样。还爱面子，带他去见任何人，都是一种"你爸很牛"的状态。但在家里谁都免不了被他爸当出气筒，有看不惯的举动张口就骂。

"有件事我记得特别清楚，初一那会儿刚从农村去市里的中学，我加了女学习委员的QQ号，觉得这样的生活特新鲜，就经常问她作业。结果对方妈妈直接打电话过来骂我骚扰她女儿学习。我就觉得特别委屈，想去找后妈聊聊。结果到客厅只见到我爸，他说你后妈不在问我就行。我迟疑了一下就说了，结果他劈头盖脸就骂：'你在外面把老子的面子都败光了！'我也挺不争气的，回房间就哭了，他过来直接踢开门，把我连人带椅子踹开，把手机摔地上踩烂了。他就是觉得他是老子,我是儿子,我什么都得听他的。而且,我绝对不能损伤他的面子。"

遇到这样的父母,你会选择怎么做呢?

高二,他遇到了关系最好的朋友,他称之为"死党"。友情像黑暗的裂缝中透出来的一道光,给予他温暖和力量。

两个人关系特别好,好到过年的时候,"死党"的父母让他去家里过年。

除此之外。对于高中,他说没有什么特别的回忆,当时就想着赶紧念完,离开这个家。

"那你的愿望实现了吗?"

"高中毕业,我妈出现了,迅速进入我的生活,她想从我爸那边争取到我的抚养权。虽然那时我觉得她只是想我可以给她养老。"

"那你是怎么想的?"

"我没有什么想法,她对我而言就像半个陌生人。大学之前,连个人影都见不到。我甚至会有些愤怒,交不起学杂费的时候她在哪里?买不起校服的时候她在哪里?孤独无助的时候她在哪里?现在她突然出现,说要接管我的人生,觉得不可理喻。"

"那你挣脱了吗?"

"当时的我做不到。填报大学志愿,她把我锁在她的办公室一个下午。第一志愿是她逼我填的,一所普通大专,因为学校距离她家只有半小时。那个学校设施很差,教的东西我高中自学都能学会。她最后说可以专升本,我才勉强答应。当时我多么希望有一个超级英雄从天而降,帮我逃离那个办公室。"

上了大学之后,他母亲说生活费给不起,让他自己去打工。

"我那个时候特别悲惨,周一到周五下了课,打工到深夜十二点。第二天早上六点起床坐巴士去学校上课。周末去市里的酒吧当酒保,就是给客人上饮料。打两份工很累,我就跟家里人抱怨。我姐说我是不是傻,为什么浪费时间当服务生。我说妈妈不给我生活费,要也要不来,要不你帮我要去?我姐笑了笑没说话。"

亲妈不给生活费,亲姐姐瞧不起他当服务生,爸爸没有能力供养他。他很无助。

倒是后妈,不知道从哪儿得知他打工的地方,经常主动过去和他的同事们打交道,希望"前辈们"好好照顾他。那位阿姨是唯一一个知道他当服务生之后,主动张罗从家里每月的生活费中省出八百元钱支援他的人,他没有要,因为那个家还要养妹妹。

"你如果很主动关心我,即使没有做出什么,我也会特别开心。如果你只是口头说说,没有行动,我也不是个傻子。这就是我亲妈和后妈的区别。"

"亲妈会关心你的未来吧?"

"关心,特别关心。我姐有一个同学,开幼儿绘画培训班,我妈非让我去找人家要一份工作。她说,你不是喜欢画画吗,靠自己能混出什么?我说,我以后肯定要去大城市工作。我们就为此争吵,她总认为自己安排的是最好的,永远不会听我的,也不想知道我要什么。其间我要升本,她说,为什么要专升本?为什么要浪费钱和时间?我质问她,那当初为什么骗我,她却死活不承认答应过我。"

他上大学,自己赚取生活费,没有人给他钱,连"打发"的钱都没有。

他不会哭,自己过得也不算太糟糕。

"上学期间,我也是全身心投入学习,拿到了奖学金,参加各种的社团,和舍友的感情也是很纯很简单。但有一种无所事事、虚度光阴的感觉。我不知道自己毕业后去一个工厂里会变成什么样子,可能一辈子没有出息,一辈子没有比父母强,他们剥夺了我对艺术的追求,剥夺了我很多的东西。我努力让自己成长起来,强大起来,我要坚强。"

淘宝美工、发传单、做菜单、设计海报、旅行社兼职……这些都是他做过的工作,他在使劲儿活下去!

刨去学费和生活费,他将多余的钱用于旅行。渐渐地,他骨子里的坚忍越来越极致,学会了在缝隙中生存!

他母亲还编造一些谎言,说他每年要花她好几万元钱,导致家里没有任何人帮他。

"我不太理解她为什么要到处散播那个谎言,每遇到一个跟她有来往的人都觉得我不懂事,觉得我是个乱花钱的。其实,她根本没有管过我。但是,想想她毕竟是我妈,也就算了。其实我也懒得去解释。"

还没毕业他就去当兵了,这一次,所有家人倒是前所未有的观点一致。

"我爷爷年轻的时候想去当兵,太奶奶跪在地上不希望他去。这一次,我替爷爷完成了他的愿望,家里人也觉得把我这个'不争气的孩子'交给了国家,他们很骄傲。"

对于当兵的往事他没有说太多。穿着军装在绿皮火车里，他觉得窗外的风都在告诉他自由的感觉。他说："好像所有当过兵的人都忍不住对人提起这段经历，好像他们的人生就永远停在了那里一样。"

他记得站军姿，手贴裤缝夹着的纸牌绝对不能掉下来。他记得要在三分钟内把饭吃完。他记得半夜惊醒，打好行囊紧急集合狼狈地去跑操。他记得给家里写信，眼泪可以把半张纸都打湿。

第一封信写给爷爷，告诉他最小码的军装在自己身上都大得很。

第二封信写给爸爸，告诉他自己当上了领导的文书，没有给他丢脸。

第三封信写给妈妈，哭得最惨，湿透了半张纸。他在信里写道："其实小时候每年你来看我，待半天就离开，我都好舍不得。我会马上打水洗澡，因为水声很大，这样爱面子的爷爷就不会听见我的哭声了……"

不管妈妈曾经对他怎么样，他，最想念的还是妈妈。

退伍后，2007年他来到了北京，带着三千元钱。

等了半个月，等到一个面试的机会，那个机构正好在转型，招了很多新人。

进去之后，发觉自己什么都不会，面对那些海归留学生，他只能仰望。

但也不能只仰望，他就观察自己能做什么，就往那方面使劲儿。

他发现他做的东西可以取代插画师，公司一个月制作六十个短视频，他一个人就出了十个，其中一个还获得了秒拍金秒奖。

名校毕业的其他实习生，刚工作一个月就转正了，而公司迟迟不让他转正。领导问他愿不愿意实习到九个月，再进入试用期。他拒绝了，天底下没有免费的午餐。

"我真的很用心，当自己人生中的第一个事业去打拼！特别使劲儿，可惜……"

家里人无人关心他的死活。兜兜转转，就在他弹尽粮绝的时候，有个经纪人问他能摄影吗？就这样，他第一个拍摄的艺人是演员徐冬冬。当时他意识到自己的技术并不成熟，也没有经验，但还是果断答应了，他想拼拼看。

机会是最没耐心的客人，它只敲一次门。所以不要等到什么事都想好了，准备好了再去做。有时候，我们需要一边做，一边准备。机会考验一个人的胆识和决心，哪怕会输，也要上路！

回忆起摄影，最有挑战的是拍摄周冬雨那次，只给他五分钟时间。在五分钟之内，他按了七百多次快门，最后选出了两张照片。这份职业，危机感无时无刻不包围着他。

"'各位老板，我有档期，来找我拍摄吧！'我不会这么说。我没有自己去要过工作，倒是工作自己找上来。虽然我也害怕被市场遗忘，但我把拍摄好的作品发出去，我的下一单生意就来了。其实，我也没有做得很好，圈子里的很多人和我不一样，他们的心在更高的地方，我把劲儿都用在眼前，当前要做一个拍得特别好的摄影师，就这么个追求。"

新的工作还在熟悉，高中的那位"死党"来北京了。原来是身体不舒服，去了五家医院都没有查出来病因。

最后查出肠梗阻，需要动手术，"死党"不敢告诉家里人，他就在家属通知书上面签了字，花了三四万元钱。

因为这件事，他给自己买了医疗保险，一年七千元钱。

"如果生病了，肯定没有人给我出这么多钱。我希望到时候医生告诉我可以用保险。"无意间他把这件事告诉了母亲，她听后竟然特别反对。

"你有这些钱，不是应该给我留着吗？如果我生病，不应该拿这些钱给我治病吗？你为什么要买医疗保险？！"他听了这话心里很郁闷，但想想也就算了，谁让她是我妈呢。

因房东的缘故，需要搬家。

押一付三，一共一万六千元钱，他没有那么多钱。

他得知母亲把家里的老房子卖了，手上有三百多万元，就开口向她借，等赚到了钱再还给她。

"她贼兮兮的，打着自己的小算盘，让我先去找我爸，不行再去找我姑姑借，最后再找她。我爸是一分钱也拿不出来，姑姑倒是说可以给我八千元，是店里进货的钱，我不好意思要。最后没办法才找我妈借，说年底还给她。"

"当妈的需要这么计较吗？"我问。

"她当时说了一句话，我现在记得很清楚。她说，以后跟钱有关的事情，不要找她，她不想穷一辈子。我到现在都没听懂这句话的意思，我说行，我以后都不找你了。然后我就把我妈拉黑了，这是两年前的事情了，我到现在都没有原谅她，我也不会原谅她。"

"最后房租怎么解决的？"

"最后是阿姨（后妈）找她的亲戚借的。半年之后，我就把钱还了回去。自从来了北京,真的把家看得很淡。爸爸永远站在他的小家;妈妈,不知道怎么评说。我在父母家,没有自己的房间,每次过年回去,都让我睡在客房。其实就是个仓库,有油、水果、纸箱子,我就睡在纸箱子旁边,感觉也不是家。所以,这两只猫对我很重要。在北京,只有两只猫是我的家人,它们陪着我吃、睡。"

我沉默好久,好久。

"你在想什么?"他问我。

我没有回答,喝了口水。

我终于理解了,在我说把猫送人的时候,他那句"你有病吧"背后的愤怒。

我也终于明白,那句"我孤独啊,我想有一份关系依赖我"背后的渴望。

Hungry 和修修就是他的解药,治愈他的良方。

此时,我多想给他一个拥抱。

不知道为什么,写他的故事,内心会特别悲伤。

自己一个人待在狭小的会议室,写着写着就难过得想哭。

想哭的时候,我就端着自己的杯子在走廊外面走一圈,喝杯热水缓和一下。

我知道自己为什么会这么难过,我看到了自己小时候的影子。

我们找回童年的方式有很多,倾听他人的故事就是最好的方法之一。童年的回忆都是片段,模糊的人,模糊的事,唯一能清晰说出来的就是情绪。

我记得小时候有一次被父亲打，不敢回自己房间，就躲在屋外偏房的一个大缸里，那个缸里装满了用来喂羊的糟糠，我就靠着那些糟糠取暖，熬过那个夜晚。第二天天阴沉沉的，好像要下雨，我要赶去学校考试。那个画面，那个感受，可能会陪我一辈子。

现在对于父亲，我已经没有了怨气。

一句"我为了你好"，殊不知伤了多少孩子的心，又得花多少年的时间来治愈。

还好，我们都挺过来了，一个个都是阳光、自信、略带些敏感的少年。

Jacob 现在生活得很好，一个人，独立、自由。

他住在公寓的十层，有一个大大的阳台，在那个阳台上有一个秋千，空间大到可以烧烤，晚上能欣赏城市孤独的夜景。公寓电梯只到九层，就因为这个阳台，他也租了下来。

所有的男孩子，客厅和卧室应该都不太整洁。比如说，他。

第一次到他家，感觉真的好乱，我一进门，发现地上横七竖八堆着鞋子。再往里走，地毯上脱下的袜子也是相隔"千万里"，还有沙发和凳子上堆满了衣服，我无从下脚，他径直走进厨房煮面。

我有点儿不知所措，也不知道坐哪儿。他让我帮忙收拾一下桌子，空的酒瓶、矿泉水空瓶，塞满烟头的烟灰缸，只有一根牙线的牙线盒，一个玻璃杯里还有两颗烂掉的樱桃，两个戴过的口罩，一个扣着放，一个躺着放，一大包打开没吃完的薯片……很乱，但至少，于他而言这是一个家！

面煮好了，一个大杯子，杯口比普通的碗还要大，还加了火腿肠、鸡蛋、小白菜。带着第一次用杯子吃面的新鲜感，加之味道真心不错，最后我把汤都喝了。他是能养活自己的！

我也见到了"传说"中的 Hungry 和修修。

一只白猫，一只虎斑猫，两只猫很安静，各自待着，除了嚼猫粮和喝水，其他时间没有发出一丝的声响。它们也不黏人，好像都有自己的世界似的。两只猫可以折射出他的性格和习惯，他很独立，喜欢独处，有自己的私密空间。

在卧室的电脑房，贴着 Hungry 和修修的照片，照片上还有一句话：

"猫咪一路 520 之 1314"，看到这两张照片，让我想起我们都会在办公桌上放一张家人的合影。对于他来说，Hungry 和修修就是家人吧。

床尾是他的衣柜，衣柜里的衣架是统一颜色和材质的，针织衫叠得特别规整。衣柜旁就摆着猫咪的饮水机，每天晚上，他会抱着 Hungry 一起睡，像哄孩子一样哄猫咪睡觉。

在电脑上面的书架上，摆着一个奖杯，是某世界著名摄影奖项的专场密训冠军。这个奖杯证明了他的实力，也给予了他在大城市生存的资本，让他可以不用去拼学历去拿转正资格。在奖杯的旁边，是一摞他拍过的《芭莎男士》的杂志。

"前三年我工作根本没攒到钱，有时候甚至需要借钱度日。因为我对待工作的态度是，无论这份工作能不能赚到钱，只要能保证最后的成果让客户满意，我还能学到这份经验，就是成功的。"

现在的他算是比较成熟的中层摄影师了，有客户资源，有杂志合作，也有一定的口碑。今年还和朋友合伙投资了一个摄影棚，在这份工作中，他得到了最美好的东西，就是别人对他的尊重。

小时候从广东到湖南是他最远的旅行，现在护照上有六个国家的签证，他也去了不下六十座城市。他甚至可以坐头等舱，拿着金卡走 VIP 登机通道。

小时候，要买新校服也不敢向父亲开口的他，现在在父亲说这个月手头紧的时候，他一转头就帮父亲把信用卡还了。

人在他乡最好的一点，就是你可以选择自己的人生，并且你还可以继续憧憬，成为一个更好的自己。

弗雷德里克·巴克曼曾写道：人希望被爱，若没有，那么被崇拜，没有被崇拜，那么被畏惧，没有被畏惧，那么被仇恨和蔑视。人想给他人注入某种感情。灵魂害怕真空，不顾一切代价，它向往接触。

他希望被爱，也希望能注入别人的灵魂中。

对待感情，他是一个期待值很高的人，所以每段恋情都是草草地结束。

遇上喜欢的人，他会把自己变得很卑微，把自己的生活和对方捆绑在一起。

每次被伤害后他选择自噬，这样只会让伤害来得更加肆无忌惮。

他形容自己对感情是一个特别大的空洞，干涸龟裂的土地上只要能有一滴水，他就能拼命地长出一棵草。他时常感到自卑，他完全不能接受出轨，因为他的感情世界里只有那一棵草。这种自卑或多或少来自原生家庭的影响，从小缺乏关爱，所以只要有外界一丁点儿的关心就能让他沦陷迷失。

他的人格有一部分缺失，这部分缺失也只能够靠自己一点点去弥补。幸运的是，他没有因为自己少年时的不幸而变得铁石心肠，他把那些不幸用一个大麻袋装起来，不知扔到了什么地方，然后用一颗善良的心去感知这个世界。

"所有喜欢的人并不一定在一起，生活不是影视作品，没有毫无保留的爱，生活也没有那么美好，我的观点就是快乐至上。我喜欢比较成熟的，能帮助我开阔眼界的人。然而这种人很多不愿意去恋爱，她们很自我，也不是不愿意对你付出，只是不希望打破她原本的生活。"

我问自己：为什么要写 Jacob 的故事，是因为同情吗？还是要谴责他的父母？他的妈妈被他拉黑后，是否会后悔曾那样对待他。

我想，在北漂的年轻人中，和他相似的应该很多吧！

他拼搏到不需要任何人也可以活得很好，没有人来保护自己，就自己保护自己！他活成了自己的超级英雄。

不过，他说的最后这段话，让我思考良久……

Jacob 曾经发的一条朋友圈：

"从前有个在田野里站着的小男孩，他每天看着天上的飞机做白日梦。现在我常从飞机窗口往下看，会不会也有一个这样的目光，在地上远远地注视着我。"

他们活得有人味

  所有的事情并不会突然就成功，很多时候，它们在幻想的时候在心里埋下了一颗种子，然后等待合适的时机去萌发。我不敢说所有梦想的种子都会绽放出美丽的花朵，但是我足够努力，也足够幸运，迎来了幸运的降临，我把这种"幸运"归结于我破釜沉舟的勇气。

——王梓天

  他不是世界冠军，不是学霸，也没有做出让人竖大拇指的事迹。
  他仅仅在过自己想过的生活，冲这一点就足以让我羡慕。
  我欣赏他有自己喜欢的东西，并为自己喜欢的东西坚持着。
  他是学钢琴的，纤长的手指，白净的面庞，丝毫没有书生气的他却满腹经纶。
  大学毕业后，他在芜湖租了一个一百多平方米的房子，置办好了一切，准备开个摄影工作室，专拍美食，助理也招聘好了，就等正式开业。
  结果，摄影工作室的钥匙被人收走了，收走的人就是他"狠心"的父母！
  "你在这边做什么，我们都不会支持！"他的爸妈态度很强硬，有些许的冷漠，之后，他们擅作主张，给他买了火车票，送他去"北漂"，因为他年纪轻轻，去北京才有更大的发展空间和前景，在家混吃等死能

有什么出息!也不管他兜里有没有钱,就订好了票赶出家门。

"你走!快走!"

"去哪儿?住哪儿?"在什么都没有确定的情况下,他带着一股怨气出发了。

"你是不是觉得我说得很夸张,但这是事实,我爸妈一条心,铁了心让我离开。当时,他们逼得很紧,把我的生路全部封死了,没有别的办法。钥匙没收了,相当于你是一个摄影师,把你的SD卡剪掉了。这不是换锁开锁的问题,这是一个态度的问题。即使开锁了,也会有别的障碍。这件事虽然已是陈年旧账,但能让我记一辈子。别问我一个学钢琴的，为什么去做摄影呢？因为我喜欢啊！"

"我喜欢"，这三个字似乎可以干脆、暴力地回答一切，包揽一切质疑。不管是理性还是感性，不管是对与错，我就是要这么做。但是，这三个字同时又含有很大的风险和不确定性，谁会为"我喜欢"买单呢？一切的验证只有交给时间了。当然，能说出"我喜欢"这三个字，还是因为我们年轻！这是隶属于年轻人的资本和权利！

去往北京的路上，他联系了一位采访认识的姐姐，名叫"睫毛"。他很感谢睫毛收留了他，让他在她的青年旅社工作，当一个小跟班。

我觉得，他最可贵的品质就是他知道自己想要什么，有了想法就会有坚持，有了坚持就会有对策。

在北京待了三个月后，他偷偷地回到了安徽芜湖，他的老家。

"所以，这是你的缓兵之计？"我问。

"暗度陈仓，我爸妈也不知道，我就说在睫毛这边，帮忙做些事情。但难免有点儿寄人篱下的感觉。睫毛说我随便住，她真的是一个很好很好的朋友，认识她真的是我的福气。但是白吃白喝，多待一天内心的惭愧就多一分。"

"你没在干活儿吗？"

"我做的又不是什么正儿八经的活儿，反而更像一个客人。我不想打扰别人。"

"很多人喜欢的未必去从事，你所从事的未必是你喜欢的。园艺是你喜欢的？"

"我现在做的是护肤品和香水。你有认真关注我的朋友圈吗？"

"我们认识四年,我从你朋友圈看到的都是你拍的种的植物、蔬菜的照片。"

"我是从植物中提取成分,做护肤品。园艺即生活。严格来讲,古代中国只有园林,没有园艺。"他很认真地告诉我他理解的园艺和园林的区别,园林注重造景,天人合一,那是一种天地自然的感觉,有假山、太湖石等。园艺则是掺杂了人工参与的因素……

在离开北京前,他拜托的朋友终于帮他在芜湖的郊区找到了一个房子,没有热水器,没有 Wi-Fi,一百多平方米,租金一个月六百元。那个朋友帮他先付了三个月的房租。原来,他去北京时就在做两手准备,随时准备回来。他觉得自己的时间不能耽误,一定要在 11 月找到合适的房子,房子旁必须有一块合适的空地。

"那块地怎么算合适?"

"首先附近不要有高层建筑,我要拍照片不喜欢背景有高层建筑。然后要农户的土地面积比较大。我一开始只租了一亩三分地,因为前期没有那么多钱,等我经济好转之后,再把周围的地拿下来。如果牵扯到别的农户家的地,会很麻烦。"

"好厉害!"我开始拍巴掌。

"不要拍马屁!我的时间不能被耽误,我的心一直在盘算。11 月是最后通牒,因为 11 月是赶上秋播的最后一个时机,很关键,第二年就有花。再往后,就没有办法秋播了,只有春播。那我提前回来的意义就没有了。"

"所以你 11 月偷偷从北京回了芜湖看房子、种地没有告诉家人?"

"回来先去看房子和地。因为我家人和我一样，很倔，在没有做出成绩之前，他们不会理解。只有看到成绩，他们才不会有太多的阻挠。我只能破釜沉舟，试一试！"

果然是一家人，彼此了解又彼此不让步。我还挺羡慕他，有父母的干涉。我从小到大，做的所有的选择都是自己一个人定的，父母没有任何的建议，更别说阻挠。我就是一个自由散养的状态，父母现在都不知道我在北京做什么，也不知道我出书，担任大学客座教授。他们只关心"你吃饭了吗？在哪呢？多穿衣服……"。

我现在对我家乡"家"的样子都已经模糊了，父母每次和我说家里又重新弄了一下，又盖了几间东房，大门口的门又重新定做了新的，邻居看到都说"真好"！我就听着，只点点头。家乡，对于我来讲，已经成为记忆里的东西，我已经不记得街坊邻居大嫂、二叔们的样子。

想想读高中、大学时和父亲吵架的时候，每次在气头上的父亲都会说："你走！走了别再回来！这个家没有你这个儿子！"现在再想想，是真的回不去了，是因为工作；是因为回趟家挺不容易的，虽然从北京到德州挺方便，但还要从德州到县城，从县城到村里，倒车很不容易；最关键的是因为父母也在北京，可以每隔一段时间相见，消除了那种思念感和思乡情。所以我已经四年没有回老家。这些在我脑海里一闪而过，我又把心思聚焦他的事上，我想：他这次在没有告知家人的情况下从北京偷偷回芜湖，能支撑多久呢？

"一个年轻人住那儿，周围的农民伯伯怎么看你？"

"周围的农民都投来异样的目光，一个年轻的小伙子，长得漂漂亮亮的，为什么要干这个？地种不好，感觉很糟蹋。我觉得是一种实践，不是糟蹋。有一天，一个农民应该是鼓足了很大的勇气，操着一口接地气的方言问我是不是有病，来乡下养病？我听了就笑了笑。没病为啥子种地？我说喜欢这个东西。小年轻喜欢啥不好，喜欢种地？要是我儿子想种地我得打断他的腿。我听了不知道说啥，我还不能说想拍照片，他们更不能理解。当他们不能理解的时候，没有必要去解释。"

当父母不能理解你做的事情的时候，你觉得有必要解释吗？

一个破旧的房子，里面有一张床，一张桌子，一个塑料板凳。

还有一块一亩三分地，种自己喜欢的花、萝卜、生菜……

他的生活就这么重启了。

"我终于实现自己的梦想，过上自己的田园生活啦。"

我很难体会他这句话的分量，真的是第一次有人这么跟我说。我原以为这些仅仅存留在书本里的梦想，竟然在一个二十五岁的年轻人口中说出来，不可思议。关键是他不仅说出来，还做到了。做到的代价就是隐瞒父母大半年他在北京的谎言。

"我没有想过怎么养活自己。就一边写稿子，一边写书。身上没钱了，就开始做钢琴老师。在去北京之前，我在学生那儿放了一架钢琴给他练习，后来学生去读大学了，我就把那台钢琴拉了回来。"

"这是你自己当初种的因，否则也不会有这个果。人啊，还是要做好事，帮人就是帮自己，感觉一切都在帮你。一个人有一个具体明确的目标，并为之努力付出，真的挺可怕的。"我说。

想一想，又有几个人能有他那种破釜沉舟的勇气？相比而来，更多的人是抱怨，抱怨工作环境差，抱怨工作压力大，抱怨天天加班，抱怨身边人的算计，抱怨制度的不公，抱怨没有朋友……而抱怨的背后，可能是我们根本不知道自己想要什么，也缺乏那种"破"的勇气。

那些日子里，他就在自己破旧的小平房里教学生们钢琴。当然，因为是在郊区，他只招收成人。那段艰难的日子就这么熬过来了，他说："回来，我觉得挺好的。"他在尝试自己的人生，完全凭借自己的力量把喜欢的事情做起来。

"离开北京之前，北京的一个杂志社的主编朋友说，你就在北京不挺好，发展空间也多。我说我有自己的想法，我希望把自己的生活过好，并记录下来。把我的生活展示给大家，我就很满足了。"

"你能做到吗？"我问。

"你觉得我现在有做到吗？"

"有！"我又问，"种菜打药很耗费体力吗？"

"绿色种植，不打农药。主要是除草，拿农户家的锄头除草。"

我哈哈大笑起来。

"你为什么笑得这么开心？好玩吗？"

"是啊，就你那一米七的瘦小身板，一想到那个画面就想笑。家里的农具多吗？"

"该有的都有了。锄头、杈子……"

他住的地方距离家挺远的，三十千米，是个荒芜的地方，骑自行车到最近的超市要四十五分钟。就这样，他回芜湖的消息一点儿都没有走漏。

他说："在我爸妈眼皮底下隐藏了大半年，我爸妈一直不知道。那个时候视频没普及，只有打电话。那个时候不太记得多久通一次电话，他们知道我有怨气。一切运转起来后，我一个月能赚大概六千到八千元。"

"什么？这么多！"我很惊讶。

"所以这也是我有底气回来的原因，我自己过得比较轻松，不会那么累。"

其实，我在问这个问题的时候，心底有一个估摸的数字，想想最多也就三四千。但没想到会赚这么多，在芜湖的郊区竟然赚得比北京的一般工薪阶层还要多。这实在让我惊讶。原来，他回芜湖，可以过得很好，而且是以他喜欢的方式。

一个人生活大半年，不依靠爸妈，挺好。

"你不会孤独、寂寞吗？"

他不做回答。

大半年时间，他正在把他的生活变成他喜欢的样子，也让很多人喜欢上他的生活。

6月的时候，他觉得一切都稳定了，是时候告诉父母真相了。他并没有挑一个特殊的日子回家，而是随意地就回去了。

一打开门，他就碰到了他妈，他妈问："你怎么从北京回来了？"他妈对他不打招呼回家有点儿惊讶。

"我早就回来了，回来大半年了。"

"回来就回来吧。"他的爸妈似乎过滤掉"大半年"这个信息。

"带你们去看一下我住的地方吧。"

然后，他就带着爸妈去看了他这大半年住的地方。

去了之后，他爸什么也没说，也没有任何的表情。

听到这，我甚是疑惑，问道："你们全家都这么淡定吗？"

"他们就是这样。很多东西不必问，也不必说。"

"大半年，你就住在他们的眼皮底下。他们不会多想吗？"

"他们越是想得太多，越是愧疚，这是谁造成的？有时候，你想让他们赞同你，你必须让他们死心或者寒心。"

"他们有愧疚吗？"

"我不知道。当他们知道真相后，没有任何反应。至少不会再反对了，反对是徒劳的。对于中国家长而言，对孩子的决定不反对，就是最大的支持。他们尊重我的想法和选择，知道再逼迫我的想法是不可能的。这就是我想得到的，不去逼一下，看不出我有多大的决心。"

"爸妈从小不和你谈心吗？"

"至少我们家没有。他们就是典型的中国式家长。"

现在，他的工作室已经从最初的一亩三分地扩展到十亩了，还找了两位农民负责打理，帮他种香草植物，提取做护肤品。每晚睡前，他会弹钢琴，如画中走出来的美男子。

每天生活在自己的园子里，是一种与世隔绝的美好。

春天，有风铃草、玉兰、紫藤、金鱼草……

夏天，有荷花、剑兰、薄荷、百合，还有好吃的蓝莓、番茄、无花果、杨梅……

秋天，有豌豆、桂花、树莓……

冬天，有鼠尾草、大丽花、马蹄莲、京水菜、金盏花、草莓、蜡梅……

"人要有两颗心，一颗是童心，这让我们对生活充满了好奇。因为好奇，所以去探索，去关注。另一颗是诗心，它能让我们对种种美好的事物有着更深刻的体会。现在的我觉得无论何时，都应该保持一颗赤子之心，不因年岁的增长而改变自己年少时的梦想，坚持和守望。"他说。

顿了顿，他接着说："今天摘的胖茄子被我做成了茄荚，因为这么肥嫩的茄子切块炒有点儿浪费，所以呢，我给它分段切开，两块中间加上肉馅，然后整体浸入鸡蛋液，像炸天妇罗一般，还有盐水毛豆，清炒土豆丝。"

在所有的人生模式中，为了将来而牺牲现在是最坏的一种，它把幸福永远向后拖延，甚至可能失去了幸福，但他不一样，他追求当下的幸福，不只追求，他还做到了！

他向宇宙喊话："亲爱的宇宙，我想要获得平和而宁静的内心。愿我再面对尘世纷扰时内心不再起波澜，愿我安宁成长。相信你会用好的方式来成全我，感谢。"

"你觉得自己是怎样的人？"我问。

"一个有意思的人，一个人……"

"怎么有意思？"

"我不知道怎么说！我的父母是生意人，因为家族企业的利益纷争，把我赶去北京发展，是为了保护我，然而，这段经历消灭了我含苞待放的爱情，异地三个月，这段爱情经历了秋露、霜降，就在我找到房子，准备回芜湖的时候，我们分手了。挺好的，给园子浇水、施肥、剪枝……这些可以治愈我。还有陪伴我的一只狗，这只狗应该是世界上名字最多的狗：八公、大头、大熊、黄狼、小酌鼓、猪单、贝贝……"

他的梦，他的经历，他的田园，他像是画中走出来的男子，是挺有意思！

还有个人，也很有意思。他好像是一个没有黑白之分的人，只要是困了就睡，饿了就起来吃，才不管黑夜或白天。

几乎每个月我都会找他喝顿酒，他家的酒有些烈，很容易醉，我第一次喝醉，睡在朋友家，就是他那儿。

犹记得，我们围坐在窗边炉火旁，整个房间开着一盏泛着微光的台灯。音乐在放着，但没人在意放的是什么，只是不想让这个房间太安静。窗外就是璀璨的夜景，中国尊距离好近，可惜被北京电视台挡着半个身躯。

我也不知道为什么，感觉他的房间和外面完全是两个世界。白天看似一切都很正常，晚上却好像充满了魔力。房间里的小摆设好像在灯光的映照下都有了灵魂，有了别样的光彩。

我会忍不住地拿出手机来拍照，心里一直在默念着：怎么这么好看！

我一个对装修白痴的家伙，都觉得他房间的格局、布置弄得太好了，然而也说不出为什么那么好。那一个楼层，我发现只有他自己重新装了样式很复古的门，换成了密码锁。客厅、厨房、工作室、衣帽间、卧室在并不大的空间里恰如其分地融为一体。还有，他的冰箱上的冰箱贴贴得满满的，家里的一切东西都感觉那么先进和便利。

为什么他会有这么棒的空间感和时尚感？应该和他职业、性格有些关系，他是一名摄影师，准确说，是知名时尚摄影师，他对于美的感知与众不同，从他家的陈列可以窥视一二。我第一次去朋友家时，最在意的是他的房子如何布局，柜子里放的又是什么，这最能体现一个人的爱好和脾性。他家里陈列了各式各样的酒瓶和酒杯，水晶的、玻璃的、琥珀的、透明的、深蓝的，像是一个复古而奢华的清吧，他对于美的理解融进了那些酒瓶里、酒杯里。

他还是一个喜欢安静的人，可以一整天发呆，不说一句话，即使说话，也是一两句带过，极简而安静。艺术家都有些古怪，他排名第一的爱好是睡觉，可以从凌晨三点睡到下午七点。我还记得，他做饭的时候很安静，没有什么声响，只听得见抽油烟机的声音，而他的厨房也看起来很安静，像是一个小的日式料理店，窗户上贴着的圣诞老人安详地在一旁，很有感觉。我特别想让他一一介绍一下自己房间的各种东西的由来以及意义，可是，一直还没有机会。他太安静了，安静到我们鲜有机会聊天。一天之内，我们的交谈应该没有二十句话，一是因为他白天都在卧室睡觉，我在写东西，而晚上，我睡在客厅，他又开始在工作室过夜。有些人的安静是佯装出来的，而他不是，他是我遇到的真正喜欢安静的人。

大二的时候，他就来到北京打拼了，为了一个毕业后想来北京发展的女孩儿，为了提前把一切打理好，让那个女孩儿有住的房子，有稳定的经济基础，所以，他提前来了北京。两年的时间里，他在学校和北京来回跑。毕业后，那个女孩来了北京，他们住在了一起，他帮那个女孩找工作，可世界就是这么搞笑，那个女孩认识了新朋友，就抛弃了他，从他家里搬了出去。

他们的爱，沉淀了十年，却还是因为世俗而俗气收场。之后，他用了两年的时间从那份爱里挣扎出来，现在回忆起来，他用了"傻子"这两个字形容自己，明明不是自己喜欢的类型，为什么要穷追不舍。从此，他再也没谈过恋爱，一直到现在！

现在，他们还是好朋友，大学时期的爱是那么单纯，即使没有走到一起，那份心底的纯洁还保留着，他说："人生轨迹中有无数擦肩而过的陌路人，偶尔我们幸运地跟另一条轨迹志同道合一段，也许是半辈子，也许是半天，也许是半小时，都是礼物，珍惜就好。"

看来，现在的他已经放下了，他变得清心寡欲，对于他自己的工作，他也变得很佛系。"虽然会经常和一线艺人打交道，可比起小鲜肉、小鲜花，我更喜欢和老艺术家合作，因为慢，一切可以慢下来。慢慢说话，慢慢分享，慢慢工作。"你不会觉得他是一个张扬的摄影师，他更像是抱着蓝色玻璃瓶的安静孩子。

"我觉得自己是蓝色的，可以让人去畅想的颜色。我觉得每个人内心都会有一个蓝色的自我。蓝色代表着宁静、干净、忧郁……"

他和国外的一个导演探讨生活节奏的话题，国外导演很不解，为什么中国的艺人一天要给自己安排那么多的事情，恨不得广告、写真、上综艺一天都要完成，那种"快消费"他们很不解，难道工作之余，享受人生不好吗？对于他们的想法，我明白又似乎不明白，让自己忙起来不好吗？艺人很在乎流量，没有流量，可能就意味着被淘汰。或许，艺术家有不一样的节奏吧。

  人都是多面的，他会和艺人一起喝酒，喝到最后两人抱着胡言乱语。他会把艺人所有的作品以及作品中扮演的角色全部说一遍，全部"恭维"一遍，表现出一副铁粉的样子。也许，聊着聊着就成了真铁粉。

  为何说他有意思？还要从他的爱好讲讲。他有一个爱好是收拾房间，而且异常狂热，每次聊天问他在干吗，他的回答都是收拾房间。每次去他的家，他的家或多或少都有些变动。

  第二次去他家，他把衣帽间改装成兼具卧室功能，在一圈衣服下是一张榻榻米，我问他为什么不睡在卧室，而是这么窄小的两平方米的地方，他回答："卧室太大，没有安全感，睡不着。"原来，每个人获得安全感的方式是不一样的。

  第三次去，他买了一个六十五吋的电视机。我问他不是已经有了一个那么大的投影屏幕，为什么还买电视？他回答：看电视比较有生活气息。

  第四次去，他把客厅的榻榻米拆了，换成了长条沙发和小茶几。

  第五次去，他把电视的位置移到了原来榻榻米的位置。

  他的生活是流动的，不过，他的房间永远点着檀香，窗帘永远是关着的。

  我很欣赏他对于生活的态度，自己开心就好，比起那些每天忙忙碌碌的人，他的人生有烟火的气息，这从他对美食的热爱也可以体现出来，他饭做得非常好吃，犹记得第一次在他家吃饭，他做了香菇炖带鱼、玉米炖排骨、羊肉炒白菜、鸡蛋羹，还热了一壶清酒，味道非常新鲜，有些烈，轰击着味蕾。平时喝清酒要么是在酒吧里，要么是在日本料理店，这是第一次在居家过日子中享受到，由此可见我这位朋友对生活有别样的品位追求，不知道这是一种常态，还是因为我的到来。

无论是刻意招待，还是常态，总之那天我非常开心。除了友情的因素，还因为吃到了美味、可口的炖带鱼。这是我非常爱吃的一道菜，从小到大一直没变过。我记忆中的小时候，一年中带鱼吃得最多的是过年的时候，我的老家有炸带鱼的习惯，把带鱼外面裹上一层面糊，放到油锅里去炸，后面再吃的时候，直接热一热就可以吃了。带鱼于我意味着过年，意味着最开心的日子。

吃完晚饭，最让我感动的一幕出现了，他煮了牛奶，这是我最喜欢的一种生活方式。我因为一个人喜欢这个习惯，也因为一个人而间断了这个习惯，他突如其来给我送来的一杯热牛奶，让我有说不出口的感受，说不明白的滋味，还有些回忆的伤感。

说实话，我喜欢他的安静，虽然他的安静总让人觉得他是不是睡着了，但这种安静是在这个浮躁的社会中一种难能可贵的品质。

他是2008年来的北京，如今十多年过去了，他看惯了，也经历了很多的人间冷暖。压力大的时候，他会选择在凌晨两点驾着自己的车在三环绕一圈，他还会深夜一个人躲在河边默默发呆两个小时。

你觉得，他会孤单吗？这个世界，能遇到几个有意思的人蛮有意思。这种人身上有种魔力，让他们与众不同，又格外简单。他们看起来很高冷，其实再普通不过。他们活得很通透，有人味！

当下的你　最好的你

我可能是一个有些乏味的人,所以我感觉遇到的每个人都那么有趣。总感觉别人在闪闪发光,优秀得不得了。我也有一种身边人都比我过得好的感觉,他们是在向下扎根往上成长,我却无根,像个球一样在这个城市滚来滚去。

——李光凯

当然,如果母亲从一开始就是一个教育家,让我健康快乐地成长,那么她或许永远都在我之上,给我以保护和依靠。但反观现在,我们更像是无所不谈,真正谈得上"紧密"的朋友。我们知道彼此的弱点,明白对方的长处。我们真正意义上能够平视彼此,相互陪伴,这或许也是上天给我的另一种恩赐。

——苏陌年

苏陌年的名字在很多年轻人的世界里并不陌生。

年纪轻轻,身兼数职。2011年拿到第十三届新概念作文大赛二等奖。

曾是青春光线作家经纪人,挖掘过四十多个作者和漫画师,像周宏翔、紫堇轩等。

给当红小生唱过 demo（录音样带），给杨幂主演的电影写过台词"在你心里我可以无限坏，但你一定要无限好"。

苏陌年，不是他的本名，他也没告诉我他的真名，他觉得不重要。

这是他初中给自己起的名字，至于为什么叫这个名字不得而知。

他从小学开始就觉得自己将来会出名，会火。所以从初中就开始练签名。

学校礼堂就像他的个人专场，独唱、主持，表现力十足的他赢得很多关注。

每次演出完，都会有一堆的"粉丝"找他签名，万一以后成名了，这个签名就相当于一个欠条，他要罩着这帮找他签名的粉丝。面对一张张褶皱的草稿纸，他不觉得丝毫尴尬，签得很坦然。他觉得不是所有人都有这样的优待,甚至觉得这些粉丝很有前瞻性。

2019年已过大半,他的人生也发生了几个拐弯。以前我不太明白"人生就像一条河"这句话,现在和苏陌年一起转身回头看看走过的路,他从桂林到山东再到北京,幻影般地迁移,每次迁移都是急转弯,习惯的适应,身份的加持,他在未知的一路上,保持着那份真我。没有笔直平坦的人生道路,有的只是妥协、挣扎和改变。

他承认此时此刻的自己,没有太多的名气。他认为,年少成名不一定是好事,很多人开始享受这个过程,而忽略了后续发力,在青春大好的年华,没有积累,被时代的浪潮拍在沙滩上。但他年少成名,一直在赶路……

"柠檬茶第二份半价,你喝奶茶还是?"

"就这个。"

"为什么?"

我还没来得及回答,他就微笑着离去。

再回来时,他带着两大杯柠檬茶,我们两个就坐在角落里开始胡扯。

每每回想起那一幕,我总会不自觉地扑哧笑一下。

我为什么笑呢?是因为他两侧剪短、后面留长的独特发型?是因为他看似瘦弱却散发出的盛气?还是因为刚刚我们两个用不锈钢的茶杯喝红酒?不过我很喜欢看他的眼睛。

他给人的感觉很像柠檬,酸酸的,但很清新。所以我给他起了一个外号叫"柠檬苏",他没同意也没反对,因为我压根儿没征求他的建议。我觉得这个称呼很符合他的个性。他对穿着很自恋,没穿好不会出门,即使出门了也会折返。他不喜欢失控,觉得失控很丢人。

他很少接触采访,相比面对面的采访,他更喜欢以邮件形式,文字回复的采访。

"对自己做一个评价吧。"感觉问题说出口有点儿见外。

"我觉得你问了一个很大的问题,因为漫长的人生要总结在一个词里是很困难的。我是一个相对知行合一的人,即使表里如一很难做到,也尽量让自己怎么想的怎么做。"

"我感受到了。还有呢?"

"我很善良,哈哈,但我觉得这一点不应该说,那认真说一点吧,我自省能力很强,停不下来思考。"

"还有呢?"我继续追问。

"没了。你一说采访,我反倒不会说了。采访给我的感觉,就是做总结。做总结显得很自大。我是一个活得不绝对的人,喜欢和自己和平相处,比较佛系。朋友觉得我是一个想得比较通透的人,活得很豁达,比较清楚自己要什么。"

以前每次和他聊天,都得有一杯红酒作陪,而且他的酒量比我好。我们都喜欢冰葡萄酒,但没有喝醉过,更不会耍酒疯。他认为那些耍酒疯的人肯定没喝醉,只是借酒劲儿撒泼。我嫉妒他是一个思想复杂的人,他的理论都是发散性的。我跟不上,总是一边在思考一边在不断否定自己的想法。

我和他差一点儿就成了同行,同行是冤家,可能我们之间的友谊之路也会越走越远。他高中想做新闻主播,因为身高原因没有去试,而且他母亲觉得他的成绩可以直接上清华北大,不需要参加艺考。母亲之所以对他很自信,是因为他中考被保送到省重点高中。他除了学习,各方面也很优秀,这源于他从小被灌输一个观念:他生下来就是考第一名的。

他形容母亲:脾气暴躁,一点就炸,动不动就是冷暴力,三四天不理他,对他视而不见。能做到三四天对孩子视而不见,这种教育真的很少见。

他五岁就被母亲送去上一年级,班主任很不友好地说:"我们这不是幼儿园,不管吃喝拉撒。"母亲够心狠,他也不好欺负。老师故意刁难他,让他当班长。他还就当起了班长,这一当就是十二年,直到高中毕业。

他耳朵上的耳钉明晃晃的,有些耀眼,听着他分享这些的时候,我有点儿不相信。

他的成绩经常是第一,开家长会时,老师在众人面前把他一顿猛夸,他母亲绝对是家长中最有面子的那个。然而成绩这么好,回到家母亲却没有任何笑脸,他也没得到过母亲的肯定。恰恰相反,如果考第二名,就是一顿暴风雨般的责骂,为什么粗心,为什么不考第一名,为什么?所以每次同学说"你好优秀",他内心都回复个"优秀个屁"。没考第一名,就是没考好。

"挨打,你哭吗?"

"哭,为什么不哭?"

"你妈如果错怪你了呢?"

"我妈是一个不会承认错误的人,即使她错了!"

"学习好是因为你聪明吗？"

"我觉得我是天赋型选手，天资聪颖。不然，我怎么解释？我总反思自己为什么数学总考第一名，除了我个人努力，天赋也是关键。"

现在的我步入了社会，参加了工作，也经常听到"人们只会记住第一名，没人会记住第二名，第二名和最后一名没什么区别"类似的话。我很少得第一，不管是在学习和工作上，这对于单个的我有什么影响吗？我不解。

我不要做袖手旁观的利己主义者

他是学霸，毋庸置疑。但他从小不快乐。

他小时候最大的愿望就是做个坏学生，欺负同学，打架。

他母亲疾恶如仇，不喜欢趋炎附势，坦荡，正义，果敢。

这一点他好像遗传了母亲，带着一帮学生大闹校长家里。

我饶有兴趣地移动了下屁股，想听得更清楚些。

到了高三，教育局有一个每所高中送学习较差的学生去读技校的规定。

他了解后很生气，气势汹汹地带着八九个同学去找校长理论。冲到办公室，发现没人。就冲到校长家里，校长当时在洗衣服。

"校长，你怎么回事？为什么要把他们送去技校，为什么不给他们念完高中的机会？"一个是大人，一个是小孩；一个是一校之长，一个是普通学生。校长拒绝和他讲话，一个懵懂少年的质问在校长看来就是个笑话。"你别闹了，快回去上课。"

一场闹剧在没有结果中结束。

班主任来校长家里,把他接了回去并告诉他:"你这么好心地帮他们,他们也不会感激你,你和他们不是一类人,不要管他们的事情。"

"一类人?为什么要这么评价一个人,把一个好学生培养成精致的利己主义者。这些成绩稍差的人,小时候就受到这样的恶意,大部分的'差生'被教育贴上了标签,带到了社会的边缘,我不相信他们生下来就是邪恶的,就是差劲儿的。"他说。

所有的老师都喜欢好学生,因为好学生能让他们轻松,管理更容易,升学率更好看。部分老师的错误判断造成了学生们的抱团。

班主任在他耳边训导的时候,他没有说话,他一开始还在听,后面就只看到那张嘴巴在张开、闭合,不知道后面在说什么。他在反思自己是不是做错了,他从老师那儿得到了情感上的关心,很温暖,但他觉得很不公平。

他不想做那个袖手旁观的人,他不喜欢不公平的待遇,他想带着他们一起反抗,或许这样能改变点儿什么。又或许,不能改变任何现状,至少他的内心会舒服些。在那个班长就是老师"眼线"的观念里,他做了一个班长应该做的事情!

他说他的天赋只能支撑到他读完初中。

进入高中的他整天沉迷于看小说,参加各种的社团活动。

高二他成为校文学社社长,校刊主编。第十三届新概念作文大赛投稿,他第一次就获奖了。写的是一篇散文,标题叫《鱼》。他花了两天时间说服父母让他去上海进行第二轮的比赛,第一次自己坐飞机去大城市上海领奖。

回顾自己的写作经历，他只记得一个语文老师夸赞他作文写得好，而且这位语文老师长得很漂亮，笑容很有治愈力，那种治愈力让他看了会莫名紧张。于是老师在上面上课，他就在下面写，那种不知来自哪里的灵感让他的笔仿佛机械般，停不下来。语文老师的鼓励让他拿到了省级作文比赛一等奖，尔后更加一发不可收拾地写……为什么写？为谁在写？想证明什么？他不知道，就是想写……

我记得自己喜欢写作是从初中开始，是被我的语文老师一句话骗上了"贼船"。他说："一个人看过多少书，可以从眼睛里面看出来。"所以我就拼命看书，写东西。写完给隔壁班的一位女生看。那个女生曾获得年级作文比赛一等奖。每次拿给她看的时候，我总是低着头从窗户的小缝隙中小心翼翼地递过去，仿佛自己在递情书，紧张害羞，然后转身迅速跑回自己教室，虽然从未有回复，但还是印象深刻。

那次新概念获奖，打开了他的视野，收获了大批的粉丝。那些只在书上见过的韩寒、郭敬明就这么魔幻地出现在了他的眼前。

很多遥不可及的东西原来就在坚持的尽头，那些成功的人注定是孤独的，因为他走得足够远，爬得足够高。他的写作在一定程度上得到了肯定，让他小有名气。获奖后他的心态是快点儿上大学，无忧无虑地写，早点儿接触外面的世界，远离家乡，自己生活，自己做主。

写作让他找到了快乐，在冷暴力的亲情中找到了一丝自我宽慰。

他认为，坚持表达和写作是一种修炼。写作从什么时候开始都不算晚，但不是所有的人都有勇气去写。获奖给了他极大的热情，鼓舞了他

肆无忌惮地去表达，不觉得累。也可能是不懂，不懂自己写得好不好。那种热情催促着他无时无刻不在写，那是一种原生的本能，一种不假思索后的产物，一种你憋得受不了必须释放出来的能量。不管上什么课，他都在写，写完寄给书商。富足的稿费让他向父母证明他参加比赛是对的。不知道是在和谁较劲儿，还是找到了情绪的发泄口。

  大学他去到了山东济南，他对山东人的印象也很好。尤其喜欢青岛，他说青岛有着他对大海的所有幻想。大学期间他写了自己的第一部长篇小说，还在山东电视台成了一名实习记者。毕业后他来到了北京，这是他的目标，住在一个不到八平方米的房间里，他很开心，因为至少不是地下室，有阳光可以照进来。

他看到了有"自己审美，自己价值观，自己性格，自己穿衣打扮方式"的年轻人，那是他想成为的样子。他人生的第二个岔路口就这么出现了，这个岔路口丁丁张起了关键作用。

丁丁张，光线传媒青春光线总裁、畅销书作家。

他和丁丁张是在公司年会上认识的。

他自告奋勇演唱了一首歌，在游戏互动环节也总是那个赢者，赢了所有人。

年会后，丁丁张给他微博丢了一串数字，他猜是微信号就果断加了。

多么随意的相识过程，越随意的相识反而越刻骨铭心。

那串数字背后可能是丁丁张的一种试探，一种好感的表达，一种邀请。

面对完全不了解的行业，他做出了选择。选择来到青春光线成了丁丁张的左膀右臂——一名作家经纪人，工作是挖掘更多优秀的作家。

他兢兢业业，如履薄冰，从早上九点一直到下午七点，每一分钟都在工作。他每天阅读大量的稿件去选人，渐渐手下有四十多个作者和漫画师，比如周宏翔、吴浩然。渐渐地，他成为丁丁张的"掌上明珠"。有丁丁张出席的场合就有他。

丁丁张在他眼中是一个成功人士，也是他人生中遇见的为数不多的成功人士。他很佩服丁丁张的写作和捕捉生活素材的能力，文字坦诚又有叙事感。很温馨，很有道理，生活怎么样，他就怎么写，表里如一，很真诚。

在他看来,平庸的人只写自己擅长的题材。

有的人喜欢挑战,不断接受从零开始的状态。

如果你写东西很流畅,很随意,肯定是没写好。好的作者写作很痛苦,因为你的审美高于你的创作能力,写出来的东西自己会觉得不好。所以你不痛苦了,那你就没有进步的空间了。

说到这的时候,我的内心咯噔了一下,我从来不承认自己是个作者,可能是心虚,可能是有自知之明,我一度认为自己只是个记录者。如实地还原那些人,所以当他说到好的作者很痛苦的时候,我在反思自己,我是痛苦的吗?

他在餐巾纸上画了两条平行线,分别代表着审美和能力。一边画着一边说:"好的作者能认识到这一点,我会有觉得自己还不错的时候。那肯定是审美没有提高,一直没有看作品,觉得自己不错,其实是不知道自己的差距在哪。"

柠檬茶已经被我们喝见底了,有一片柠檬趴在杯底。

三个长发高挑美女在自助点餐机旁叽叽喳喳地点着餐。

我的思绪有点儿游离,此时此刻,应该来一瓶红酒。

"见到什么人真的很重要。你想要的什么都能得到,不要去焦虑,只要脚踏实实地做自己的事情就好了。"这是丁丁张告诉他的。

"你相信这句话?"

"相信。我相信我自己。你不要焦虑,你渴望的,你羡慕的,都会得到的。不管你现在得到的是什么,努力都不会浪费。我也会坚持写作。"

他对丁丁张的赞美一遍又一遍,知行合一,表里如一,大器晚成……公司的人都说他和丁丁张很像,能隐忍。

他人生的第一部作品《重回时间的旅人》,水到渠成中诞生。他形容"长"得不好看,但是自己的第一个"孩子",美和丑他都欣然接受。一个新的起点,没有更多的意义。他也不会跟人说,自己出了一本书。因为那已经不是他审美体系里的好作品。

他现在对自己最满意的状态是与自己和谐相处,不拧巴。喜欢什么就去努力得到。接受自己的不美好的人,对生活是相对满意的。

和自己和谐相处在他看来是一种坚定的意志,不需要从别人身上获得认同感。

一如既往地保持平静,不卑不亢。"我就是我。我知道如何成为自己。"

当下的你,就是最好的你!

"你的朋友圈背景图写着'铁石心肠的人',你是这样的人吗?"

"我是。我对自己狠,心也狠,做事不留情面。做决定绝不会考虑人情世故。"

我很难想象他在公司里破口大骂:"编导呢?都死了吗?"

他的头靠着墙壁,眯着眼,要睡着了。

每次说完话,他都会嗯一声,像表达对自己的赞许。

他在闭着眼睛跟我讲话。"说到写作,看得越多,越写得谨慎,越羞于起笔。"

"上次聊天感觉你和妈妈的关系好了很多？"

"是的。他们以肉眼可见的速度老去，作为独生子女的我，终于开始通过唠叨跟叮咛体会到父母的孤独和焦虑。我会疲惫，但我依旧会点开那一条又一条长短不一的语音，听那些无关痛痒的嘱咐。我也会在周末匀出半个小时，听妈妈讲那些你毫不在意的家长里短，你知道这些都不重要，极其没有效率，甚至那句你在工作中时常脱口而出的'能不能讲重点'就在嘴边，可你咽了下去，你知道此时你需要在满是效率的成人世界里放下效率，给家人一些时间耗费。"

"我们'90后'在外界看来，是自由不羁的一代，是敢想敢做的一代。但就是这一代人，到了今天，也终于有了自己的退缩。我也是，我们从过上想要的生活，退缩到了选择稳妥地生活着。我们有时比哈欠还要卑微，因我们知道，人生在世，能找到一门擅长的手艺安身立命，已经算是幸事。"

"北漂的人不需要爱情。王尔德说，很多人一辈子都遇不到梦想的真爱，只会因为害怕孤独地死去而选择随便找个人互相饲养，我们不在荒凉的土地圈上一个又一个圆，生命也不需要靠着形式上的结合去获得证明和能量。"

我越来越喜欢他，喜欢他身上的那种感觉。保持阅读、输出和思考是他一贯坚持的习惯。这就是苏陌年，一个理性又有点儿"铁石心肠"的人！

当我写完上面的文章发给他看后，他没有做任何的修改。我说想加入一些有温度的内容，他写下了这么一段话：

原生家庭这个概念，大概是从我二十六岁左右的时候彻底忘掉的。二十岁的时候我对自己说，我曾经经历过原生家庭的苦痛，但是我原谅了这一切，我告诉自己母亲的不易，以及我对她后来态度的谅解，但坦白讲，我一直认为童年的阵痛是现在的我密切的组成部分，是当我对外总结人生履历中不可忘记的一段经历，甚至是影响极为深刻的一段经历。

彻底改变当然跟年龄有关，随着年纪不断增长，人生阅历不断增加，童年的过程固然被不断稀释。性格跟人格的塑造，开始有了更多其他的影响成分，你的领导，你的朋友，你不断阅读并被吸收的知识跟见地。

有一个相对标志性的事件，是在我看完波伏娃的《第二性》后，我感觉彻底了解了母亲，这本书告诉我们一个女性在从出生到成长需要肩负的使命跟受到的影响。这也让我想到母亲的成长环境，外婆对她的教育，长女承担的责任，以及婚姻生活带来的感受，所有的一切让我突然对母亲这个角色有了更为深刻的认知跟共情。

那天夜里，我照常跟母亲进行了每周例行一次的电话，我跟她分享我看到的这本书，讲述我对这本书的理解，以及对母亲的理解。母亲在电话那头第一次崩溃大哭，她说这是第一次有人理解她的感受，她像个喋喋不休的孩子一样，不断地倾诉儿时受到的委屈，承担超越年龄的担当。我被母亲不加掩饰的坦诚震慑到了，也因为她的第一次情绪失控而震惊。

我觉得我的母亲很要强,她和父亲结婚时并不相爱,只是渐渐培养出了亲情。父亲在我们眼中就像一个"病人",母亲在家里承担起了一切。我的母亲很在乎别人的想法,她想离婚却又不能离婚,她害怕周围人的眼光,怕别人觉得她的婚姻不幸福。她更害怕离婚后,我要承担起那个年龄段不该承担的一切。奶奶卧病在床,她任劳任怨,她也很累,但是她必须把奶奶照顾得很周到,这样周围的人会给她一个"好儿媳"的标签。从小到大,她从没有被当作孩子宠过,从没有被当作老婆疼过。她从女儿到妻子、母亲,她都在"演"那个"坏"女人。

　　从那个时刻开始,我觉得我以一个近似救世主的姿态出现在了母亲的生活里,我曾经被她伤害过,如今却是最理解她的人,我身上莫名出现了一种骄傲跟自豪。也正是从那时开始,母亲的角色在我这里彻底调转,她是一个需要被我照顾的曾经受过伤的小女孩,我再也不曾记得她在作为母亲那个角色时候所犯下的错误。

　　从另一个角度来看我们的关系,或者再来看待原生家庭对我的影响,可能就是我对自己的介绍跟总结。母亲的严厉跟我当时的委屈不解已经不再是我自我介绍的一部分,它们不会以细枝末节而存在,它们顶多会以一个简短的形容词被一笔带过,我或许会说"小时候我母亲严厉,所以我从小过得比较压抑"。但这个部分不会被过多地提及或者是停顿,我人生的重点,组成我更为重要的部分,将会是更往后的那些经历,我想这或许是我真正忘掉原生家庭这个概念的一个标志。

我现在非常满意与我母亲的关系，母亲足够信任我，所有的决定都会参考甚至听从我的观点，我也对她足够坦诚，生活工作中遇到的苦难都会如实诉说，也不用担心她对我的人格进行判断，她现在似乎也学会真正关心我的感受。

当然，如果母亲从一开始就是一个教育家，让我健康快乐地成长，那么她或许永远都在我之上，给我以保护和依靠。但反观现在，我们更像是无所不谈，真正谈得上"紧密"的朋友。我们知道彼此的弱点，明白对方的长处。我们真正意义上能够平视彼此，相互陪伴。这或许也是上天给我的另一种恩赐。

硬核先锋

听完史晓刚的讲述,我不知道用什么词语来形容他,就觉得他是一个狠角色,尤其是对自己够狠。高三没考年级第一就休学在家、大学四年吃住全在实验室、不工作就难受,太过努力。他参加北京卫视《为你喝彩》节目时,给自己性格的评价是"偏执"。这个词真的太适合他了!现实看到的是偏执,那骨子里呢?

——李光凯

我是一个特别有压力感的人。压力大到变态那种程度,半个小时不工作,人就觉得不舒服。可能就是学生时代养成的习惯,总怕别人超过你,所以现在工作都是这个习惯,玩两天会觉得罪恶感。只有工作才能使我快乐,我真是这么想的。

——史晓刚

每写一个人的时候,情绪不到位,我是不会提笔的。

有时一篇文章拖了一个多月才逼迫自己去写,写完又不太满意。

感觉像做了一条红烧鱼,这条鱼很肥美,但是品相不好看,差点儿意思。虽然一个故事已经有了结构,但真正打动人的往往是细节,就像史晓刚的经历，越是细小的点，越值得我深挖来呈现。

越优秀的人越简单吗？

史晓刚是天津人。

哥哥比他大十一岁，他是 1990 年的，哥哥是 1979 年的。

哥哥是纯正的技术发烧友，天津大学毕业后从事舰载导弹的研究。

在他上大学之前，父母就已经退休了，现在都快七十岁了。可以说父母是老来得子，四十岁才有的他，所以对他特别宠爱。越宠爱，越放纵。父母从来不管他，任他自由、野蛮生长。

可能是因为父母在哥哥身上耗费了大量的精力，对他就没有过高的要求。从小到大他们不会强迫他去做任何事情。大概是从小感受到父母对哥哥的严格要求，他就想着"帮"父母来"管理"自己。

当时上小学，他的同龄人都想着各种方法玩，他却想着拿第一名的奖状回去。"不知道我的这想法到底哪儿来的？可能很小的时候感受到父母对我哥要求很严格，产生了要让父母为我感觉到自豪的想法。"

从小学到高中，他一直很努力。

"我说自己的成绩一直是靠努力得来的，是因为我跟别人不一样，我上学的时候，基本上连课间都不会休息，一直闷头看书，毫不夸张地说，我吃饭都是跑着去的。早晨四五点起床，为的是能比别人多学一会儿。"

他一直在强调自己的成绩是努力得来的，而哥哥是天资聪颖的类型。

"所以，我的成绩好应该算'天道酬勤'吧。尤其是上高中的时候，毫不夸张地说，我在学校是个'明星人物'，走在校园里感觉所有人都在议论，为什么年级第一总是这个人？每个月的月考成绩都会张榜公布，我总是那个第一行出现的人。在别人口中，我好像是有点儿被神化了的人物。"

我从小到大没有进过学校张榜的名单，所以我不能理解作为一个学霸存在的心理感受，但是我能成为一个旁观者，每次在校园看到学习好的优等生，我内心都会充满敬意，小跑着赶紧追上去，偷偷多看两眼，看看有什么特别之处。晚上回到宿舍，夜谈就有了话题。

"可能因为你本身成绩就好，得一次第一名已经很不容易了，不太可能每次都是第一。这个道理，我也懂。但到了高三，在经历了两次月考与第一名失之交臂后（一次是年级第二名，一次是第三名），我发现当时根本受不了，不管是心理有问题，还是性格有问题，最终我就是不想上学了！你能体会吗？

"觉得之前别人看你的眼光是羡慕的，你走出去，别人会在背后夸你。第二、第三名走出去，感觉别人都在背后议论：这个人怎么考不了第一了，你看他不行了！我当时承受的心理压力特别大，晚上根本就睡不着觉。

"我们学校是封闭式管理，看舍友都睡着了，我太痛苦了，受不了半夜起来爬墙回家。走了十几千米。我对这件事印象特别深刻，我们那儿有个潮白河大桥，当时感觉那个桥特别长，虽然只有一千米，但是当时的我觉得很漫长……"

十几千米，对于一个高中生来说可能就是一个数字。但年级第一和第二，对于史晓刚来说就是成与败的区别。为什么会觉得漫长，因为黑夜。黑夜总会拉长我们的思绪，将我们的心事无限放大，看不到尽头。有多少人选择在黑夜中舔舐伤口，又有多少人选择在黑夜中消逝。

"回到家以后，我就说不想上学了。父母看我特别痛苦，他们也不知道怎么回事，说你不想上就别上了。他们有无奈，有遗憾，但没有强迫。"

"就到这种程度？怎么会有这么开明的父母？"我问。

"这都是事实，一点儿没带修饰的。我们家就是这样，父母肯定并不是真的无所谓，但他们不愿意去强迫你。从小到大父母都不管我，我自己特别有想法和主见，别人很难撼动我的。"

我们都在以自我为中心，以生命为半径画地为牢，有的轨迹横穿南北两极，有的只是一个前后转身，然而我们永远走不出自己的世界。你成不了别人，别人也无法化成你。在这个世界里，我们都在做着自己。

史晓刚从小到大给自己很大的压力，追根溯源是父母对于哥哥的严苛。

在他的潜意识里，优秀必须是他的光环。但是优秀者是孤独的，像站在金字塔尖。第一并没有给他带来很多的快乐，更多的是压力。

直到看到他的成绩单，我才略微体会到他些许的痛苦。

2006—2007学年度第二学期第一次考试成绩：史晓刚总分七百七十分，班级第一，年级第一，班级第二名六百九十五分。

2007—2008学年度第二学期第三次检测成绩：史晓刚总分六百四十九分，班级第一，年级第一，班级第二名五百六十六分。

2008—2009学年度第一学期第一次月考成绩：史晓刚总分六百四十五分，班级第一，年级第一，班级第二名五百八十六分。

这是一个名副其实的学霸。

回家之后，学校的老师一直给他的父母打电话。

在老师眼中，他肯定能考上北大、清华，是学校寄予期望最高的学生。

父母听完也只能一声叹息，看着他话到嘴边也不敢说出来，只是假装随意地说了句老师又来电话了。父母有些遗憾，中间带他去看过医生，甚至还带他去算过命。

"他们觉得你有病？"我问。

"我没病，但是父母觉得我有问题。我不知道这叫什么，可能叫强迫症或者抑郁症，我也不太清楚，反正我就受不了，表现症状就是特别烦，痛苦，睡不着觉，压力大，总觉得下次也考不好，会被人笑话，不想回学校去了。"

失去了独一无二的骄傲，会让人痛苦。

痛苦的根源竟然是怕被别人笑话，显然这份痛苦是他自己编织的。

这份痛苦有一个特性，就是唯我独尊，压力变成痛苦，就在于一个链锁的断裂。

平时他的成绩要比全年级第二名高出二十几分，如今从那个金字塔上下来了，他选择了"逃离"。

他的自尊心，他的优越感，他的独一无二。

这种"逃离"，无疑会引来更多的关注，只是他自己不知道。校园里,开始流传着他得了抑郁症,他精神有问题等流言。

他是一名真的学霸吗,还是一名伪学霸?他是在为谁读书呢?

回到家之后,父母二十四小时都在关注着他的行为。

他喜欢去河边钓鱼,爸妈总会有一个人陪他一起。

父母又在担心什么呢?

曾经叱咤校园的学霸就这么放弃了?当然不是。

他的想法是第二年复读。那最后为什么又回去上学了呢?

他的回答是在家实在待不下去了,看着父母也难受。

为什么待不下去,为什么看着父母难受,这是他不愿提及的记忆。

"父母的痛旁人是可以看得见的,但是我的痛你们是看不见的,也想象不到。"

《中国青年报》记者马宇平写过一篇文章《我的孩子得了抑郁症》。

文章第一段是这么写的:"林美芳退出了所有'鸡娃'的群。她的生活有了另一种规律:每天给隔壁房间的儿子发两次提醒吃药的微信,每两周到医院开一次假条;每三天在案板上切分一次药片,放到带隔断的绿色小药盒里,时间久了,药末弥散在缝隙中。上班途上,地铁上穿校服的孩子偶尔会让她想起,自己是一名高三学生家长。"

我们不难想象这个知识分子家庭,将近七十岁、两鬓已斑白的父母是如何小心翼翼地照顾他,他们的内心是怎么度过那一个个漫长的黑夜,会不会像文章中"林美芳"那样有了新的生活规律,又是如何鼓起勇气拉起儿子的手去看医生甚至算命。那略微有些佝偻的身影是如何轻声说出:孩子,对不起,请再坚强一点儿!

也许，他不这么努力，不这么懂事，就不会生病了。

国家卫健委数据显示，我国十七岁以下儿童、青少年，约有三千万人受到情绪障碍和行为问题困扰。中国科学院心理研究所《心理健康蓝皮书：中国国民心理健康发展报告（2019—2020）》显示，我国青少年抑郁检出率为24.6%，其中重度抑郁的检出率为7.4%，检出率随着年纪增长呈上升趋势。

已过花甲之年的父母，孩子的健康对于他们而言就是最重要的，所以可以不上学，可以不看书，可以去下象棋和钓鱼。也正是这种完全尊重他的行为，让他不再那么焦虑和痛苦。所以他再次选择回到学校，高考前最后一次模拟考试，班级第一。听到这个结果，我一点儿都不奇怪。想想他之前的成绩单，即使缺考一门，都可能拿班级第一。

"我特别不喜欢被束缚，从小就这样。我从来不写作业，不是因为我不想学，而是因为我觉得作业是老师给我安排的，我不喜欢被支配。老师也会批评或者让我罚站，但我觉得没什么。我从小也没上过辅导班，都是自己找题目做。我特别不喜欢别人给我安排事情，我可以自己规划并执行得很好。"

写到这儿的时候，我觉得他很有意思。

一个不按套路出牌的人，一个喜欢冒险的人，却似乎掌控着结果。

这样的人适合交朋友吗？他有朋友吗？

明代史学家、文学家张岱在《陶庵梦忆》中说："人无癖不可与交，以其无深情也；人无疵不可与交，以其无真气也。"至少他和哥哥之间的关系不是那种兄弟间的关系，更像是父子。我欣赏这种人，又怕和这种人成为朋友，因为我跟不上他的步伐，很可能最后会弄巧成拙。

眨眼到了高考，千军万马过独木桥。

"我考了六百多分。理综分特别低，生物一道大题都没写，直接几十分没有了。哪怕有时间去写些答案，我肯定能考上清华和北大。因为我本身的分数距离北大在天津的提档分也没差几分。"

这么"嚣张"的话我可不敢说出来。

对于这些高智商的人来说，读北大、清华显得那么随意。

因为家里对军工行业有情怀，所以史晓刚的第一志愿选择了北京理工大学信息与电子学院电子科学技术专业。他在高三就用单片机编程，制作了一个自动测量不规则物体体积的装置，并以此获得天津市青少年科技创新大赛一等奖。

"当时选择范围有三所院校：哈工大、北理工、北航。虽然近几年北航的势头比北理工要猛，但在2009年北理工要比北航牛得多。我整个大学期间根本就没有上过课，比较保守地说，不超过十节课，整个大学期间，我全部的时间一直都在实验室，我就属于那种很极端的人。

"我拼成绩根本拼不过别人，从山东、河南考上我们学校提档线就得六百五十分，但我希望自己在某个领域有所成就，可以做到第一，于是我参与科技创新。"

他，应该很享受那种被关注的感觉。即便付出再多努力。这个世界中就有那么一种人，无形地给自己施压，与自己作对。

入学之初，他就提前自学嵌入式软件方面的知识，用一年半的时间带领团队研发了一架可以垂直起降的固定翼无人机。在大二的时候，以第一作者的身份参加第六届"挑战杯"中国大学生创业计划竞赛获得一等奖,这是北理工从未有过的荣誉。照片中的他显得有些拘谨,三个人中只有他一个人打着领带,白衬衫配黑色西裤。

目标异常清晰的他,高中就萌生出创业的念头,大学期间也带团队参加各种比赛,为创业做铺垫,不过,大学毕业后,他选择去了华为。

去华为的目的很明显,他想去学技术,然后出来创业。可是工作之后,发现并不是那么回事。待遇虽然不错,但觉得实现不了他的价值和目标。

"我出来创业,肯定为这个社会创造的价值要比在华为大,包括我个人的收获,那是一定的。虽然公司现在规模比较小,但是在我细分的行业,我在引领这个行业的技术。而且我也创造了一些就业和税收,积累了很多资源,肯定比在华为的价值大很多。我从读大学时就明白这个道理,我肯定不适合只做一个螺丝钉。"

从华为辞职,他怕爸妈年纪大了担心,过了一年才跟他们说。当时他想,如果创业失败了,其他公司肯定也是高薪聘请他。但他从来不会觉得自己做不到,反正这事做不成,就做其他的事!

创业初期,他除了睡觉就是工作。他们公司在AR细分行业里,可以说是目前国内发展最快、最大的一家公司。这个行业现在并没有真正蓬勃发展起来,虽然未来很有前景,但核心技术目前还没有真正成熟,导致终端产品用户体验还不够好,市场普及度并不高。

"我们已经积累了五年,我特别相信一个词,就是厚积薄发。当你积累到一定程度的时候,克服万难,肯定会爆发的。量变引起质变,我很相信自己。创业真的是九死一生，你别说发展得好不好，你的创业公司能活五年，你已经干掉了百分之九十的人。中关村每天多少家公司在注册，有多少家倒闭？创业的成功率真的是极低。

"我所有的东西都是靠我非常努力，比别人多付出时间和精力获得的。包括以前在大学，我比赛能得奖是因为我基本上吃住都在实验室，有谁能做到这一点？现在创业也是这样，你看'90后'创业，虽然现在不少，但是相对有一点儿成绩的，都是互联网公司。很少看到'90后'做硬核科技的。不是吹牛，应该不会有几个人比我们现在做得好。我们这四五年已经投入至少两亿了，你要没有很强的决心、很强的兴趣，你根本就不可能去做这个事。"

"你有没有想过为什么现在很多人不敢辞职，不敢创业？比如我。"

面对我的提问，史晓刚的回答格外坚定。"因为你对自己做的事没有那么大的决心，真正可以为做这件事放弃一切的决心。像我，这种决心已经到了，不干这件事，我就难受得受不了。我是摩羯座，不达目的誓不罢休。我也是一个特别偏执、有压力感的人。压力大到变态那种程度，半个小时不工作，人就觉得不舒服。可能是上学的时候养成的习惯，总怕别人超过你，到现在工作都是这个习惯，玩两天会有罪恶感。只有工作才能让我快乐，我真是这么想的。"

"从来不会解放自己？"我紧接着问。

"高三的时候大家都说上大学就解放了，但是上大学后，你并没有解放。大学的时候都说大四过了就不用熬了，工作了就解放了，但是工作后我对自己又有了更高的要求。所以从小到大就没有解放过，而且我现在早已经看明白这个道理，只不过是创业的不同阶段，你考虑的事情不一样，你辛苦的方向也不一样。"

同事说他是"90后"的年纪，"80后"的性格，"70后"的心态，比较喜欢书法，看历史剧。他评价自己，是一个很内向的人，参加饭局，会感觉特别累。因为要注意自己的形象，甚至要跟别人敬酒，都得提前想好说些什么。

"现在怎么看高三退学那件事？"

"说白了高三那年就是当你遇到挫折的时候，你没有那么大的心理承受能力。我觉得挺傻的，特别傻。"

"你觉得目前的一切都是最好的安排吗？"

"我很相信命运跟时机，但前提你是一个努力的人，你才有资格去谈'剩下的交给命运安排'，我不后悔有那些经历，如果没有这些事儿，我可能就去不了北理工。如果我去了清华，可能根本没有后面去华为以及创业的事。"

"你觉得高三那种反应算叛逆吗？"

"我觉得当时很叛逆，但是这种叛逆没有建立在别人压制我的情况下。"

总感觉史晓刚的人生在高三之前一直走的是实线，中间有一小段虚线，在高三的末尾用了一个月的时间把虚线又连了起来成为实线。看似波澜不惊的一场修行，在他生命中成了一个不可思议的转折。

"唯一""第一""不要命地干"是他给自己强施压下的成果。

2022北京冬奥会火炬手，荣获国家"万人计划"、创新人才推进计

 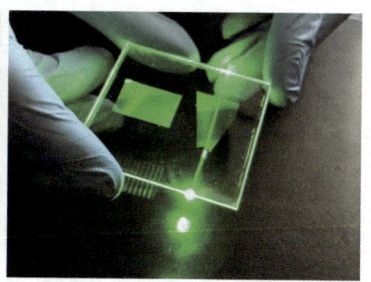

划,入选福布斯亚洲"30 位 30 岁以下精英榜",并荣登《福布斯》封面;当选全国青联委员、共青团十八大全国代表、共青团北京市委员会委员、2021 北京榜样人物等。他和刘强东、周鸿祎同时入选,获得的中关村"高聚工程"创业领军人才,除了百万奖金外,还解决北京户口……他是人们口中的天才、"90 后"创业人的榜样!

在史晓刚的带领下,公司具备成为继智能手机之后下一代移动计算和通信平台的潜力,对增强现实关键技术进行攻关。他最自豪的就是纳米光栅波导技术,一个指甲盖大小的光芯片,里面集成了无数的纳米级光栅结构。他在物理光学的期刊上发表多篇论文,项目获批科技部"国家重点研发计划"专项,同时由中科院为联合单位的项目,获批北京市重点研发专项。

做大事的人都是小心眼儿的人。

他执着一件事的时候会特别痴迷,晚上睡觉、做梦都在想这件事。种种经历,让我感觉他是一个很偏执的人,也因为偏执而变得很坚定!这种偏执恰恰来自兴趣,兴趣可以给他无穷的动力!

凌晨两点,他一个人到公司楼下,点了一瓶啤酒,几个串,坐在路边摊上的小马扎上喝了起来。一杯啤酒下肚,瞬间清醒。这个点能找到这种地儿不容易,他很满足,就是4月的天有点儿冷。他问自己这一切值得吗?也许吧。

凌晨四点的他,还在想对于年轻创业者到底需要有什么样的学习力才能够满足公司飞速发展的需要。一个人的理想再大,学习能力再强、再拼,试想如果一个只有两年社会经验的年轻人需要多久才能追赶上工作十年、二十年的前辈?

他也会痛苦,这些深层次的痛苦更多来自野心和能力的不匹配,这是焦虑最源头的东西,这也是他进步的动力。公司每发展一步他自己都想休整一段时间,但是每次伴随的都是越发地焦虑,可能创业根本就是一场永远无法停下来的战役。但是实践证明每次最痛苦、最艰难的时刻过后,伴随的都是彩虹,人也本该如此:做好常人难以想象的事情才有价值。

现在他的公司已经拥有来自北京理工大学、清华大学、日本东京大学等国内外著名高校的百余人研发团队,攻克多项AR核心技术,取得

AR 核心专利一百一十余项。公司成功研发多款行业领先的重量级 AR 产品，广泛应用于消费、工业、安防、军工等领域，加速传统行业转型升级。

在新冠肺炎疫情的防控工作关键时期，他投入核心研发力量，将 AR 技术与红外测温技术融合，研发出一套"穿戴式 AR 智能眼镜测温系统"。针对大人流的公共场合，实现了移动巡逻和布控场景下的安全高效、无接触体温检测，测温结果近眼透明显示，自动提示或报警，为夺取疫情防控胜利贡献出了自己的一份科技力量。

对于 2019 年他写道：这是愈加艰辛的一年。不依赖于外部输血而真正靠收入支撑公司生存和发展，想想已两年有余。虽不易，但还活着，感谢一路支持，理解和陪伴的人。2020 关键词：坚持、坚守、坚信，稳生存，谋发展，人定胜天。

少年负壮气，奋烈自有时。

他是一个即将步入而立之年的青年。

他的微信封面图是动画电影《超能陆战队》中充气机器人大白和天才少年小宏。

在他心目中，他应该就是那个天才少年吧。

和他聊天，只有工作。

我在想，他有秘密吗？他内心最柔软的地方是什么？

我只知道，他的对象就是他大学的初恋，但他闭口不提"爱情"这个东西。

我在想，他有没有抱怨过父母，为什么不把他早生十几年？

我确信，他的父母看到他现在的成就会很欣慰和开心。

然而，他的父母对他的期望应该只是健健康康吧。

住院日记

现在，每每看到她，我都会忍不住用尽全身的力气表达我对她的尊敬。在这样的身体状况下，她还能顽强地掌控着一切，殊为不易。在我的记忆里，她总会随身携带纸巾，每隔十几分钟都会轻轻地擦一下左眼。这个动作，每天重复好多遍，可能后半辈子都要重复。虽然，我们不在一个节目组了，但我总会默默关注她的朋友圈，算是对她的一种守护吧。

——李光凯

就这样我住院了，没想到一住就是二十三天！面对这次突发意外给我带来的厄运，我一天天盼望着奇迹，可希望一天天破灭。即使如此，我也燃起勇气，保持乐观！我拥有的一切都是最棒的，大概是上天嫉妒了吧，才给我带来一些磨难，我如此说服自己。后来，我有了单人间病房，能好好休息了。看不见没关系，他们依旧爱我就好了。我已经得到了很多很多，还能奢求什么？我做好了最坏的打算，阳光积极地面对生活。我相信，一切都会好起来。

——李晓梅

"李光凯先生，生日快乐！"

这是昨天生日我在朋友圈发的文案。

去年的生日，我已经忘记在哪儿？只记得很多同事半夜在会议室为我跳舞庆生。

今年的生日，我褶皱的内心里只想我在乎的那个人出现在我的面前陪我一起就好。

我不想要什么生日礼物，也不想大张旗鼓地"假狂欢"，能有她的陪伴就是满满的幸福。

可这么简单的期待也成了奢望。我等她到晚上十一点，她还是没有忙完工作，家都没回，直接飞去了上海。我没有怨言……已经习惯了。

我发了一个消息："没关系，你就踏踏实实地工作，不要分心。反正和你在一起的每一刻都比过生日快乐，等你回来补上。"

生日，这个字眼儿，渐渐生出了荆棘，长出了一副丑陋的肢体。

它在敲打、提醒我们：你又老了一岁，年轻时的梦想实现了吗？

我们大多数人只有一个生日，晓梅姐却有两个。

一个是出生日，一个是重生日。

晓梅姐，是怎样一个人呢？

她评价自己是一个爱流泪的人。而我眼中的她是一个"异类"，党建活动去北京周边漂流，我们都买了七七八八的道具准备"大干"一场，水枪、水瓢、水盆、泳镜，最极致的项目就是众人合力掀船。晓梅姐与众不同，她优雅得像个模特一样坐在船头，戴着太阳帽、墨镜，听着音乐，在那儿晒太阳呢。就是这么一个"异类"，在二环内买了房，培养的女儿考入中国人民大学。

在北京生存，没有一点儿本事是不行的。在中央电视台播送中心工作期间，她参与了香港回归连续七十二小时的直播报道技术保障工作，连续三天三夜没有睡觉。她还连续两年除夕夜坚守在春晚直播的一线。

晓梅姐最强大的一点就是，拥有广泛的人脉。节目的冠名商中国黄金、振东制药、中粮集团都是她的客户。她创办的首届 923 全球农产品直播电商节活动获得广告界金奖，堪称奇迹。在业务方面，我们这些晚辈是望尘莫及的。她还可以因为一个不喜欢的人直接离职自己创业。在我们眼中，她算得上一个女强人。

就是这么一个女强人，在 2018 年 4 月 25 日，发生了一场意外。

她把这天定为她的生日，是她重生的一天。后来，她把住院的日子用写日记的方式记录下来。字里行间能感受到她一点点变坚强。在征得她的同意后，我把几篇日记进行删减后收入此篇。

4月25日　星期三

　　灾难发生的时候只有0.01秒，你是躲不开的。那一刹那，我看到了很多很多血喷向四方。在这样一个初夏的中午，没有任何征兆，我像以往一样来到单位，第一件事，想要清洗下杯子，给自己倒杯水，便用了放在办公室的洗涤剂。确实，我没有想到它有如此的威力。伤痛让我一直很抗拒回忆这一段过程，直到出院很久之后，我还是不知道洗涤剂的品牌和名字。不过，那段回忆反复冲击我的内心，让我总想知，罪魁祸首是那个不知名的洗涤剂，它成了我的心结。

　　后来，我知道了那个洗涤剂的品牌是欧酷活性氧专用洗剂，产地广州。在我发生事故之前，同样的意外爆炸发生在江苏常州武进。后悔已然来不及。回想起来，我那时大概是希望把那个杯子清洗得更干净一些，所以加了热水到杯子里，然后拧紧了杯盖。

　　一个关键性动作，我当时看到杯子盖上的品牌，不自觉用手摁了一下。瞬间杯子盖炸开，打到了眼睛上，就造就了开篇的那一幕。剧烈的疼痛感顺着眼睛传导至全身，我大叫了曲大学的名字，因为他就在洗手间隔壁的办公室。

那个时候，我头脑一片空白，没有想到，我的左眼将发生什么，日后的命运将会发生什么改变。

2018年春节假期过后，我第一趟出差目的地是山西长治。临走时，老朋友送我一个随身饮水杯。我的哥哥还责怪我："说好了正月里不出差，怎么这么着急又东奔西跑。"

很多事情有因果，看得到的或者看不到的。但让我总结起来，找不到、说不清的缘由有很多。我为什么要用那款洗涤剂？我为什么要洗杯子？如果朋友不送我那个杯子呢？如果有一万个如果，我是不是可以避开这样的灾难？但是没有这样的如果。

还是回到出事的那个中午。

很多同事刚刚午餐回来，看到满身是血的我都吓坏了，两个人同时打电话给120急救。我在曲大学的搀扶下，从四楼走到单位院子里，楼梯上和院子里都留下了我的血迹。等待救护车到来的时候，小伍叫来了出租车，但出租车司机一看惨烈的我们，又掉转方向走了。

在救护车上，我还十分淡定，随车救护人员给我简单包扎之后，我躺在了那张小床上。跟同事赵夕夕报了两个随口就能说出的家人、朋友电话,让她帮忙转告我发生的意外,紧急取消了那天晚上的一个约会安排。

司机问我们去哪个医院,海淀医院、北医三院还是同仁眼科?考虑到距离的远近,我们去了北医三院的急诊室。

救护车没多久便到了医院的急诊室,看医生时,分秒都觉得漫长,希望能够尽快缝合伤口,得到治疗。一位姓杜的女大夫看完之后,拉着我的手说很严重,要准备手术。其实,她拉我的手时,我感觉很亲切又很害怕。当她坐在诊室的电脑前面给我开单子的时候,严肃的神色也暗示了眼睛受伤的严重性。

好难过,流泪或者其他形式的发泄,都换不了你的生命和光明。我在同事面前是长者,而且是从业二十年的资深媒体人了,所以必须显得坚强。中间我还用手机回复了一条工作信息,是本周五即将要完成的"中粮520开耕节"的汇报准备。

没想到我先生来医院的时候,把我父母也带来了,他们清明节回老家,刚刚返回北京的第一天,就遇到了我发生意外。我实在不知说什么好,像只小猫一样,抱了抱爸爸,眼泪就流了出来,这是事故发生后我第一次流泪,因为我让他们担心了。受伤时有亲人在身边的感觉很好，可我也不愿他们看到我这样，这种心理很矛盾，我埋怨先生不应该告诉年过七十的他们。

之后，抽血化验、抗生素化验、眼部CT、打破伤风，各种术前检查让每个人都紧张起来。我坐在轮椅上，辗转各个科室进行检查。北医三院的急诊医各种检查在地下一层，眼科住院部则在三楼。那个下午，我的白色丝质衬衫上的大片血迹被风吹干了，头发被血一绺一绺粘在一起，就这样狼狈地在众人面前，穿梭而过。我不在乎周边的人怎么看我，总觉得世界末日都来了，我还顾忌什么形象呢？

给我做手术的主任叫王常观，他在裂隙灯前给我检查的时候，还带着谝笑，说怎么满身是血的衣服都没换呢？然后他问我怎么弄的，我说洗杯子时发生的意外。

医生表示意外："你是北医三院首例因这样的意外而伤害到眼睛的病患。"

我当时不清楚那个杯子到底碎了没有，不知道眼睛里是不是有玻璃碎片。后来我才知道，伤口主要还是杯子盖的钝挫伤，杯子没有碎，但是力量很大，给洗手池子砸了一个洞。

我办了住院手续之后，护士拿来病号服让我换上，然后帮我冲洗眼睛，在左手上给我留一个可以输液的针管。她一边弄，我一边和她交谈，知道了我的责任护士名叫张婷，跟我的一个同事同名。张婷告诉我，我的病房在一病区二号床，是提前一天让别人出院才腾出来的，所以还需多等一些时间才能入住。之后，便是漫长的等待，因为感染特别严重，只能实施全麻醉手术，需要空腹八小时以上。

手术有三个小时之久，我昏睡了一觉，浑然不知，同事和家人们都在焦急的等待中。左眼包扎好后，我被推出了手术室，在眼科病房里，才知道很多同事，还有东坡老师的爱人都一起陪着等待手术结果。还好，手术比较顺利，我微笑着跟同事们说，赶紧回家休息吧，给这么多人添麻烦啦！大家临走前，还帮我买了住院用的脸盆、拖鞋和牙刷。当时，可没想到我住院会那么久，那些生活用品陪伴了我二十多天。

后来我听到了医生说情况很糟！今晚的手术主要是把外伤进行了缝合，至于视力恢复情况要看二次手术探查。

同事们离开后，我先生那晚陪着我，他最近突发腰疼，大部今时间坐在椅子上，把头趴在床上休息。我躺在病床上，听得到他的呼吸声。我们差不多都没怎么睡觉，麻醉给我带来的头痛，感觉怎么躺都不舒服，我们也不知医院有可以租用临时折叠床之类的服务，委屈他这么坐了一宿。

4月26日　星期四

　　全麻手术后，要继续保持吸氧的状态二到四个小时，这段时间很难过。鼻子里塞着一个输氧管，我怎么都适应不了被动的呼吸。伤势究竟有多严重，还来不及思考，就是闭上眼睛，感觉左眼黑蒙蒙的一片，似乎有很多很杂乱的虐杂在大脑里乱跳，整夜迷迷糊糊。

　　大概早晨五点半，刚有点儿睡意，爸爸就打来电话说，他和妈妈已到北医三院五官科大楼的楼下，熬了一夜的粥刚刚送过来，只是楼下还没开门，还需等一会儿才能上来病房。我忍着剧痛和各种不适，喝了很多粥，我知道父母的爱都融入其中了，看着我能把所有的粥喝完，他们也就放心了。

　　那天清晨照例看到，爸爸抱怨妈妈说，配粥的小菜里妈妈多放了盐不好之类的，妈妈也回顶了爸爸几句。他们就是在这样互相抛剔中一辈子相守相属。

　　早上八点，我再次见到了亲刀的王常观主任，他很认真地给前面那位病人检查，耐心回答他的各种问题。那是一位农民工兄弟，他一只眼睛里进了一个石子儿，手术后石子儿已经取出，但没计么恢复视力的更好办法，只能先出院回家休养。同样，王主任检查我的眼睛时很认真，并告诉主治医师要每天带我去让他做检查，看看眼伤的恢复情况。他说让我紧张一些，左眼视力可能会很糟糕！

最坏的结果我也必须面对。

不过，那个时候，我还没有接受最坏结果的心理，我期待着奇迹的降临。毕竟世界有的是奇迹，怎么不会在我身上发生呢？

第一天住院状态最差，上午同事过来，帮我在医院里找了一个护工，买了午餐。我的闺蜜黄丽来看我的时候，我正在吃午餐，只能使用一只眼睛看外面，样子很不堪，把很多饭食吃到了餐桌上。我像是一个刚学会独立吃饭的小孩子。

下午有了护工之后，我让先生回家休息，折腾了一天一夜，我也需要睡个觉。差不多下午四点多钟，单位的领导来看我，我的父母还有婆婆也在，满屋子都是人，我躺在床上，看着鲜花摆在窗前的桌子上，不知道该说什么。

"这是我的两个妈妈，还有我爸爸。"我不记得当时的表情，匆忙紧张之中，介绍了一下屋子里的人。"晓梅，好好休养。"

这时护士过来大声提意见："昨天刚做完手术，你们这么多人就不怕病人交叉感染吗？"看护士这么说，领导们安慰我好好养伤，告诉护士会尽快离开。

感动于单位领导第一时间的关心和慰问，来不及消化这些情感。一会儿，拥挤的病房就只剩下我和另外一个躺在病床上的姑娘，那是个做人工晶体手术的患者，大概比我年轻很多，我们几乎没有什么交流。

当病房安静下来的时候，我开始在想，纱布下的伤口会是什么样子呢？

我的晚餐是父母送来的饭菜，我又在床上吃了几口。护士叮嘱要下床走一走，否则容易便秘！从这天开始，每天滴四次眼药水，七点早餐，十一点半午餐，下午五点晚餐，晚上九点熄灯睡觉。作息变得很规律。

左眼伤口的疼痛，让我只能朝右侧卧躺着，我用了很久才进入睡眠，睡着了都能听得到护工大姐在身旁睡觉的打呼声。而且做了很糟糕的梦，忘记了具体内容，只记得非常混乱的场景。

4月27日　星期五

　　早晨八点去让毛主任检查时，他告诉我左眼不要考虑什么视力了！他说很多人天生就只有一只眼睛，生活得也很好，大概一年或者半年时间就可以适应这样的生活。他跟我说这些的时候，也在看我内心的接受程度。我比较平静地去听他的表述，当时我在想，医生都是把最坏的消息先告诉你，我心底里不相信毛主任说的是真的，总觉得，在医院里多治疗几日，情况一定会好转。

　　尽管如此，那一天我也开始悲伤起来。

　　毕竟医生也不会随随便便下一个决断，更何况毛主任是手术时第一时间看到我伤情的权威医生，他最有发言权。当单位同事前来探视，跟我说起2018年新年第一天，我们在瑞士的小火车上，一边拿着香槟一边畅想着新一年的美好生活，而现在我居然躺在病床上，眼睛上还蒙着纱布，一条长长的伤疤就在脸上，我忍不住就哭了。我看着那束精致的小紫花，很喜欢，却不知如何让自己更加快乐。

　　我的同事肖东坡生日那天，他在云南弥勒录制节目。那一天，他照例把当天的"家风家训总结"发到我的手机上。我才发现

25号，突发事故当天，他给我发的信息是："祈福平安！"这两天都没有接电话和看手机，在差不多十点之前翻看了他的信息，并告诉他："刚才医生说，我左眼看不见了，要逍遥。"

"命是弱者的借口，运是强者的谦辞！一段耳熟能详的励志话语，今天听完背后的故事，依然让我百感交集。不知你是否有体会？有时弱者真的是命不好，而强者的命就是好！这事儿啊，咱俩句也没办法。但如果你仔细探究，一定能发现好坏强弱之间其实互为因果的关系。弱者信命，不愿为自己的选择负责，厄运降临，人们总习惯性地问为什么是我？好运来时他可从来不问！而强者的笃定可以超越局限，他知道没人在意你有多努力，只是最无从你站立的高度或仰望或鄙夷。不幸时没人知道你是谁，幸运时又容易忘了自己是谁。一句'运句好'的谦辞，说明强者又把眼光自信地瞄向了远方！"

看着他给我发了这么长的一段话，心烦意乱的我当天并没有认真去看，去体味其中的滋味。我期待能够早一点儿见到他，好说说当时有多可怕。

我记得刚到栏目第一年，东坡生日那天，我买了一大束鲜花送给他。他满脸都是奶油，玩得很开心。这一次，我听说他在现场看到大家给他送去的生日祝福，忍不住流了眼泪。我也在视频中送上了祝福，那大概是我最后一次双眼明亮，对着摄像机讲话。

生活需要仪式感，他总是能记住我们每个人的生日，给大家很多惊喜，很多同事的父母都收到过他手写的祝福和礼物。而我，今天只能在医院的病床上为他祝福！

4月28日 星期六

今夜，是手术后的第四晚，我打电话告诉了女儿我住院了，我说：家人以后要当妈妈的眼睛。说到这句的时候，我在电话这一边忍不住流了眼泪。女儿很淡定，也很心疼。后来听说她也哭了很久，说妈妈应该第一时间就告诉她，她可以接受并分担这件事情，不会影响学习！她初三下半学期第一次模拟中考的成绩，考了整个西城区的第十八名。成绩那么好，却无法当面跟我分享这个好消息。

后来，女儿趁周末到医院陪伴我，我拉着她的手，给她看病房里走廊里关于眼睛的文化，感谢她给我的鼓励，她给我讲了关于《西游记》里面的——"人生一切自有定数"，还有《苏东坡传》所说，"此心安处是吾乡"！

人生是有旦夕祸福，生命如此强大却又如此脆弱，感谢女儿，我可以在她的成长中不断汲取知识和智慧，也可以看到她对我的爱，像是细雨一般，淋入我的心里。

她跟我说，为了安全起见，这几天上学她都没有骑自行车，都是走路去的。突然的意外，也让她新增了很多安全意识。当然最大的心理变化是，感慨一些时常在视频里看到的意外事故，原来也可能发生在自己身边。

就这样我住院了，没想到一住就是二十三天！面对这次突发意外给我带来的全部改变，我一天天盼望着奇迹，可希望一天天破灭。然后要重新燃起勇气，保持乐观！我拥有的一切都是最棒的，大概是上天嫉妒了吧，才给我带来一些磨难。后来，我有了单人间病房，能好好休息了。看不见没关系，爱我的人依旧爱我就好了。我已经得到了很多很多。做最坏的打算，阳光积极地面对生活。一切都会好起来。

不知道明天还会遇到什么样的意外，这一次，算是我四十年人生中，遇到的最大一次突发事件。改变我的有很多很多，而最大的当是心态的变化。最坏的事情已经发生了，我们不能让生活变得更坏，而是要从中领悟，在失去的同时也许得到了其他。挫折和伤痛都是锻炼意志的良机！

宝剑锋从磨砺出，梅花香自苦寒来！很小的时候就拿这句话来鼓励自己，如今更要从真实的体验中，去刻骨铭心地重新锻造和历练一个坚强的自己。

我无数次回忆起那一天发生的种种细节。如果有一万种可能，我都可以错开这场灾难。但是，没有如果，不差一分一秒，我遇到了这样的突发意外。我的病房里每天都有很多同事和家人过来看我。有的时候我还是忍不住流眼泪，看着左眼破损的样子，每天去眼科裂隙灯前检查的时候，没有一点点向好的结果，好沮丧！

　　我只能告诉自己，要感谢发生的一切！感谢每一个履我的人，感谢赋予我坚强力量和乐观心态的花香。

　　"人们可以仅仅因为改变态度，而重写属于自己更好的未来！"时光无法逆转，我无法改写那个意外，但是，可以让自己的未来写满美好。

　　再后来我去查看手术记录，若没有记错，大概伤情是这样描述的：左眼眶内侧壁骨折，左眼上睑中央一纵行皮肤裂伤，自睑缘向上延伸至眉弓上方，深及眼睑全层，长约5CM；下睑外侧一不规则皮肤裂伤，近睑缘处深及眼睑全层，长约2CM，角膜上方十二点位以外全周裂开……术中无法探及伤口止端、术中未于伤口周边发现玻璃碎片。

4月29日　星期日

我送了王玉任一束花，他笑着跟我说要坚强。不坚强也必须面对，何况生命有的是奇迹，怎么就不会在我身上发生呢？我想，懂你的人永远懂你，相信你。不必流眼泪，也不必怨天尤人，生命依旧精彩灿烂。

早上给爸爸发了信息，还是忍不住哭了……他告诉我要开开心心。

我的哥哥说，这件事情的发生，虽然不是一件好事，但绝对不是一件最坏的坏事。总之我会在未来的日子坚强面对，难得在这样的环境中，深刻地去表达一下，我们一家人手足情深。我们兄妹四个从小一起长大，各自组建了幸福的家庭，每人都取得了较高的社会地位和专业领域的成功，但过去的日子，我们却忽略了交流和沟通。在我第二次手术之前，他抛开一切繁忙的事务来到北京陪伴我，手术后看我恢复得不错，又赶高铁回归工作一线。

作为专业心理咨询师的姐姐，出现在医院的时候我很诧异，她很用心地陪伴我，帮助我催眠、解压，带给我手术之后最难忘的一段时光。我所有的家人们，都聚集到了我的身边。对我的包够理解、不离不弃，对我的诚挚和爱，让我享受到了很多久违的、美好的团聚。我知道在过去的日子里，我有很多坏脾气，用言语伤害到了距离我最近最亲的人。我希望在未来，我可以有所改变，变成一副更好的样子去对待亲人。对每一个身边的人好，最后把幸福传递给自己，这也许就是我眼下能够预知到的我的未来吧！

　　我其实没那么勇敢，相信有那么一段时光，我还会哭泣。但是眼泪淌淌过心灵就好，不要伤害其他人。每个人都生活在固定的环境里，和周边人发生关系，伤心或者愉悦的心情都能影响到身边人，语句也可以传导情绪。我想大家能够理解、包容我，懂得我，我也要尽量去表现得优秀，尽量去温柔对待生活。我有信心可以在工作中专注于我擅长的部分，做得更卓越。

　　走出医院之后，我有了一颗勇敢的心。用我的心去感知世界，我真的获得重生啦！住院这二十多天，最大的收获是修炼了强大的内心，珍惜生命的每一天。我是坚强的、乐观的、可爱的、温柔的、懂得感恩的全新的自己。

　　这段时间，很多次看到"天使"就在我的眼前。当我仔细端详时，当然他们就是我身边爱我的家人、朋友和同事。趁阳光正好，一定要与他们抱个满怀，我要张开双臂，与爱我的人一起拥抱。从此，生命更加精彩灿烂。

5月16日　星期三

今天是5月16日，三天后，我就可以离开北医三院，回家休养，开始新的生活了。我把自己比喻成了一个重生的婴儿，希望回到家里可以茁壮成长。

这封信是写给十年后的自己看的，今天下午，我看到北京电视台《时光》这样一档节目，说到邮寄给未来的自己一封信，感觉很适合我现在的心情。于是，我静静地坐在餐桌前思考并提笔写下了这些话：

时光会很快溜走，十年也不过弹指一挥间，对于我的人生来说，2018年却是一个全新的开始。从那场意外事故开始，从记忆里大片的血和痛开始，然后我被告知："左眼估计以后不会有什么视力了。"

所有的亲人和朋友都赶到了北医三院眼科中心三楼九病床。安慰、鼓励还有陪伴，在我医院住的二十三天里，每天努力把各种营养餐吃下去，早睡早起，积极治疗。被照顾被担心的日子，很漫长也很难忘。也许，时光对于每个人的感受来说真的会有所不同，我们究竟愿意感受快一点儿还是慢一点儿，可能还不能随心所欲，只是一切发生的时候自然而然。

这样的经历很痛，很让人难过，却带给我重生的能量。一个全新的开始，我希望这十年可以过得很充实，很饱满，很有成就感。我会认真地用触觉、听觉、嗅觉、味觉以及有限的视觉，认真去过每一分钟，我相信我可以过得很好。不是每个人都可以有这样彻头彻尾重生的机会，命运既然这样安排，我一定认真把握。

昨天，父母在病房里，对我的各种照顾和关怀，让我内心很不忍。七十多岁的父母这一次因为我住院，每天都要往返医院送来我爱吃的饭菜，带给我很多"妈妈的味道"，让我深深地被温暖到了。我只是觉得让父母这样担心非常不安。我希望他们可以每天开开心心，身体健康。未来的日子，我一定每年抽一段时间陪伴父母，一起去看看美好的世界。

老公给我的鼓励和支持是另外深刻的收获，我们成了"患难夫妻"，他一夜夜地陪伴在我身边。我手术时，他坐立不安，给所有的朋友打电话，询问最好的医生。我们躺在一张窄窄的病床上，我听得到他的呼吸，感受着他的体温，听着他的心跳。然爸爸一次次吻我，告诉我"会有奇迹发生"。是的，我相信一定会有奇迹发生的。十年时间，说长很长，说短也短。整个社会和科技会有多少日新月异的变化。谁知道，我又会有怎样的变化呢？我相信，我的容颜永远是好看的，我的腿更加坚实和纤细，我的每一天每一秒都很可爱！

十年后，我的女儿一定成为社会栋梁之材啦！二十五岁，这个年龄正是人生最美的青春年华。那天，是手术后的第四晚，我打电话告诉了女儿我失瞎了。一直很坚强的我忍不住流泪。女儿很淡定，也很心疼。这次失瞎，女儿内心一定很伤感，但人生是有旦夕祸福啊！生命如此强大却又如此脆弱，在未来的十年，不知道又会发生多少开心和难过的事情呢？但我相信无论怎样，你都可以独立去对，成为一个优秀的、完美的，掌握文史哲方方面面知识的人才。

这两天我在教老公的大姐如何去识字去学习，去改变自己。我想在接下来的时光，能够用更多的方式对每一个人好，过好余生的每一天。

我想我的工作不会因为视力不好而做得不好，我只是需要选择和安排，放弃一些细节，更多去做体现大脑智慧的大活动和大策划。毕竟人生的路途很长，我们不能够成为一个对社会没有用的人。我相信我可以更卓越！

我曾经想了上万个如果，这样我就可以错过这次劫难。但是想来想去都是一无所获，有时候还让自己莫名伤感。其实，这就是我注定的人生吧，痛苦一段时间，然后慢慢甘甜。

"这个世界不用看得那么清楚"，我就拿这句话经常去鼓励自己！用我的心去感知世界，我真的获得重生了，如果我有很多不完美，很多不能够独立完成的事情，那就多多借助家人和朋友的力量吧。

在北医三院的最后一个下午，我独自在病房。还是有一个同学带着果篮拜访，我与他在病房喝了几杯茶。我们谈了各种话题。我觉得我还是很有谈资的，是一个聊天有趣的小伙伴。也许启聪对于面对面熟悉的同学并不那么重要，重要的是这近一小时的喝茶工夫是不是有价值，我感受到了我存在的价值。是的，想拥有的一切还都在那里。所以，充满信心迎接未来十年的挑战，做一个温柔的、可爱的、有用的、有趣的、全新的自己！

1990年9月12日 星期三

"今天是我来到晋城一中的第一天,爸爸送我来的。在这里,我看到一副副热情的面孔,心中一片激动。上高中考大学已经有了起点,上百里来到这里,多么不容易,不能'乘兴而来,败兴而归'。理想一定要实现,我知道,我中考的分数很低,但是只要用功,照样也行。能力也没有什么差别,陵川人不比他们差,只要有信心一定行!"

这是晓梅姐进入高中,在日记扉页写下的一段话。

我们,当初的理想实现了吗?